조선이 문명함

조선이 문명함 **4**

초판 1쇄 인쇄일 2023년 4월 11일 | **초판 1쇄 발행일** 2023년 4월 14일

지은이 조휘 | **펴낸이** 곽동현 | **담당편집 팀장** 이범수
편집부 정요한 김승건 조혜진

펴낸곳 (주)조은세상 | 출판등록 제2002-23호
주소 서울특별시 동작구 동작대로1길 27 5층
TEL 02)587-2966 | FAX 02)587-2922
E-mail bukdu@comics21c.co.kr

조휘ⓒ2023
ISBN 979-11-391-1703-5 | ISBN 979-11-391-1486-7(set)
값 9,000원

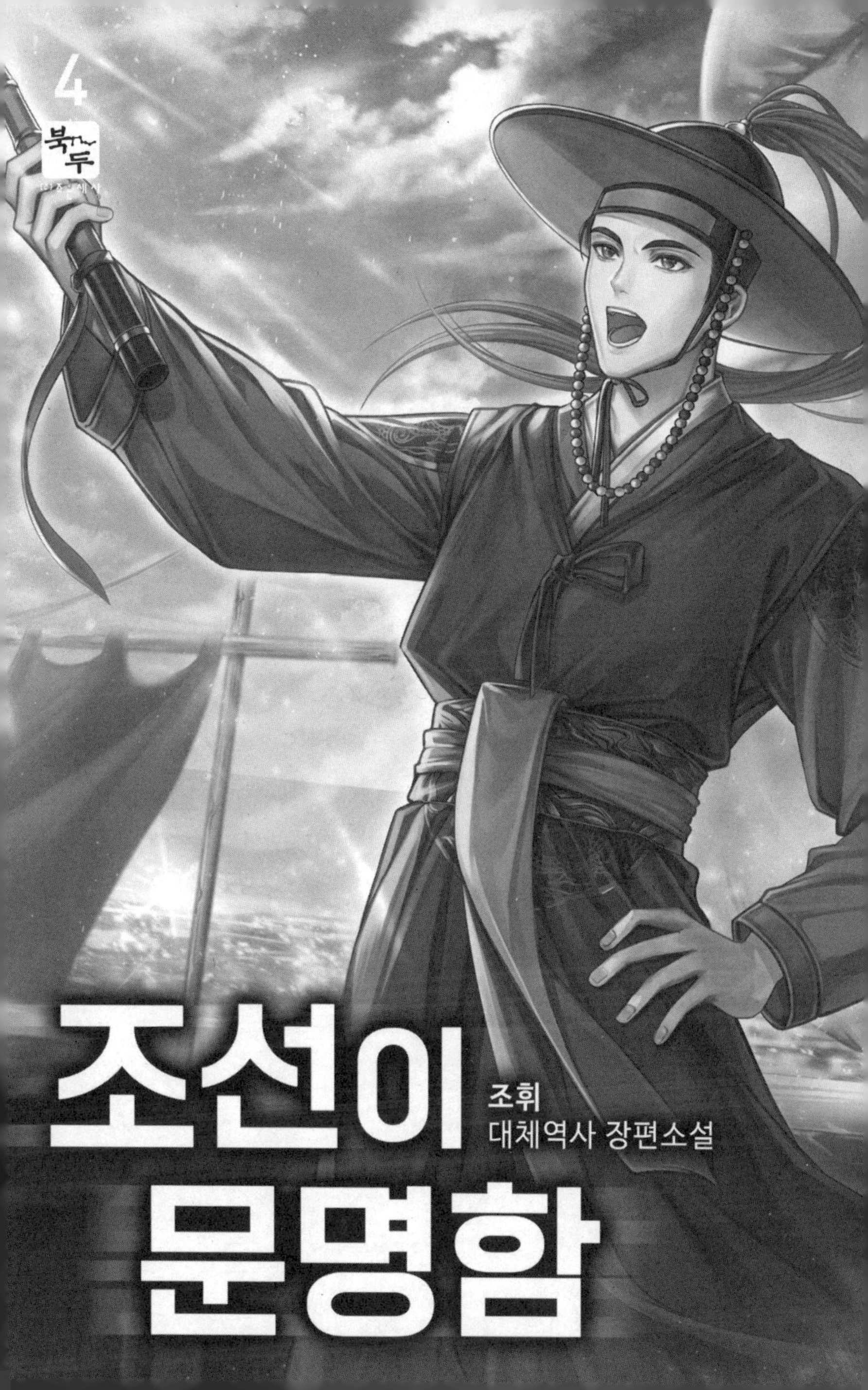
4
북두
조선이 문명함
조휘
대체역사 장편소설

조휘 대체역사 장편소설
NEO ALTERNATIVE HISTORY FICTION

CONTENTS

조휘 대체역사 장편소설
NEO ALTERNATIVE HISTORY FICTION
CONTENTS

효종 탈상까지는 아직 몇 달 남았다.

보통은 이런 때 혼례 같은 경사는 피하기 마련인데.

국본을 반석 위에 세우는 일도 중요해 의외로 별다른 반발 없이 국혼 절차가 빠르게 진행되었다.

그렇다고 탈상 전에 국혼을 올린단 말은 아니다.

탈상이 끝남과 동시에 국혼이 성사될 수 있도록 사전에 준비를 마치겠다는 얘기다.

그 때문에 엄한 숙경공주가 피해를 봤다.

원래는 숙경공주 혼사가 먼저였으나 국혼이 시급해 바뀌었다. 아마 내 결혼식이 끝나야 숙경공주의 혼사를 진행할 듯했다. 공주 혼인이야 급하진 않으니까.

혼처는 이미 이시방의 아들로 정해진 지 오래였다.

난 신부 오빠, 그러니까 처남 자격으로 사돈어른을 호출했다.

처남이 사돈어른을 호출하다니! 인터넷 커뮤니티에 가끔 올라오는 막장 스토리가 아닐 수 없다.

뭐 이런 새끼가 다 있어 하면서 결혼이 파토나는.

하지만 어쩌겠나? 난 임금이고 이시방은 내 부한데.

꼬우면 자기가 임금 하라지.

이시방은 득달같이 달려와 읍을 하고 물었다.

"찾으셨사옵니까?"

"오, 사돈어른 오셨소. 이런, 사돈어른이 오셨는데 앉아서 맞는 건 예의가 아니지. 보료를 덥혀 놨소. 어서 앉으시구려."

난 일어나서 이시방의 손을 잡고 보료에 앉혔다.

이시방이 황송해하며 내 손길을 극구 거부했다.

"전하, 그 사돈어른이란 말은 부디 삼가셨으면 좋겠사옵니다. 요즘 들어 신을 지켜보는 눈길이 별로 곱지 않은데, 그런 말이 혹여나 다른 이의 귀에 들어가는 날에는 필시 논란이 불거질 것이옵니다."

"허허, 그렇다면 앞으론 자중하겠소. 일단 앉으시오."

"황송하옵니다."

나도 다시 자리에 앉았다.

"호판도 숙경공주의 혼처가 바뀐 걸 알고 계실 거요."

"예, 전하. 하도 떠들썩해 모를 수가 없더군요."

"오늘 호판을 따로 부른 이유는 내 여동생이 시집살이……."

"신, 신이 어찌 감히 숙경공주자가를 시집살이시키겠사옵니까. 이미 처와 며느리를 불러 단단히 일러두었사옵니다. 전하께서 염려하시는 그런 일은 절대 없을 거라 확신하옵니다."

나 참, 누가 보면 내가 잡아먹는 줄 알겠네.

이래서 한국말은 끝까지 들어 봐야 한다는 거다.

"……그게 걱정되어 부른 게 아닌데, 호판이 갑자기 그런 말을 꺼내니까 왠지 더 불안해지는군. 정말 과인이 걱정할 필요 없는 거요?"

"물, 물론이옵니다."

"하하, 좋소. 그럼 다시 본론으로 돌아와서, 오늘 호판을 부른 건 한 가지 제안할 게 있어서요."

"말씀하시옵소서."

"호판도 인제 왕인으로 오는 게 어떻겠소?"

"왕인……, 말이옵니까?"

애써 괜찮은 척하지만 당황한 기색이 역력하다.

이런 기회를 놓칠 수야 없지.

"솔직히 말해, 반정공신 세력은 서인에서 입지가 점점 줄어들고 있지 않소? 김상헌, 김장생 후손과 제자가 주도권을 잡은 지 오랜데 거기 붙어 있다고 뾰족한 수가 있겠소?"

"왕인은……, 왕인은 대체 무엇이옵니까?"

"응? 그게 무슨 소리요?"

"신은 왕인 쪽 인사와 교류가 많은데, 그들조차 왕인의 당색이 무엇인지 정확히 알지 못하는 느낌을 몇 번 받았사옵니다."

갑자기 본질을 물어오니까 나도 당황스럽네.

왕인의 당색이라…….

그래, 이쯤에서 나도 가이드라인을 확실히 정해 놓자.

색깔을 확실히 드러내서 이도 저도 아니게 되는 건 막아야지.

"왕인의 당색은 크게 세 가지요."

"경청하겠사옵니다."

"첫째, 왕실과 조선의 번영을 목표로 하고 있소."

"그건 서인이나 남인도 같은……."

"호판은 솔직하지 못하군."

"그, 그렇사옵니까?"

"과인이 보기에 그들은 왕실을 하나의 경제 대상으로 여기는 집단일 뿐이오. 권력의 추가 왕실 쪽으로 급격히 기울면 연산군 같은 폭군이 나온다고 염려해 언제나 권력의 추가 자신들 쪽으로 기울기를 원하는 욕심 많은 집단. 그렇게 못하면 최소한 어느 쪽으로도 기울지 않는 평형을 유지하길 원하든지."

"……."

"물론, 서인, 남인이라고 조선의 번영을 바라지 않는단 말은 아니오. 다만, 그 번영을 자신들의 방식으로만 이룰 수 있다고 보는 경향이 강한 것 같소."

번영을 이루는 데는 수십, 수백 가지 방법이 존재한다.

그럼에도 자신들의 방식만이 옳다고 여기니 기기서 발생한 폐단이 조선을 좀먹고 있는 거다.

"그렇다고 과인이 그들의 공을 애써 무시하겠다는 뜻은 아니오. 고금 여러 왕조의 역사를 되짚어 보면 대개 왕조 초반에 크게 흥하고 뒤로 갈수록 여러 폐단이 발생해 결국, 반란이 일어나든 외적이 쳐들어오든 해서 망하는 게 대부분이오."

조선으로 치면 왜란과 호란, 두 번의 큰 전란이 그런 위기였다. 한데 왕실은 여전히 유지되는 중이다. 조정도 멀쩡하고.

우리가 두 전란을 버틸 수 있었던 데엔 저들이 만들어 놓은 체제의 순기능도 분명 존재한다. 그 체제에 상처가 나고 곪아 점차 썩어 가고 있다는 것이 문제지만.

"아마 과인이 그냥저냥한 임금으로 살다가 죽으면 조선은 지금처럼 곪은 상태에서 200년쯤 더 지속되다가 망할 거요."

"전, 전하, 차마 듣고 있기 민망하옵니다."

"보기 싫고 듣기 힘들다고 해서 현실을 외면할 순 없지 않겠소?"

"그렇긴 하옵니다만……."

"나라의 앞날이 이처럼 불안하다면 최소한 아직 기회가 있을 때에 뭔갈 시도해 봐야 하지 않겠소? 여기서 더 늦어지면 시도할 기회조차 없을 테니까. 우리마저 손 놓고 역사의 흐름에 맡겨 놓는다면 아마 후손은 고칠 수 없을 정도로 곪은 나라를 살려 보겠다고 쓸데없는 고생만 하게 되겠지."

"……."

"하여 과인은 기존의 체제가 이상하다면 싹 뜯어고칠 생각이오. 또, 체제가 아예 고치지 못할 정도로 낡고 썩었다면 과

감히 없애고 새로 구축해 볼 작정이오. 과인이 생각하는 왕실과 조선의 번영에는 그러한 의미가 담겨 있지. 그리고 왕인은 그런 과인의 국가 운영 동반자가 되길 원하는 거고."

"다른 두 가지는 무엇이옵니까?"

"나머진 첫 번째 목표의 부차적인 것들이오."

"듣고 싶사옵니다."

"두 번째는 첫 번째 목표를 이루기 위해 본인과 가문이 가진 기득권을 포기한다. 세 번째는 첫 번째 목표를 이루기 위해 왕인 모두는 정치가 아닌 국가 운영에 온 힘을 쏟는다."

"두 번째도 어렵고 세 번쨘 더 어렵군요."

"제안을 받아들이겠소?"

이시방은 큰절을 올리고 나서 깊이 읍을 하였다.

"예, 전하. 제안을 받아들이겠사옵니다."

"하하, 잘 결정했소. 한데 사돈어른의 절을 받으려니 자꾸 찔리는군. 숙경공주가 과인을 타박하는 건 아닌지 모르겠소."

"전, 전하, 제발 그 사돈어른이란 말씀은 좀……."

"하하, 온 김에 같이 점심이나 듭시다."

점심은 돈가스가 올라왔는데 이시방의 입에도 맞는 모양이다. 그는 접시를 깨끗이 비우고 배를 두드리며 돌아갔다.

점심을 먹고 나선 김좌명, 김우명을 불렀다.

그리고 두 형제에게도 이시방에게 한 제안을 똑같이 하였다.

두 형제는 재는 것도 없이 바로 승낙했다.

김석주가 인질로 잡혀 있어 그런 건지, 아니면 다른 뜻이 있어 그런 건진 모르겠다. 어쩌면 김장생 일파에 대한 감정이 좋을 리 없어서였을지도.

서인 전체가 김장생 일파, 특히 양송의 의견에 따라 움직이는 현 상황이 고깝게 보일 수밖에 없을 거다.

이는 대를 걸쳐 내려온 해묵은 원한 때문이다.

두 형제의 부친 김육은 김장생의 아들 김집과 서로 총부리만 안 겨눴을 뿐이지, 거의 원수나 다름없다고 봐도 된다.

김육은 대동법 예찬론자였고 김집은 반대로 극혐했다.

근데 김집은 심정적으로만 극혐하진 않았다.

실제 행동으로 나섰단 뜻이다.

김집은 자기 일파를 동원해 김육을 사사건건 물고 늘어졌다.

김육도 참지 않고 반격해 서인의 집안싸움으로 번졌다.

사실 이때 분당하지 않는 게 신기할 정도지.

나중에 제자인 송시열조차 김집이 대동법을 잘 몰라 그랬을 거라고 말할 정도니 당시의 상황이 어느 정도 짐작 갔다.

이처럼 선대부터 서인 주도 세력과 거리를 두던 김좌명, 김우명이 쉽게 승낙하면서 일정에 여유가 좀 생겼다.

왕인의 숫자도 계속 늘어 갔고.

"흠, 두석아."

"예, 전하."

"과인이 예비 신부를 보러 간다고 하면……."

"체통에 어긋나는 짓이죠."

"그래?"

"좀만 참으시지요. 곧 예조에서 길일을 골라 날짜를 잡을 거라 들었사옵니다. 그리고 전하께서 갑자기 찾아가시면 중전마마 되실 분이나 처가 쪽 분들이 놀라지 않겠습니까?"

"오랜만에 이치에 합당한 말만 하는구나."

"헤헤, 황송하옵니다."

"그래서 가야겠다."

"예에?"

"어서 채비하거라."

"청개구리 흉내를 내시는 것이옵니까……."

"어서 채비하라니까."

"예, 전하……."

잠시 후, 옷을 갈아입고 나서 여느 때처럼 옆문으로 궐을 빠져나왔다.

물론, 호위를 위해 금군 수십 명이 바로 따라붙었다.

최후량의 집으로 가면서 길을 여는 금군을 구경했다.

금군도 평범한 백성으로 위장했지만, 별 효과가 없었다.

손에 환도를 들고 눈을 부라리는데 못 알아보면 더 이상하다.

난 이를 바드득 갈았다.

이게 다 홍수 때문이지. 놈들만 없었어도 이런 볼썽사나운 짓은 안 해도 되는 건데.

용호군은 뭐 건진 것 좀 없으려나?

한창 그런 생각을 하면서 말을 천천히 모는데.

정말 눈앞에 강대산이 나타났다.

강대산의 신분을 확인한 김준익이 달려와 보고했다.

"전하, 용호군 대장 강대산이 급히 알현을 청하옵니다."

"급한 일이오?"

"전하께서 외유하신다는 말을 듣고 바로 쫓아왔다고 하옵니다."

"흠, 급한 일인 모양이군. 근처에 조용한 장소를 마련하시오."

"예, 전하."

곧 조용한 집에 나와 강대산만 남고 다 나갔다.

"무슨 일이야?"

"전하, 찾았사옵니다."

"내 예상대로 평안도 운산이었어?"

"아니옵니다. 대유동이었사옵니다."

"역시, 운산 아니면 거기 중 하나일 줄 알았다니까."

저번에 강대산이 조사 결과를 보고하며 우리가 모르는 금광이 있을 거라 했을 때, 바로 운산과 대유동 금광이 떠올랐다.

두 광산 다 구한말에 외국에 개발권이 넘어간 걸로 유명하다.

"감시는 어떻게 하고 있어?"

"용호군 대부분을 동원해 감시하고 있사옵니다. 어명만 내려 주시면 바로 전부 추포하여 도성으로 데리고 오겠사옵니다."

"알았으니까 가서 내 명을 기다리고 있어."

"예, 전하."

강대산이 총총히 돌아가고 나서 난 계속 가던 길을 갔다.

최후량의 집 대문이 얼핏 보일쯤.

"두석아."

"환궁하시려고요? 잘 생각하셨사옵니다."

"아니 그거 말고. 혹시 김유신 장군의 고사를 들어 봤어?"

"어떤 고사 말이옵니까?"

"김유신 장군이 천관녀란 기생에게 흠뻑 빠져 매일같이 그녀의 집을 드나들다가 어느 날, 이렇게 살다가는 기둥서방밖에 안 될 것 같아 독한 마음을 먹고 바로 발길을 뚝 끊었지."

"전하께서 본받아야 할 분이시로군요."

"맞아. 본받아야 할 분이지. 근데 얘기가 여기서 끝이 아니야."

"또 있사옵니까?"

"근데 어느 날 술에 잔뜩 취해 말을 타서 잠깐 졸았는데 글쎄 이 말이 취한 장군을 천관녀 집 앞에 딱 모셔다 놓은 거야."

"말이 보통 똑똑한 게 아니군요. 그래서 어떻게 되었사옵니까?"

"장군이 빡쳐서 말 머리를 뎅강 잘라 버렸지."

"흐흠, 말이 좀 불쌍하네요."

"나도 어릴 땐 그렇게 생각했어. 잘못은 술 먹고 말 탄 놈이 했는데 왜 애꿎은 말을 죽이고 지랄이야 이랬지. 근데 가만 생각해 보니 그 정도 결의가 없었으면 어찌 장군이 삼국을 통일할 수 있었겠나 싶더라고. 여기서 느끼는 거 없어?"

"술 먹고 말 타지 말라?"

"아니, 피를 봐야 결의가 생긴단 뜻이지."

"말, 말을 죽이시게요? 백 어의가 정성을 다해 골라 온 말인데……."

"난 술 마시고 말을 탄 게 아니잖아."

"그, 그럼?"

"날 끝까지 말리지 못한 죄로 네 피를 보면 어떨까 싶다. 그럼 나도 결의란 게 생겨 정무에 좀 더 집중하지 않을까?"

왕두석이 말고삐를 잡고 급히 최후량 집으로 달렸다.

"하하, 어차피 평생 해로하실 분인데 국혼 전에 만난다고 뭐 큰일이야 나겠사옵니까? 어서, 어서 안으로 들어가시지요."

"이놈이 말릴 땐 언제고 인제 와서 왜 부추겨?"

"소관도 청개구리라서요."

"하하."

결론부터 말하자면 집에 못 들어갔다.

이미 간택 소식이 새어 나간 모양이다.

집에 손님이 바글거렸다.

"쯧쯧."

왕두석이 당황하며 물었다.

"이제 어찌해야 하옵니까?"

"뭘 어떻게 해, 인마."

"바로 환궁할 채비를 하겠사옵니다."

"아니, 왔는데 얼굴이라도 보고 가야지."

"또, 또 훔쳐보시게요?"

"훔쳐본다니, 그건 말이 너무 적나라하잖아."

"그럼 어떻게 불러야 하옵니까?"

"앞으론 원거리 대면이라 불러. 한자리에서 만나는 건 아니지만 어쨌든 서로 얼굴을 마주 보는 건 마주 보는 거잖냐. 쌍둥이는 가서 최석정이란 아이가 있으면 조용히 불러오고."

"눈썹이 휘날리게 뛰어갔다 오겠사옵니다."

쌍둥이가 달려가고 나서 왕두석을 보니 열심히 딴청을 피웠다.

잠시 후, 최석정이 헐레벌떡 뛰어나와 무릎을 꿇었다.

"오, 오셨사옵니까?"

"처남이 이러면 사람들이 날 알아볼지도 모르잖아."

"처, 처남이면 소, 소생을……."

"나한테 아직 후궁이 없으니까 천하에 처남은 너희 형제밖에 없을걸. 너희 아버지가 자식을 숨겨 놓았다면 또 모르겠지만. 아무튼 그건 그렇고 내가 얼굴 좀 보게 은이 누이를 안채 뜰로 데리고 나와. 어, 사람들 쳐다본다. 어서 들어가."

"예, 예, 예, 전하."

최석정은 서둘러 뛰어 들어갔고.

난 뒤로 돌아가서 안채 뜰이 보이는 나무로 올라갔다.

마누라 될 사람이 나오길 초조히 기다리는 동안 한창 신나게 그녀와 애를 만드는 과정을 상상하는데.

잠깐! 애를 낳는다고?

그럼 그 애가 아들이면 원자가 되는 거네?

이거 혹시…….

최은과 결혼한다. 중전이 허니문 베이비로 아들을 낳는다.

아들이 곧장 원자, 세자 테크트리를 탄다.

국본이 반석 위에 선다. 이젠 내가 죽어도 세자가 있다.

흉수의 목적이 왕위를 찬탈하는 거든, 조선을 갈아엎어 새 나라를 세우는 거든 상관없이 힘이 두 배로 들게 된다는 말이다.

나와 세자를 둘 다 죽여야 하니까.

성공하기가 훨씬 힘들어진다.

그렇다면 이를 타개할 해결책은 뭘까?

문득 떠오른 물음이 꼬리에 꼬리를 물고 수많은 가정으로 이어지며 이내 하나의 결론에 도달해 간다.

"국혼 전에 나를 암살할 기회를 노리겠지……."

공교롭구만.

강대산이 대유동 광산을 보고한 시점이 말이야.

아, 강대산이 배신했다는 게 아니라, 시점이 공교롭단 거다.

함정 냄새가 풀풀 나는데 이거?

어쩌면 이중 함정일지도 모른다.

내 시선을 대유동에 붙잡아 두고 다른 데서 날 습삭?

이거 자칫하다간 대부 1 클라이맥스를 찍어야 할 수도 있겠는데.

그땐 세례식이었지만 난 국혼을 무대 삼아서 말이야.

77장. 진실을 원하시옵니까?

최후량의 집 사랑채.

가문의 사내는 여기 다 모인 모양이다.

그렇지 않아도 좁은 사랑채에 발 냄새가 진동한다. 물론, 다들 다른 데 정신이 팔려 신경 쓰는 사람이 없긴 하지만.

최후량은 초점을 살짝 잃은 눈으로 허공을 바라보았다.

"후상아, 이를 어, 어쩌면 좋으냐?"

역시 눈의 초점이 불안정한 최후상은 오히려 형을 타박한다.

"형, 형님은 채신머리없이 애들 앞에서 왜 떨고 그러십니까?"

"그, 그러는 너도 목소리가 떨리는데."

"이, 이건 어제 마신 술의 숙, 숙취가 남아서⋯⋯."

"넌 이런 중요한 때에 술이 목구멍으로 넘어가더냐?"

"이럴 때 마셔야지, 그럼 언제 마십니까?"

연배 차이가 꽤 나는 형, 동생이 투덕거리는 동안.

최석정이 안달복달하며 두 사람을 다그쳤다.

"백부님, 아버님, 이러다간 소자가 혼쭐난다니까요."

최후량은 앉은 자리에서 펄쩍 뛰며 물었다.

"누, 누구에게?"

"당연히 상감마마시죠. 상감마마께서 은이 누이를 보고 싶어 귀한 걸음 하시지 않았습니까? 한데 두 분이 이처럼 계속 다투기만 하시면 어명을 받은 소자가 혼쭐날 수밖에요."

최후량은 구들장이 꺼지도록 한숨을 내쉬었다.

"쉽게 생각할 문제가 아니다, 석정아."

"어째서요?"

대답은 최후상 쪽에서 먼저 나왔다.

"어명을 어기는 일은 불충이다……. 다만, 은이를 내보낸 모습이 혹여 다른 이의 눈에 들어가기라도 하면 그 뒷감당을 어찌한단 말이냐? 우리가 권력에 눈이 멀어 기본적인 예법조차 지키지 않는다고 구시렁댈 놈이 어디 한둘이어야 말이지."

최후량의 생각도 다르지 않았다.

"후상의 말이 백번 옳다. 더구나 남녀칠세부동석이라 하였다. 이는 왕실 예법에 맞지 않을뿐더러, 민간의 풍속을 해치는 일이기도 하다."

그러면서 최후량은 슬며시 동생과 눈빛을 교환한다.

말은 그렇게 하지만 진짜 이유는 따로 있는 모양이다.

근데 가끔은 순진무구한 어린애가 핵심을 찌르는 때도 있는 법. 예닐곱 먹은 꼬마가 천진난만하게 물었다.

"상감마마가 은이 누이의 키가 너무 크다고 소박 놓을까 봐 그러시는 거예요?"

"이놈이 사내라고 끼워 주었더니 어디서 그런 불경한 말을 함부로 지껄이느냐!"

최후상의 호통에 놀란 꼬마가 합죽이가 되었을 때.

최석정보다 한두 살 많은 청년이 고개를 절레절레 저었다.

"석항이 말에도 일리가 있어요. 은이의 키가 어디 보통인 가요? 우리 집안의 사내 중에서도 제일 큰 저보다 머리 하나가 더 있지 않습니까? 상감마마께서도 꽤 놀라실 테지요."

그 말에 갑자기 초상 분위기가 되었다.

최석정이 답답하다는 듯 자기 가슴을 두드렸다.

"어휴, 그건 석진이 형님이나 석항이가 몰라서 하는 소립니다. 상감마마는 이미 은이 누이를 보신……."

최석정은 말하다 말고 깜짝 놀라 손으로 입을 틀어막았다.

비밀이라고 한 얘기가 그제야 떠오른 거다.

하지만 입을 막아 본들 이미 때늦은 일.

최후량과 최후상이 동시에 물었다.

"상감마마께서 은이를 보신 적이 있느냐?"

"아, 아닙니다……."

"정말이냐?"

"그, 그럼요."

"석정아."

"예."

"이게 어디 보통 중차대한 일이냐?"

"무, 무슨 말씀을 하시려고……?"

"까딱하다간 우리 형제의 체면은 고사하고 완성부원군 대감의 영명에 해를 끼칠 수도 있는 사안이다. 우리가 모르는 일이 있어서야 되겠느냐?"

최석정은 최명길의 이름까지 들먹이는 친부와 양부의 압박에 숨이 막혔다.

그래도 임금님과 한 약속은 절대 깰 수 없었다.

단순히 신하로서 임금에게 충성하기 위해서는 아니다.

그보단 의리를 지키는 행동에 더 가까웠다.

최석정이 끝내 오리발을 내미는 바람에 결국, 차선책으로 최은이 허리를 굽히고 그 위에 장옷을 걸치는 위장 작전이 세워졌다.

최후량은 딸을 붙잡고 침까지 튀겨 가며 신신당부했다.

"은아, 무슨 일이 있어도 절대 허리를 펴선 안 된다. 알았느냐?"

"예, 아버님."

장옷을 쓴 최은은 허리를 잔뜩 굽히고 안뜰로 걸어 나갔다.

상감마마가 저쪽 나무 위에서 지켜본다고 생각하니 지금 땅을 걷는 건지, 외줄 타길 하는 건지 모를 정도로 긴장된다.

그나마 형제 중에 가장 믿는 최석정이 옆에 있어 다행이지,

안 그랬으면 진작 주저앉았을 거다.

"석정아, 상감마마께선 아직도 나무 위에 계셔?"

"좀만 기다려요. 발견하면 바로 알려 줄게."

고개를 쭉 빼고 나무 위를 살피던 최석정이 흠칫했다.

"어, 어라?"

"왜, 왜 그래?"

"누, 누이, 상감마마가 안 보이시는데?"

"뭐?"

놀란 최은은 아버지의 당부도 잊고 허리를 쭉 폈다.

그 모습이 고고한 한 마리 학을 연상시켰다.

아니면 풀을 뜯다가 놀라 고개를 든 기린일 수도 있고.

어쨌든 최석정의 말대로였다.

나무에 상감마마는커녕, 마마 코빼기도 안 보인다.

"야, 최석정, 이게 어떻게 된 거야?"

장옷을 훌렁 벗은 최은은 동생을 노려보며 물었고, 졸지에
거짓말쟁이가 된 최석정은 시선을 돌리며 딴청 피웠다.

"국혼 날에는 날씨가 맑았으면 좋겠군요. 누이도 그렇지요?"

한편, 안채에 숨어 몰래 지켜보던 최후량은 딸이 똑바로 서
서 장옷까지 벗는 모습을 보고 놀란 나머지 그대로 기절했다.

"아니, 형님은 뭘 이런 걸로 기절까지 하십니까! 참 딱하십
니다그려. 완성부원군의 장자로서 제발 체통을 지키시지요.
아무튼 석항이 넌 가서 얼른 냉수나 한 바가지 떠 오너라!"

"예, 숙부님!"

최씨 집안의 소동은 그로부터 한참이 지나서야 가라앉았다.

◆ ◆ ◆

난 희정당에 홀로 앉아 앉은뱅이책상을 손가락으로 두드리며 깊은 상념에 빠져 있었다.

사랑스러운 예비 신부와의 원거리 대면도 포기하고 급히 희정당으로 돌아온 이유는 머릿속이 복잡해서다.

이게 정말로 흥수의 함정이면 어떻게 되는 거지?

내 관심을 대유동 금광에 쏟게 하고 나서 허점을 노리려나?

근데 어떻게 노리지?

놈들도 군대를 일으켜 쳐들어오진 않을 거 아냐?

금군 1,000명이 지키는 데다 바로 옆엔 금위청까지 있으니까.

그래, 그 정도로 멍청하진 않을 거야.

그럼 또 내부인을 포섭해 허를 찌르려는 생각일까?

근데 금군, 내시부, 착호군은 이미 전에 써먹었잖아.

혹시 아직 잔당이 남아 있나? 흠, 왠지 그건 아닐 거 같은데.

이상립이나 상선이 어떤 인물인데 잔당을 남겨 두겠어.

그렇다면 내명부 쪽? 내명부가 아니면 내의원이나 수라간?

세 곳 다 접근할 기회가 많으니까.

"두석아!"

밖에서 대기하던 왕두석이 바로 큰 머리를 들이밀었다.

"부르셨사옵니까."

"가서 용호군 수뇌부 좀 불러와라."

"예, 전하."

어떤 식으로든 곧 명령이 떨어질지 알았나 보다.

얼마 지나지 않아 용호군 수뇌부 셋이 전부 입실했다.

강대산과 안교안, 그리고 몇 번 본 적 있는 착호군 군장까지.

착호군 군장은 이름과 생김새의 갭이 무척이나 크다.

그렇다고 갭모에를 느낀단 말은 아니고 오히려 그 반대다.

세상 무서울 게 없는 살인마도 으슥한 골목에서 만나면 오줌을 지리며 도망칠 거처럼 생겼으면서 이름은 우아하기 짝이 없다.

"정말 이름이 고검이야?"

"그렇사옵니다, 전하. 돌아가신 스승님께서 지어 주신 이름인데 소장은 아주 마음에 드옵니다."

이거 뭐 너무 자랑스럽게 대답해서 농담도 못 치겠네.

고아였던 그를 길러 준 이가 무승이었다고 했던가?

아마 나라를 지키는 장수나 이름난 무사가 되길 바란 거겠지.

그래선지 정말 무협 소설에나 나올 것 같은 이름을 지어 주었다.

여하튼 고검은 화통한 성격에 실력 또한 발군이다.

착호군에서 난다 긴다 하는 요원들을 제치고 군장 자리를 꿰찬 데는 다 그만한 이유가 있는 거다.

뭐 소소한 단점이라면 날 너무 좋아한단 거랄까.

"전하, 당장 소장을 대유동 광산으로 보내 주시옵소서."

"가서 뭐 하려고?"

"역도의 대가리를 모조리 깨부숴 놓겠사옵니다."

"잠깐, 잠깐. 너무 흥분한 것 같은데 물 좀 마시고 진정하라고."

"손수 물까지 따라 주시다니. 이렇게 황송스러운 일이……."

눈물을 훔친 고검은 벌떡 일어나 큰절부터 올렸다.

참, 물 한 번 주기 힘들다, 힘들어.

고검은 머리를 조아리고 두 손으로 물잔을 받았다.

모르는 사람이 보면 내가 무슨 성유라도 내리는 줄 알겠어.

암튼 고검이 물을 마시느라 잠시 조용해진 사이.

난 그간 정리한 추리를 강대산과 안교안에게 알려 주었다.

"어때?"

안교안과 눈빛을 교환한 강대산이 고개를 끄덕이며 답했다.

"전하의 말씀은 일리가 있다고 생각하옵니다."

"근거는?"

"그에 대해선 안 군장이 말씀드릴 것이옵니다."

답은 자기가 해 놓고 설명을 다른 사람한테 돌리는 건 어느 나라 법이야?

뭐, 지금 그게 중요한 건 아니지.

"그래, 안 군장이 말해 봐."

"경강상인이 모조리 잡혀간 일로 우리가 숨겨진 광산을 찾아볼 거란 사실을 능히 짐작할 수 있음에도 홍수가 대유동 금광을 보란 듯이 운영한단 점에서 보면 함정이 맞는 듯하옵니다. 광산을 미끼로 우리 시선을 분산시키고 나서 실제론 전하의 말씀처럼 내부에서 일을 또 꾸미는 것이겠지요."

"함정이 맞다면 그에 대한 대책은?"

"역이용하는 방안은 어떻사옵니까?"

"역이용?"

"그렇사옵니다. 함정을 또 다른 함정으로 꾸미는 것이옵니다."

고검이 갑자기 고리눈을 번쩍 뜨며 소리쳤다.

"그건 내 눈에 물이 들어오는 일이 있더라도 절대 안 되오!"

안교안은 이런 경험이 많은 듯 차분하게 물었다.

"보통은 내 눈에 흙이 들어오는 일이 있더라도 안 된단 형태로 쓰지만, 뜻은 이해했으니 안 된단 이유나 말해 보시오."

"함정을 역이용한단 말은 결국 적을 끌어들이기 위해 전하의 옥체를 위험에 노출해야 한단 뜻 아니오?"

"그렇긴 하지."

"만에 하나 정말 옥체가 상하는 일이 벌어지면 그땐 어떻게 할 거요? 설마 안 군장 대가리 하나로 용서를 빌 수 있을 거로 생각한다면 큰 오산이오!"

안교안은 강대산을 힐끗 보았다.

"내 대가리로 안 되면 강대산 대장 대가리도 같이 바치는 수밖에……."

"으음, 괜찮은 생각 같아……."

난 대가리 얘기가 지겨워서 손을 저었다.

"어차피 내가 위험을 감수하지 않으면 흉수들도 쉽게 모습을 드러내지 않을 테니 그 얘긴 그만하고 안 군장은 어떻게 할 건지나 얘기해 봐."

우린 가끔 고검의 발작을 말리면서 대책을 상의했다.

다음 날. 용호군 요원이 대궐에 잠입했다.

물론, 내 허락하에 이뤄진 일이다.

그들은 내명부, 내의원, 수라간에 잠입해 감시 활동에 착수했다. 내명부는 상궁 처소에 딸린 여종으로 위장하고. 내의원과 수라간은 숙수나 의녀, 관노로 위장해 잠입했다.

당연히 대유동 광산도 더는 감시만 하지 않았다.

놈들의 계획을 역이용하려면 어떤 식으로든 수를 써야 했다.

우리가 미끼를 물었음을 보여 줄 필요가 있는 거다.

그래야 대궐에서의 작업이 좀 더 편해진다.

이 부분에서 고검과 안교안의 의견이 극명하게 갈렸다.

고검은 시간을 줄수록 위험하다며 일망타진을 원했고.

안교안은 결행에 앞서 사전 정찰을 강력히 주장했다.

난 별로 고민하지 않고 안교안의 손을 들어 주었다.

비밀 요원이 광산에 잠입하기로 한 날.

난 안교안을 불러 물었다.

"요원의 이름이 뭐라고?"

"령이옵니다."

"성은?"

"유이옵니다."

"그럼 유령이네. 뭐야, 너? 나랑 장난하냐?"

"진실을 원하시옵니까?"

"무슨 이름 하나 묻는 데 거창하게 진실까지 들먹여?"

안교안은 무슨 전대의 숨겨진 비사를 털어놓는 것 같은 표정으로 대답했다.

"유령은 사실 도성 다리 밑에서 빌어먹던 거지였사옵니다."

"부모나 친척은 없었어?"

"워낙 어릴 때 버려져 본인도 기억 못 하옵니다."

"흠, 나름 스토리가 있는 인생이었구만. 계속해 봐."

"유령은 비럭질로 간신히 연명했는데 대가리가 어느 정도 굵어져 세상 돌아가는 법을 점차 깨닫기 시작할 무렵, 남에게는 없는 희귀한 재능이 자기에게 있음을 깨달았사옵니다."

"무슨 재능인데?"

"바로 남의 주머니를 터는 재능이었사옵니다."

"뭐야? 결국 소매치기였단 거잖아?"

"그렇사옵니다."

근데 여기까지 듣고 가만 생각해 보니 스파이나 소매치기나 필요한 스킬이 비슷할 거란 생각이 들었다. 둘 다 들키지 않고 상대의 중요한 무언가를 훔쳐야 하기 때문이지.

그 대상이 스파이는 정보고 소매치기는 돈이란 점만 다를 뿐.

"재능까지 들먹이는 걸 보면 실력은 좋았나 본데?"

"맞사옵니다. 솜씨가 워낙 좋아 뒤를 쫓던 포도청은 매번 허탕만 치다가 그를 유령이라 부르기 시작했사옵니다. 존재하지만 절대 잡히진 않는단 뜻이지요."

"그런 미꾸라지 같은 놈을 어떻게 잡았대?"

"놈이 멋모르고 강 대장의 주머니를 털었사옵니다."

"하하, 그다음은 뻔하군."

"전하께서 예상하신 대로 화가 잔뜩 난 강 대장은 용호군 전 요원에게 놈을 잡아 오면 큰 상금을 준다고 선포했고 상금에 눈이 먼 요원들이 보름 가까이 고생해 붙잡았지요."

"잡고 나서 협박한 거야?"

"그렇사옵니다. 죄인이긴 해도 그런 특출한 재능을 지닌 이가 많진 않으니까요. 그 재능을 아까워한 강 대장이 포도청에 끌려가 참수당하기 싫으면 추룡군에 들어오라 협박했고 선택의 여지가 없던 놈은 강 대장의 말대로 하였사옵니다."

"그래서 진실이라고 한 거야?"

"그렇사옵니다. 유령은 지엄한 국법을 어긴 몸. 전하께서 그를 쓰는 일이 마땅치 않으신다면 당장 추포하여 포도청에 넘길 수밖에 없사옵니다. 다만, 한 가지 말씀드리고 싶은 건 그가 추룡군에서 가장 뛰어난 비밀 요원이란 점이옵니다."

다른 임금이라면 혹시 모른다.

능력이 있든 말든 상관없이 국법을 어긴 죄를 물어야 한다고 생각하는 고지식한 이들이 많으니까.

하지만 난 다르다. 난 무엇보다 능력을 우선시한다.

"아, 걱정하지 마. 놈이 사람을 죽이지만 않았으면 상관없으니까. 더구나 지금은 고양이 손이라도 빌려야 할 판인데 소매치기라도 재능이 있으면 데려다가 써야지, 별수 있나."

"황공하옵니다."

"단, 그런 망아지 같은 놈은 너네가 고삐를 확실히 쥐고 있어야 해. 고삐가 느슨해지면 바로 옛날 버릇 도진다고."

"직접 만나 보시면 그런 자가 아님을 아실 테지만……, 일단은 명하신 대로 고삐를 확실히 잡아 놓고 있겠사옵니다."

"어떤 놈인지 아니까 전보다 더 기대되는데?"

"그라면 분명 월척을 낚을 것이옵니다."

난 말없이 고개를 끄덕였다.

CIA가 크래커를 잡아 자기네 해커로 고용하는 거랑 비슷한가?

소매치기도 해킹이긴 하지.

그게 컴퓨터가 아니라 남의 주머니라 문제지만.

아무튼 지금은 전문가에게 맡기고 기다리는 수밖에 없겠어.

78장. 그건 그렇고 정말 안 되냐?

유령은 거침이 없었다.

동료들이 오히려 그 대범함에 기가 질렸다.

그는 정찰하란 지시가 내려오기 무섭게 광산 뒷길을 어슬렁어슬렁 걸어 내려갔다. 심지어 그것도 해가 쨍쨍한 대낮에.

흥수가 광산 주변의 망루로 감시 중이란 점을 생각하면 제발 죽여 달라 작정한 행동이나 다름없었다.

유령은 당연히 뒷길 망루 감시자의 눈에 바로 띄었다.

"아, 어이없게 끝났네. 역시 소문은 믿을 게 못 된다니까."

숨어서 지켜보던 동료들이 고개를 절레절레 저을 때.

유령은 망루 뒤 풀숲에 들어가 바지춤을 풀고 주저앉았다.

근데 그 모습이 너무 자연스러워 꾸민 행동 같지 않았다.

누가 봐도 진짜 똥이 마려워 풀숲에 들어간 사람의 모습이다.

사정을 아는 동료도 감쪽같이 속을 지경인데 사정을 모르는 감시자라면? 안 속기가 더 힘들겠지.

역시 속아 넘어간 감시자가 유령에게 쌍욕을 퍼부었다.

"야, 이 호로새끼야, 니가 거기서 똥을 싸면 구린내가 여까지 올라오잖아!"

유령도 지지 않고 같이 욕을 날려 주었다.

"야 이 배라먹을 새끼야! 누군 여기서 싸고 싶어 싸냐? 이 땡볕에 똥간까지 걸어가기 힘드니까 여기서 싸는 거 아녀!"

"어젯밤에 거기다 똥 싸 놓은 새끼도 너지? 오늘 아침에 나오다가 내가 그 똥 밟는 바람에 새 짚신을 통째로 버렸어, 새끼야!"

"이 새끼가 엄한 사람 잡네! 여긴 나도 오늘이 처음이야! 정 못 믿겠으면 우리 엄마, 아부지를 걸지. 이래도 안 믿냐!"

"어휴, 냄새! 뭘 처먹어서 냄새가 이렇게 구린 거냐!"

"그럼 니 똥은 창포꽃 냄새라도 나냐! 이 똥간에 빠져 뒈질 새끼야!"

똥을 다 싼 유령은 풀잎으로 대충 마무리하고 바지춤을 올렸다. 물론, 감시자와 계속 별의별 욕을 주고받으면서.

그런 행동은 유령이 광산으로 들어가기 전까지도 이어졌다.

감시자가 망루 근처에 몰래 똥을 싸 놓고 내빼는 놈들에게 화가 나 지금처럼 소리 지른 적이 한두 번이 아닌 모양이다.

별일 아니라는 듯 광산의 누구도 관심을 주지 않는다.

유령 쪽에도 관심을 두지 않긴 마찬가지고.

그 모습을 본 최제문은 어이가 없어 헛웃음이 나왔다.

"오히려 눈길을 끌어 의심을 피한다고? 하, 완전 돌은 새끼네."

한편, 잠입에 성공한 유령은 재능을 유감없이 발휘했다.

바로 유령이란 이름을 얻게 된 소매치기 쪽의 재능을.

그는 건물을 들락거릴 때마다 옷차림과 얼굴이 매번 바뀌었다. 옷은 훔쳐 입고 얼굴은 숯과 재를 써서 변장하는 거다.

얼굴에 재를 묻힌 광부들이 주변에 수두룩해 더 감쪽같다.

망원경으로 유령을 감시하던 최제문도 가끔 종적을 놓칠 정도였으니 말 다 했지.

건물 조사를 마친 유령은 대담하게도 광부 행렬에 숨어들어 갱도 안으로 들어갔다. 꽤 깊이 파고들어 간 갱도여서 20분 넘게 걸어서야 작업장에 도착했다.

채굴 방식은 간단했다. 노련한 광부들이 곡괭이로 돌벽을 찍어 광석을 캐내면 이제 막 이 바닥에 들어온 젊은 광부들이 금광석을 주섬주섬 모아 지게에 싣고 왔던 길을 돌아가는 식이다.

유령은 당연히 젊은 광부 틈에 끼어 움직였는데 광부로 평생 일한 사람처럼 행동이 자연스러워 아무도 의심하지 않았다.

젊은 광부들이 하나둘 지게에 광석을 가득 싣고 돌아갈 때.

유령은 몰래 빠져나와 갱도 이곳저곳을 조사했다.

갱도는 거미줄 같았다.

거기다 형태나 방향에 규칙이 없어 더 헷갈렸다.

여기서 일하는 광부도 지도 없이는 목적지를 찾기 힘들다.

다만, 유령은 이런 쪽에 천부적인 재능을 타고났다.

그는 두 가지 기준을 가지고 조사했다.

최근까지 지나다닌 흔적이 있는가?

있다면 사람들이 왠지 꺼리는 곳인가?

다행히 두 가지 기준에 부합하는 갱도가 하나 있었다.

유령은 그 갱도를 타고 안으로 걸어갔다.

잠시 후, 볏짚으로 무언가를 덮어 놓은 은밀한 장소에 도착했다.

유령은 바로 볏짚을 들춰 안을 확인했다.

"흐음."

유령의 입에서 신음이 절로 터져 나왔다.

볏짚 밑에는 화약이 든 통 10여 개가 쌓여 있었다.

다 합치면 광산을 무너트릴 정도의 대폭발을 일으킬 양이다.

유령은 볏짚을 원상태로 돌려놓고 통 옆으로 돌아갔다.

화약통 뒤에 수상한 철문이 있었다.

유령은 철문을 두드려도 보고 밀어도 보았다.

두께가 상당해 사람 혼자선 열기 어려웠다.

다행히 지금은 철문이 반쯤 열려 있어 안을 엿보는 게 가능했다. 접근하는 이가 없음을 확인한 유령은 철문 안을 들여다보았다.

평범한 갱도라 용도를 알기 어려웠다.

유령은 눈을 감고 손을 들이민 상태로 기다렸다.

손끝에 바람이 빨려 나가는 느낌이 미세하게 전해졌다.

이 통로가 밖과 연결되어 있단 증거다.

"흐음, 그렇단 말이지."

수색을 마친 유령이 지게를 짊어지고 돌아가려는데.

등롱의 불빛이 위아래로 흔들리며 다가오는 모습이 보였다.

누군가 이쪽으로 오고 있단 뜻이다.

유령은 순간 고민했다. 철문 쪽 통로로 도망쳐야 하나?

그러나 그 생각은 빠르게 포기했다.

통로 끝에 뭐가 있는지 알 수 없다.

혹여라도 보초가 있다면 정말 빼도 박도 못한다.

똥 누려고 왔단 핑계도 안 통한다.

유령은 재빨리 지게를 내리고 기다렸다.

불빛은 그새 더 가까워졌다.

이제 놈들이 벽 하나면 돌면 그를 발견한다.

유령은 놈들의 속도에 맞춰 재빨리 바지춤을 풀고 소변을
보았다.

시원한 소변 줄기가 볏짚에 쏟아지는 순간. 칼을 쥔 험상
궂은 사내 두 명이 그를 발견하고 깜짝 놀랐다.

"야! 너 그게 뭔지 알고 그 위에다 오줌을 싸는 거야?"

유령은 놀란 척하며 몸을 돌려 소변을 사내들 쪽으로 뿌렸다.

질겁한 사내들이 이리저리 몸을 날리며 악을 마구 써 댔다.

"이, 이 미친 새끼! 물건 빨리 다른 데로 안 돌려!"

유령은 다시 반대로 돌아 볏짚에 오줌을 누었다.

"아, 아니 그쪽 말고 다른 쪽으로 돌리라고!"

유령은 다시 몸을 돌려 사내 쪽으로 오줌을 갈겼다.

"이 새끼가 진짜 죽고 싶어 환장했나!"

오줌도 무한히 나오는 게 아니어서 그나마 다행이다.

바지춤을 급히 끌어올린 유령은 민망한 표정으로 지게를 다시 어깨에 걸머지고 입구 쪽으로 걸어갔다.

"소, 소인은 이만 가 보겠습니다요."

"잠깐!"

사내 하나가 손에 든 등롱으로 그를 막아서며 물었다.

"너 여긴 어떻게 알고 들어왔어?"

"보, 보다시피 소피가 급해 사람이 없는 델 찾다 보니……."

"소피 정돈 일하던 갱도에서 싸도 되잖아?"

"찌린내가 난다고 거기선 이제 못 싸게 합니다요."

"정말이야?"

유령은 손에 묻은 오줌을 아무렇지 않게 옷에 닦았다.

"가서 아무나 붙잡고 물어보십쇼. 그럼 소인의 말이 거짓이 아님을 금방 아실 겁니다요. 그동안 얼마나 참았는지 오줌보가 터져 죽는 줄 알았습니다요. 한데 두 분은 여긴 어떻게 오셨습니까요? 절 찾으러 오신 겁니까요? 홍 영감, 그 망할 영감탱이가 보냈습니까요? 하여튼 홍 영감은 사람이 숨 돌릴 틈을 안 준다니까요……."

"아아, 됐어. 넌 그만 가 봐."

"아, 예. 가라면 가야지요."

유령이 지게를 지고 총총걸음으로 떠나려는데.

지금까지 말이 없던 다른 사내가 불쑥 물었다.

"이름이 뭐냐?"

"두남입니다, 두남."

"홍 영감을 잘 아나?"

"헤헤, 홍 영감하곤 동향이지요. 여기도 홍 영감의 소개로……."

"알았어, 가 봐. 그리고 다신 얼씬거리지 말고."

"예, 예, 나으리."

고개를 꾸벅 숙인 유령은 서둘러 그곳을 떠났다.

유령이 모습을 감추고 나서.

사내 하나가 다른 사내에게 물었다.

"저 새끼가 뭘 봤을지 알고 그냥 가게 뒀어?"

"홍 영감하고 친하단 소릴 너도 들었잖아."

"홍 영감 때문이라고?"

"그래, 홍 영감이 저번에 광부가 한 명이라도 더 죽어 나가
면 그때부터 자긴 손 떼겠다고 했잖아. 그분도 그래서 최대한
홍 영감의 비위를 거스르는 일이 없게 하라고 하신 거고."

"그럼 저놈은 홍 영감 땜에 산 거군."

"그렇지."

한편, 사내들이 무슨 이야기를 나누는지 알 리 없는 유령은
이번에 확인한 내용을 최 과장에게 전하기 위해 서둘렀다.

사실, 홍 영감, 두남 다 광산에 있는 건물에서 본 인물이다.

생김새와 체격을 미리 봐 둔 덕에 등롱 하나에 의지해 불을
밝히는 갱도 안에선 그가 두남인지 두식인지 알기 어렵다.

홍 영감은 건물 안을 지나가며 슬쩍 보기만 했을 뿐인데도 은연중에 좌중을 압도하는 기운이 있어 이름을 판 거고.

어쨌든 탈출에 성공한 유령은 노을이 질 무렵, 광산을 몰래 빠져나와 대기하던 최제문에게 알아낸 정보를 보고했다.

상황이 심각하다고 느낀 최제문이 유령의 의사를 타진했다.

"돌아가서 철문이 어디로 이어지는지 확인할 수 있겠어?"

"그건 나더러 죽으란 얘기 아닙니까?"

"이번 작전만 성공하면 전하께서 직접 큰 상을 내리실 거다."

"어떤 상요?"

"지금까지 네가 저지른 죄를 포도청 서류에서 없애 주는 건 어때? 그럼 더는 밤마다 악몽을 꿀 이유가 없어지는 건데."

잠시 고민하던 유령은 바닥에 침 한 번 뱉고 돌아섰다.

"작전 끝나면 기생집 데려가 술 사 준단 약속도 잊지 마십쇼."

"술이 문제냐? 성공만 하면 아예 술도가를 하나 차려 주마."

"안 지키면 과장님은 평생 주머니에 돈 들어 있는 꼴을 못 볼 겁니다."

"자식, 겁주기는. 한데 가기 전에 하나만 묻자. 거기서 똥 쌀 생각은 대체 어떻게 한 거냐?"

"눈 부릅뜨고 쳐다본다고 감시를 잘하는 게 아닙니다."

"인마, 그만 비싸게 굴고 어떻게 그런 생각을 한 건지나 말해 봐."

"진짜 감시는 상대의 빈틈을 찾는 거죠. 광산에서는 그 망루가 바로 그런 빈틈이었고. 며칠 동안 망루에 있던 놈이 똥 싸고 튀는 놈들이랑 티격태격하는 소리가 여까지 들렸는데 그걸 이용 안 하면 그게 더 이상한 겁니다."

유령은 그 말을 남기고 다시 광산으로 돌아갔고.

최제문은 한동안 뭔가를 골똘히 생각하다가 정보를 정리해 파발로 도성에 띄웠다.

◆ ◈ ◆

강대산이 두 군장을 대동하고 희정당을 찾았다.

"전하, 대유동 금광은 흉수의 함정이었사옵니다."

"자세히 얘기해 봐."

한동안 설명을 듣고 나서 물었다.

"우리 애들이 쳐들어가면 화약통을 터트리고 자기네들은 그 철문 뒤에 숨겨 둔 갱도를 이용해 빠져나가겠단 수작이란 거야?"

"틀림없사옵니다."

"그럼 두 가지 문제가 있는 거네."

안교안도 나와 같은 생각이었다

"맞사옵니다. 첫 번짼 그 통로와 이어진 출구가 어디인지가 중요하옵니다. 우리의 감시망 안인지, 아니면 밖인지에 따라 작전에 변화를 줄 수밖에 없사옵니다. 두 번째는 민간에서 그 정도의 화약을 어떻게 구했느냐 하는 것이옵니다."

"그 유령이란 애를 시켜 확실히 알아내. 결행 날 뒤통수 세게 맞고 싶진 않으니까. 더구나 그게 국혼 날이라면 더더욱."

41

강대산과 안교안, 고검이 동시에 머리를 조아렸다.

"예, 전하!"

일단 대유동 광산 문제는 이쯤에서 마무리하고.

남은 안건으로 화제를 전환해 강대산에게 물었다.

"궐에 잠입한 애들은 뭐 건진 거 있어?"

"의녀 쪽에서 의심스러운 정황이 발견되어 감시 중이옵니다."

"의녀라고?"

"그렇사옵니다."

"이상하군. 난 요즘 내의원 어의에게 진맥 받은 적이 없는
데. 더구나 거기서 올리는 보약은 더더욱 손 안 대는 중이고."

대답은 안교안 쪽에서 나왔다.

"알아본 바에 따르면 중전마마 되실 분이 국혼을 위해 입궁
하면 별궁을 마련해 준비하는 시간을 갖는다고 들었사옵니다."

"보통은 그렇지. 규수가 새로 배워야 할 게 산더미니까."

"그때, 어의에게 정기적으로 진맥 받는다는데 사실이옵니까?"

"그럴 거야. 원자를 낳을 몸인데 어디가 아프고 그러면 곤
란하지."

"진맥 받을 때, 어의를 따라온 의녀가 중전마마께 은밀히
손을 쓸 수 있사옵니다. 흉수의 목적이 국혼을 방해해 시간을
끄는 데 있다면 말이옵니다."

관례를 따르면 어의가 자주 방문해 규수를 진맥한다.

물론, 바늘 가는 데 실 가는 거처럼 의녀도 당연히 따라왔고.

사내인 어의는 규수의 몸을 보거나 만져선 안 되기 때문이다.

반드시 여자인 의녀가 옆에서 어의를 도와야 한다.

"일리가 있네. 그럼 이제 어떻게 할 거지?"

"우선……."

난 용호군과 대책을 상의하고 나서 몇 가지 잡무를 처리했다.

우선 놈들이 구한 화약의 출처를 조사했더니 당연하게도 군기시가 나왔다.

사실 조선에서 화약을 대규모로 구할 수 있는 곳이 군기시 밖에 없긴 하지.

난 곧장 화약을 밀반출한 놈들을 잡아 엄히 벌했고.

대유동 광산에서 지금도 생과 사를 넘나들며 줄타기하고 있을 유령을 위해 그와 관련한 포도청 서류를 없애 주었다.

그사이, 최종 후보로 선출된 최씨 규수가 별궁에 입궁했다.

별궁 입궁부터는 스케줄을 변경하기 힘들다.

일정이 아주 타이트하게 짜인 탓이다.

그렇게 최씨 규수가 별궁에서 스파르타식 강훈련을 받을 때.

용호군 전체가 살얼음판을 걷듯 신중하게 작전에 임했다.

이번 일에 목이 걸린 사람이 많아 호위에 더 주의를 기울였다.

여기서 잘못되면 한두 사람 죽는 걸로는 절대 안 끝난다.

아마 수십 명이 죽고 수백 명은 귀양 가야 할 거다.

그사이 왕실도 안주인 맞을 채비에 들어갔다.

우선 비어 있던 대조전과 그 주변 전각부터 새로 단장했다.

선공감 장인들이 벌 떼처럼 달라붙어 부서진 기와를 교체 하고 벗겨진 단청은 새로 칠했다.

얼마 후엔 첫날밤 잘 치르라고 침방이 특별히 만든 새 비단 이불을 보냈다.

흐흐, 새 이불 따윈 없어도 첫날밤은 잘 치를 수 있는데.

희정당은 다른 의미로 분주했다.

지금은 별궁을 훔쳐보려는 날 왕두석이 뜯어말리는 중이다.

"전하, 이젠 정말 며칠 안 남았사옵니다."

"내가 이런 식은 좀 어색해서 그래, 인마."

"어떻게 어색하신데요?"

"넌 규수랑 말 한마디 못 해 보고 혼인할 수 있냐?"

"그야 당연한 일이지 않습니까? 남녀칠세부동석인데."

"하, 그놈의 남녀칠세부동석. 무슨 유교 탈레반도 아니고 말이야."

"예?"

"넘어가. 맨날 하는 실없는 소리야."

"아, 예."

"그건 그렇고 정말 안 되나?"

"중전마마 되실 분이 오해하면 큰일이옵니다."

"무슨 오해?"

"전, 전하께서 훔쳐보는 걸 즐기시는……."

"지금 과인더러 변태라고 한 거야?"

왕두석이 도망치면서 소리쳤다.

"소관은 그런 말 안 했사옵니다. 전하께서 직접 꺼내신 거지."

"너 이 새끼, 잡히면 변태가 뭔지 제대로 가르쳐 주마."

"으아악, 살려 주시옵소서."

희정당 주위를 쫓고 쫓기는 우리를 보고 상선은 허허 웃었고, 홍귀남과 쌍둥이는 나를 위해 왕두석을 짐승처럼 몰아갔다.

그렇게 실없는 소리로 긴장을 풀다 보니 국혼이 정말 얼마 남지 않았단 게 실감 난다.

전생, 현생 통틀어 첫 번째 장가다.

내가 유부남이 될 거라곤 평생 생각해 본 적 없다.

왕이 되어 중전을 맞을 거라고는 더더욱 생각해 본 적 없고.

암튼 오래 살고 볼 일이다.

안 그래도 예학에 환장한 나라가 국혼을 치른다?

당연히 그 절차가 길고 복잡할 수밖에 없겠지.

국혼은 삼간택이 끝남과 동시에 바로 시작되는데, 보통은 예조가 가례도감 설치로 테이프를 끊는 경우가 많다.

가례도감을 설치하면 규수는 친정에서 나와 별궁에 들어간다.

별궁에 들어가는 즉시, 내명부가 선발해 보낸 노련한 상궁과 나인이 달라붙어 24시간 케어하며 가르친다.

규중에서 금지옥엽 대접받으며 살던 규수에게 갑자기 임금을 내조하고 내명부를 다스리라고 하면 그게 제대로 되겠어?

당연히 그전에 따로 직업 훈련소 같은 기관에 들어가 교육 받아야겠지. 여기서는 그게 별궁인 거고.

규수는 무려 반년을 별궁에 머물며 여러 가질 배운다.

왕실 예절, 윗전을 모시는 법, 내명부 다스리는 법 등등. 심지어 임신을 위한 방중술까지 배운다고 하니 꽤 디테일하다.

왕비가 되는 일도 그리 쉽지만은 않은 셈이다.

물론, 별궁에 파견 가는 궁녀 선발 경쟁도 아주 빡세다.

다들 미래의 왕비에게 잘 보이고 싶어서겠지.

왕비의 의향에 자신들의 출셋길이 달렸으니.

최씨 규수도 현재 별궁에 들어가 한창 교육받는 중인데 이번에는 여러 가지 사정으로 인해서 기간이 많이 짧아졌다.

그사이, 가례도감도 차근차근 절차를 밟아 나갔다.

국혼이 정해지면 가장 먼저 종묘와 사직에 제를 올린다.

종묘는 역대 왕의 신주를 모신 장소다.

그리고 사직은 나라 그 자체를 의미한다.

즉, 길일을 골라 종묘와 사직에 제를 드림으로써 국혼이 있음을 조상과 나라에 고하는 거다.

이러한 과정을 택일이라 한다.

물론, 이런 번잡하기만 한 예식을 귀찮아하는 이도 있다.

그런 호로자식이 누구냐고?

"꼭 과인이 직접 가서 제사를 지내야 하는 거요?"

내 불평에 상선이 따끔하게 일침을 놓는다.

"신랑이 안 가면 이게 다 무슨 소용이겠사옵니까."

"상선은 장가도 안 갔으면서 어찌 그리 잘 아시오?"

"장가는 안 갔지만, 결혼시킨 왕족만 수십 명이 넘사옵니다."

"상선이 왕실의 웨딩 플래너란 소리구만."

"또 실없는 소리를 하시는군요."

"들켰구만."

"서두르시지요. 오늘 다 돌아야 일정에 차질을 안 빚사옵니다."

"갑니다, 가요."

택일이 끝나면 납채다.

납채는 쉽게 말해 처가에 통보하는 절차다. 당신 딸이 왕비가 될 거니 그리 알고 당분간 자숙하란 의미다.

현대라면 납채 대신에 상견례가 있었겠지.

그리고 장인, 장모가 예비 사위에게 꼬치꼬치 캐묻겠지.

자네 회사는 어디 다니고 연봉은 얼만가?

자네 부모님은 노후 대책이 있으신가?

예비 사위 명의로 된 집은 있는가?

집이 없으면 시부모님이 집 장만을 좀 도와주시기로 했는가?

질문이 보통 이러니 여기서 파투 나는 결혼도 꽤 많이 봤다.

물론, 난 왕이라 장인, 장모에게 이런 시달림을 받지 않는다.

그냥 처가에 통보하는 거다.

아, 그렇다고 무슨 납치 결혼처럼 한단 말은 아니다.

그래도 사위가 명색이 왕인데 체통이 있지.

인정전에 대소 신료를 모아 놓고 가례도감 정사와 부사를 불렀다.

정사는 영의정 이경석이고 부사는 예조판서 김좌명이다.

먼저 장인에게 주는 서찰인 교명문을 읽고 이경석에게 주었다.

이경석은 읍을 하고 나서 공손히 두 손으로 교명문을 받았다.

"신 이경석, 어명을 받고 국구에게 교명문을 전하겠사옵니다."

"수고해 주시오."

이어 부사 김좌명에겐 비단 보자기에 싼 기러기 인형을 주었다. 이해는 안 가지만 기러기가 백년해로의 상징쯤 되는 모양이다. 쉽게 말해 처가에 이혼 안 하고 잘 살겠단 뜻을 전하는 거겠지.

아, 그리고 보니 조선도 이혼한 사례가 꽤 있네.

일방적으로 중전을 쫓아내는 이혼이긴 하지만.

심지어 그중에 둘은 사약까지 먹여 죽였고.

암튼 납채가 끝나면 납징이 이어진다.

납징은 처가에 혼수를 보내는 절차다.

평범한 대갓집 혼례만 해도 혼수품 양이 어마어마하다.

근데 이건 심지어 국혼이다.

혼수품의 종류, 규격, 양까지 엄격히 정해져 있다. 혼수 메인은 비단인데 붉은색과 검은색 비단을 깔 맞춰 보낸다.

납채 다음인 고기는 국혼 날짜를 정하는 거다.

백성들도 이사할 날이나, 결혼한 날을 신중하게 고른다.

하물며 그게 나라의 가장 큰 경사인 국혼이라면?

신중하다 못해 더디다.

천문을 맡아 보는 관상감부터 평소에 주역 풀이를 잘하는 대신까지 전부 동원돼 길한 날을 고르고 골라 날을 잡는다.

날을 잡으면 다시 처가에 통보한다.

국혼에서 처가의 의견은 별로 중요하지 않은 셈이다.

여기까지 마쳐야 비로소 예식 준비가 끝난다.

준비가 끝났으면 이제 본 예식을 치러야지.

예식의 첫걸음은 왕비를 책봉하는 행사로 시작된다.

전제국가에선 왕비도 왕의 신하다.

그래서 구청에 가서 혼인신고 하는 대신에, 왕이 작위를 내린다. 이를 책비라 부른다.

난 예조가 준비한 교서와 여러 물건을 확인했다.

이건 무슨 사단장이 훈련 전에 군장 검사하는 거 같네.

예판 김좌명이 따라다니며 일일이 설명했다.

"이건 교명문이고 이건 왕비를 책봉하는 책문이옵니다."

"이 이상한 물건은 뭐요?"

"아, 이건 보수이옵니다."

난 보수란 장식품을 들고 이리저리 살펴보았다.

거북이 모형에 솔과 방울을 끈으로 엮은 이상한 상태.

거북이는 장수하란 의미 같긴 한데 다른 건 뭔지 모르겠네.

그 외엔 거의 다 왕비 옷과 화장품, 보석 장신구 같은 것들이다.

옷만 해도 웬만한 대갓집 혼수보다 비싸겠어.

왕실 결혼이 이래서 기둥뿌리가 뽑힌다고 하는구나.

"예조에서 국혼을 준비하느라 애 많이 썼소. 이제 얼마 안 남았으니 예학 꼴통들에게 책잡히지 않게 계속 조심합시다."

"예, 전하. 성심을 다해 준비하겠사옵니다."

김좌명은 왕인답게 내 뒷담화를 못 들은 척했다.

난 그 모습을 보고 피식 웃었다.

김좌명도 능구렁이가 다 되었네.

◆ ◆ ◆

효종 탈상이 끝난 직후.

온 세상이 짙은 녹음으로 물든 초여름 아침.

최은이 지내는 별궁은 아침부터 정신없이 분주했다.

바로 오늘이 긴 기다림 끝에 왕비로 책봉받는 날이다.

궁에서 나온 하인들이 별궁을 쓸고 닦는 동안.

궁녀들은 옆에서 최은의 목욕 시중을 들었다.

특별한 일이 없으면 오늘 첫날밤을 치를 공산이 크다.

최은도 몸단장에 각별히 신경 썼다.

씻고 나선 깨끗한 속옷과 속치마로 갈아입고 의녀들을 만났다.

홍씨와 남씨 성을 쓰는 의녀다.

이미 여러 번 본 사이라 최은도 편하게 대했다.

"내가 대궐에 들어가면 그대들도 따라오는가?"

성격이 활달한 홍씨 의녀가 눈웃음을 살살 쳤다.

"호호, 중전이 되시면 뭔들 못 하시겠어요? 내명부에 명만 내리시면 되는 일인데요. 그럼 내의원이 저희 둘을 콕 집어 중전마마를 모시는 대조전으로 보낼 겁니다."

"아, 알겠네. 내 잊지 않고 꼭 그대들을 대조전으로 부르겠네."

성격이 약간 무뚝뚝한 남씨 의녀가 재촉했다.

"인제 그만 누우시지요."

"부탁하네."

최은은 이불 위에 똑바로 누웠고.

남씨 의녀가 다가앉아 최은의 건강 상태를 살폈다.

원래는 어의가 하는 일이지만 어제 받은 진맥에서 별문제가 없어 오늘은 의녀가 간단히 부인병 위주로 검사에 나섰다.

부인병 진찰이란 게 속치마와 속곳을 들추고 해야 하는 일인지라, 진찰받는 당사자도, 검사하는 의녀도 별말이 없었다.

남씨 의녀가 최은의 속치마를 내려 주며 물었다.

"그건 저번 달에 하고 나서 아직이지요?"

"그렇네."

"아주 좋습니다."

"한데 그런 거까지 일일이 계산해야 하는 건가?"

"그래야 빨리 원자 아기씨를 회임하십니다."

"아, 궁에서 나온 상궁에게 배웠네."

남씨 의녀를 돕던 홍 씨가 웃으면서 끼어들었다.

"상궁이 다른 건 안 가르쳐 주던가요?"

"무얼 말인가?"

"가령 상감마마와의 첫날밤과 관련한……."

"자네 인제 보니 못 하는 소리가 없구만!"

말은 그렇게 하면서도 배우긴 배운 모양이다.

최은의 옥 같은 얼굴이 도화 꽃으로 변했다.

그 모습에 홍 씨는 겁을 먹긴커녕, 오히려 깔깔대며 웃었다.

"휴우."

한숨을 내쉰 남 씨가 돌아서서 홍 씨를 쏘아보았다.

홍 씨는 여전히 싱글거리며 웃고 있었다.

사춘기 소녀처럼 순진무구한 표정이다.

남 씨가 고개를 절레절레 저었다.

"자넨 입이 방정이야. 그 바람에 제 명에 못 죽겠어."

"갑자기 왜 악담을 하고 그래요?"

홍 씨가 눈썹을 치켜올리며 묻는 순간. 남 씨가 갑자기 자기 머리에 있던 비녀를 뽑아 손에 쥐었다.

당연히 삼단 같은 긴 머리카락이 풀리며 쫙 펼쳐졌는데.

홍 씨가 그 모습에 잠시 넋을 빼앗긴 사이.

남 씨가 비녀를 양손으로 잡고 비틀어 송곳을 꺼냈다.

겁을 먹은 홍 씨가 주춤거리며 물러섰다.

"송, 송곳은 어떻게 갖고 들어왔어요?"

최은도 놀라 얼른 상체를 세웠다.

"무슨 일인가? 왜들 그러는 게야?"

그 순간.

남 씨가 송곳을 거꾸로 쥐고 홍 씨의 가슴을 찔렀다.

"악!"

낮은 비명을 지른 홍 씨가 가슴을 붙잡고 앞으로 쓰러졌다.

돌아선 남 씨가 여전히 어안이 벙벙한 최은을 보며 속삭였다.

"죽는 것이 억울하거든 나 말고 이 더러운 세상을 탓하시오."

말이 끝나기 무섭게 남 씨가 송곳으로 최은을 찔렀다.

최은은 너무 놀란 나머지 몸이 굳어 피하질 못했다.

그저 부들부들 떨며 날아오는 송곳만 지켜볼 뿐이다.

막 송곳이 최은의 심장을 찌르려는 순간.

쿵 하는 소리가 들리더니 남 씨가 풀썩 고꾸라졌다.

이어 어느새 일어난 홍 씨가 송곳을 쥔 남 씨의 손을 두 팔
로 단단히 붙들고 나서 입술을 모아 휘파람을 불었다.

즉시, 나인 세 명이 세 방향에서 동시에 들어와 남 씨를 제
압했다.

홍 씨는 그 틈에 남 씨의 입을 벌려 동그란 구슬을 꺼냈다.

구슬은 반쯤 금이 가서 벌써 역한 냄새가 풍겼다.

아마 제압이 조금만 늦었어도 구슬이 깨졌을 거다.

홍 씨가 남 씨의 얼굴을 발로 차고 나서 표독하게 소리쳤다.

"개 같은 년, 역시 혀 밑에 더러운 걸 물고 있을 줄 알았다!"

홍 씨의 턱짓을 받은 나인 세 명이 남 씨를 포박해 데려갔다.

털썩!

누군가가 주저앉는 소리가 들려 돌아보니.

바닥에 쓰러진 최은이 떨리는 목소리로 물었다.

"방, 방금 무슨 일이 있었던 겐가?"

홍 씨는 큰절을 올리고 나서 조용히 아뢰었다.

"용서하십시오. 소녀는 의녀가 아니라, 용호군 추룡군 소속 잠입 요원입니다. 처녀일 적에 내의원 의녀로 일한 적이 있어 이번과 같은 큰일을 맡을 수 있었지요."

"용, 용호군? 추룡군? 난 도무지 뭐가 뭔지 모르겠네."

"모두 상감마마께서 안배하신 일이니 걱정하실 필요 전혀 없으십니다. 지금 일은 되도록 빨리 잊으시고 책봉 사자를 맞을 준비를 서두르셔야 할 줄 압니다."

"그보다 몸은 괜찮은가? 아까 송곳에……."

홍 씨가 웃으면서 저고리 고름을 풀어 보였다.

저고리 안에는 솜과 가죽으로 만든 조끼가 있었다.

"송곳은 솜을 찔렀을 뿐입니다. 걱정하지 마십시오."

말은 그렇게 했지만, 심장이 있는 부위에 핏물이 살짝 비쳤다.

"그, 그래도 피가 나는데?"

"피륙이 긁힌 정도입니다. 마마, 서두르시지요. 곧 사자가 당도할 겁니다."

"알, 알았네."

최은도 나이에 비해 강단이 있었다.

조금 전 일은 최대한 잊고 몸단장을 서둘렀다.

책봉 사자를 기다리게 해선 절대 안 된다.

곧 궁녀가 들어와 적의라 불리는 화려한 예복을 입혔다.

옷만이 아니다.

보석으로 장식한 왕관을 쓰고 장신구도 여러 개를 달았다.

마지막으로 곱게 화장까지 마쳤을 때.

시중들던 궁녀들이 너 나 할 거 없이 탄성을 토했다.

맨얼굴일 때도 아름다웠지만 지금은 선녀를 방불케 하였다.

아니, 선녀 뺨을 왕복으로 후려칠 정도로 예뻤다.

"책봉 사자 당도요!"

밖에서 들린 외침에 최은은 상궁의 부축을 받아 방을 나섰다.

햇볕 잘 드는 곳에 이미 붉은 돗자리가 깔려 있었다.

최은은 천천히 걸어가 돗자리 위에 무릎 꿇고 앉았다.

책봉 사자가 바로 왕비 책봉 교서를 낭독했다.

최은은 교서 내용이 귀에 잘 들어오지 않았다.

어려운 말이 많았다.

더구나 좀 전의 일로 아직도 머리가 멍했다.

낭독이 끝나고 나선 예조 관원이 신물을 바쳤다.

최은이 왕비의 신물까지 받고 천천히 일어났을 때.

궁녀, 내관, 금군 할 거 없이 전부 꿇어 엎드려 큰절을 올렸다.

심지어 책봉 사자도 같이 절을 올렸다.

절도 한 번으로 끝나지 않았다. 무려 네 번을 하고 나서야
끝났다.

절까지 마치고 났을 때.

"중전마마를 알현하옵니다!"

"중전마마를 알현하옵니다!"

"중전마마를 알현하옵니다!"

모든 사람이 일제히 읍을 하며 외치는 소리가 메아리로 울렸다.

최은은 그제야 돗자리에 무릎 꿇고 앉았을 때까진 최씨 댁 규수였지만 일어났을 땐 조선의 국모가 되었음을 실감했다.

왠지 이상한 기분이 들어 온몸에 소름이 돋았다.

80장. 좀 더 걸릴 거라 하시오.

　신부가 책비 행사로 바쁠 때 신랑도 준비하느라 여념이 없었다.

　오랜만에 대례 예복을 걸쳤는데 이게 제법 기깔난다.

　머리에는 면류관이라 하여 주렴이 달린 이상한 모자를 쓴다.

　옷은 한 수 더 뜬다. 국혼 때는 왕을 상징하는 무늬를 수놓은 구장복을 입는데 다 차려입으면 무슨 게임 속 제사장 같다.

　평소엔 궁녀들이 옷을 입혀 주지만, 구장복은 다르다.

　옷이 여러 겹인 데다, 입는 방법도 복잡하다.

　그래서 상의원 관원이 나와 직접 옷시중을 든다. 지금도 상의원 관원 두 명이 옷을 입히느라 땀을 뻘뻘 쏟고 있다.

58　조선의 문명왕 4

구장복을 반쯤 입었을 때. 상선이 들어와 조용히 아뢰었다.

"마마, 강대산 장군이 급히 뵙길 청하고 있사옵니다."

"알겠소. 너흰 잠깐 나가 있어라."

"예, 전하."

상의원 관원이 나가고 나서 강대산이 들어와 보고했다.

"방금 별궁에서 소식이 왔사옵니다."

"규수는 무사하겠지?"

"그렇사옵니다."

"누구던가?"

"남 씨란 의녀가 시해 도중에 추룡군 요원에게 붙잡혔사옵니다."

"잡힌 의녀는 지금 어디 있나?"

"북원 안가에 가둬 놓았사옵니다."

다행히 별궁 일은 잘 처리된 듯싶었다.

"대유동 건은 어찌 됐나? 유령이 비밀 통로의 출구를 알아냈나?"

"예, 전하."

"모두 잡아들여. 반항하면 죽여도 상관없다."

"어명대로 하겠사옵니다."

"언제쯤 소식을 받아 볼 수 있겠나?"

"파발을 통해 소식이 오는 대로 보고드리겠사옵니다."

"계속 수고해라. 난 오늘 장가가야 해서 바쁘다."

"어제 좋은 꿈은 꾸셨사옵니까?"

"악몽을 꿨지."

"꿈은 반대라 하였사옵니다."

"꿈보다 해몽이구만."

"아무튼 경하드리옵니다."

강대산은 그러면서 큰절을 올리고 나갔다.

난 잠시 서서 생각에 잠겼다. 그러다가 문득 고개를 들었을 때. 희정당 벽에 놓인 거대한 병풍이 보였다.

병풍은 주로 상선이 내 기분을 보고 바꾸는 편이다.

평소엔 장수를 상징하는 십장생도를 펼쳐 놓고. 위엄이 필요할 땐 용과 봉황을 수놓은 일월용봉도를 놓는데. 오늘은 특별한 날이라 나도 처음 보는 작품을 가져다 놓았다.

비익조와 연리지를 그린 비익연리도란 작품이다.

둘 다 부부의 백년해로를 상징하는 내용이란다.

상선이 나를 많이 신경 써 주고 있단 증거겠지.

"그래, 이렇게 만난 것도 인연인데 당연히 백년해로해야겠지."

난 병풍을 툭툭 치고 나서 소리쳤다.

"상의원 관원들을 들여보내시오!"

"예, 마마."

문이 열리며 밖에서 대기하던 상의원 관원 두 명이 다시 들어왔다.

"너흰 어서 하던 일을 마저 끝내라."

"예, 전하."

읍하고 다가온 두 관원은 반쯤 걸친 구장복을 다시 입혔다.

시간이 꽤 흘러 마무리만 남았을 무렵.

상선이 다시 아뢰었다.

"마마, 가례도감에서 준비가 얼마나 되었는지 여쭙고 있사
옵니다."

"좀 더 걸릴 거라 하시오."

"예, 마마."

마침내 마무리까지 끝내고 나서 거울을 가져와 옷을 확인
했다.

이젠 키가 확실히 180센티를 넘는다.

성장판이 완전히 닫히지 않은 상태에서 잘 먹고 운동 많이
하면서 마르지 않은 샘을 꾸준히 수련한 덕분이다.

무엇보다 헬스를 열심히 한 효과를 톡톡히 누렸다.

몸이 몇 년 전보다 전체적으로 크고 두껍다.

그런 몸에 구장복을 걸치니 무슨 염라대왕을 보는 것 같다.

얼굴도 나름 장족의 발전이 있었다.

처음엔 피죽도 못 얻어먹은 것처럼 얼굴색이 파리했다.

근데 지금은 이목구비가 뚜렷해져 매력이 넘친다.

내 입으로 미남이라고까진 못해도 호남 정도되겠어.

흐흐, 이 정도면 중전도 날 보고 뻑 가겠지.

거울에 몸 이곳저곳을 비춰 보며 물었다.

"너희들이 보기엔 어떠냐?"

상의원 관원 둘이 짜기라도 한 것처럼 동시에 외쳤다.

"아주 잘 어울리시옵니다!"

"하하, 내 눈에만 그렇게 보이는 줄 알았는데 너희 눈에도 그렇게 보인다니 다행이구나. 확실히 옷은 누가 입느냐에 따라 천차만별인 것 같은데 너희들도 그렇게 생각하지 않느냐?"

"그렇사옵니다."

한창 내 손으로 얼굴에 금칠하는 중인데 상선이 또 끼어들었다.

"마마, 복녕군, 복창군 형제가 긴히 아뢸 말이 있다고 하옵니다."

난 잠시 눈을 감고 나서 생각하다가 고개를 저었다.

"흐음, 오늘은 바쁘니 다음에 오라 하시오."

잠시 후, 상선이 조금 난감한 목소리로 다시 아뢰었다.

"다음에 오라 하였더니 중전마마 되실 규수와 관련해 급히 아뢰어야 할 말이 있다며 간곡히 뵙기를 청하고 있사옵니다."

"무슨 애도 아니고 왜 이렇게 졸라 대는 거야. 귀찮아 죽겠네."

"어찌할까요? 돌려보낼까요?"

"들여보내시오. 경사스러운 날인데 심보를 착하게 가져야지."

"바로 들여보내겠사옵니다."

상의원 관원 두 명이 읍을 하고 여쭈었다.

"소관들은 이제 돌아가 봐도 되겠사옵니까?"

"그래, 돌아가 봐. 오늘 일은 수고했고."

"황송하옵니다."

상의원 관원 두 명이 뒷걸음질로 나가려 할 때.

문이 열리면서 헌칠한 청년 두 명이 안으로 들어왔다.

나이가 많은 쪽은 20대 초반이고 적은 쪽은 나랑 비슷했다.

그들이 바로 인평대군의 장남 복녕군과 삼남 복창군이다.

국상과 대왕대비, 왕대비 탄신 같은 날에 자주 봐서 얼굴은 이미 익숙하다.

왕실 사내 중에는 이들이 가장 가까운 친척이다.

인평대군이 내 숙부이니 그들과 나는 사촌이 된다.

인사를 하고 나가려는 상의원 관원 둘을 복창군이 붙잡았다.

그러고 나서 고개를 돌려 나에게 공손히 물었다.

"이들이 잠시 같이 있어도 되겠사옵니까?"

"왜?"

"너무 중차대한 일이라서 증인이 필요하옵니다."

"그럼 그렇게 해."

"황송하옵니다."

고개를 돌린 복창군이 상의원 관원들에게 엄히 말했다.

"너희 둘은 남아서 이번 일의 증인이 되어야겠다."

관원 하나가 머리를 숙이며 대답했다.

"전하의 허락이 떨어졌으니 남아 있겠습니다."

"좋아. 우릴 따라와라."

복창군은 복녕군과 상의원 관원 둘을 데리고 다가왔다.

난 앉은뱅이책상 뒤에 앉아 심드렁하게 물었다.

"무슨 일인데 날 꼭 보고 얘기해야 한단 거야?"

복창군이 책상 앞에 무릎 꿇고 앉아 머리를 조아렸다.

"신이 급히 뵙고자 한 이유는 별궁에 변고가 생겼기……."

"무슨 변고?"

"불측한 이들이 별궁에 잠입해 곧 왕비 책봉을 받으시는 최씨 댁 규수를……."

"규수를 어떻게 했는데?"

"규수를……."

복창군이 대답하면서 머리를 더 조아리는 바람에 잘 안 들렸다.

난 같이 머리를 숙이면서 캐물었다.

"규수가 그래서 어떻게 되었다고?"

그 순간.

복창군이 고개를 반쯤 돌리더니 이를 드러내며 히죽 웃었다.

"뒈졌지요."

그러면서 갑자기 두 팔로 내 머리를 잡아 책상 위에 짓이겼다.

"형님!"

"알, 알았네!"

복창군의 지시를 받은 복녕군은 내 어깨를 잡아 눌렀고.

상의원 관원 둘은 바느질에 쓰는 대바늘을 들고 다가앉았다.

복창군이 긴장된 목소리로 지시했다.

"대바늘을 귀 안 깊숙이 넣어라."

"예, 옛!"

상의원 관원 둘도 긴장하긴 마찬가지였다.

떨리는 목소리로 대답하고 나서 대바늘을 내 귀로 가져갔다.

그 순간.

타앙!

총성과 함께 대바늘을 쥐고 있던 상의원 관원의 눈알이 터졌다.

진득한 액체와 피가 사방으로 뿌려지는 순간.

상의원 관원은 비명조차 지르지 못하고 고꾸라졌다.

"히이익!"

기겁한 복녕군은 오줌까지 지리며 뒤로 엉금엉금 기어갔다.

"씨발, 역시 병풍에 호위를 숨겨 놓았군."

욕을 한 복창군이 관원 시체를 방패로 사용해 몸을 피했다.

타앙!

두 번째 총성이 울리고 나서 머리를 싸매고 주저앉은 또 다른 상의원 관원의 뒤통수가 깨지며 피와 뼛조각이 솟구쳤다.

놀랄 일은 그뿐만이 아니었다.

콰직!

왕두석이 병풍을 찢으며 튀어나와 복창군을 잡아갔다.

총 두 방으로 상의원 관원 둘을 저세상으로 보낸 홍귀남도 세 번째 보라매로 아직도 기어가는 복녕군을 겨누며 나왔다.

그 순간. 밖에서 쿵쾅거리는 소리가 들렸다.

뭔가 해서 고개를 돌리는 순간.

철릭을 입은 무관 두 명이 안으로 뛰어 들어왔다.

처음엔 도우러 온 금군인 줄 알았다. 근데 아니었다.

창창!

곧장 환도를 뽑아 든 둘은 홍귀남과 왕두석 쪽으로 짓쳐 갔다.

뒤에 백업을 남겨 둔 건가?

그렇담 우리도 지원군을 불러야지.

우지끈!

장롱이 박살 나면서 웬 불곰 한 마리가 포효하며 뛰쳐나왔다.

불곰은 발톱으로 할퀴는 대신 칼을 뽑아 휘둘렀다.

칼이 바람을 가르는 소리가 살벌했다. 무관 하나가 급히 칼을 휘둘러 불곰의 공격을 막으려 들었다.

쯧쯧, 미련하기는. 곰이 왜 곰이겠어? 사람을 찢어 죽일 정도로 힘이 세니까 곰이지.

카아앙!

무관은 불곰의 힘을 이기지 못하고 벽까지 날아가 처박혔다.

그러게 사람이 곰을 힘으로 상대하려 하면 쓰나.

곰은 머리를 써서 상대해야지.

불곰이 난입함과 동시에 반대편 창문도 같이 깨졌다.

이어 고양이처럼 날렵한 무언가가 안으로 쏙 뛰어내렸다.

물론, 고양이의 손에도 이미 날카로운 환도가 들려 있었고 칼이 쫓는 목표는 왕두석 쪽으로 짓쳐 가던 두 번째 무관이다.

칼을 어찌나 빨리 휘두르는지 깨진 창문 조각이 바닥에 떨어지기도 전에 이미 첫 번째 칼질이 무관의 가슴을 베어 갔다.

마지막 지원군은 그나마 사람처럼 나타나긴 했다.

칼로 희정당 문을 가르며 달려와 내 앞을 신장처럼 막아섰다.

신장이 고개도 돌리지 않은 채 조용히 물었다.

"괜찮으시옵니까, 전하?"

난 복창군이 눌렀던 부위를 문지르며 천천히 일어났다.

"아아, 목이 좀 뻐근한 거 빼면 괜찮소."

예상했을 테지만 불곰은 기송일이고 고양이는 김준익이다.

당연히 신장은 금군 대장 이상립이고.

난 왕두석을 상대하는 복창군을 힐끗 보았다.

흠, 역시 복창군이었나?

추룡군의 감시를 잘도 피해 다녀서 아리송했는데 역시 내 주위에서 역모를 일으킬 놈들은 복창군 패밀리밖에 없겠지.

상황은 긴박했지만, 결과는 허무했다.

싸움 좀 하는 듯 왕두석을 상대로 몇 합 버티던 복창군은 사타구니에 로우킥을 제대로 처맞고 바닥을 데굴데굴 굴렀다.

무예도보통지에 있는 백병전 기술 중 하나다.

뒤늦게 뛰어든 무관 두 놈은 더 처참했다.

기송일이 맡은 놈은 뼈와 내장이 훤히 드러나 있고.

김준익이 상대하던 놈은 피가 나오는 구멍이 너무 많아 어디서부터 지혈해야 살릴 수 있을지 가늠이 안 될 정도다.

물론, 가장 비참한 건 복녕군이다.

희정당에 오줌을 질질 흘려 놓은 놈은 손이 발이 되게 빌었다.

"전, 전하, 이번 일은 모두 복창군의 계획이옵니다. 신, 신은 그저 동생의 협박이 무서워서 협, 협조했을 뿐이옵니다."

"날 죽이려 한 건 용서할 수 있어도 희정당에 오줌 싼 건 용서하기가 힘드네. 너 때문에 청소하는 이들이 얼마나 괴롭겠어. 이럴 거였으면 아기처럼 기저귀라도 차고 올 일이지."

난 고개를 절레절레 저으며 턱짓했고. 신호를 본 홍귀남은 바로 보라매 개머리로 복녕군을 후려쳤다.

복녕군은 그대로 엎어져 더는 움직이지 않았다.

"일단 저놈부터 밖으로 끌어내라!"

대기하던 금군이 뛰어 들어와 복녕군을 개처럼 질질 끌어 냈다.

난 기송일 쪽으로 가서 걸레짝이 된 무관을 훑었다.

"이놈이 주가겠군."

어느새 나타난 강대산이 고개를 끄덕였다.

"그렇사옵니다. 용호군이 작성한 용모파기와도 일치하옵 니다."

난 기송일을 보며 혀를 찼다.

"우별장, 과인이 최대한 살리라고 하지 않았소?"

기송일이 고개를 한껏 쳐들며 변명했다.

"상처를 잘 봉합하면 살 수 있을 것이옵니다."

"그럼 우별장이 봉합해 살려 보든가."

"그, 그래도 좌별장이 벤 놈보다는 소장 쪽이 낫지 않사옵 니까?"

"오랜만에 맞는 말을 하는군."

난 반대편으로 걸어가 김준익이 잡은 놈을 관찰했다.

김준익이 잡은 놈은 주가 놈보다 상처의 크기는 작았다.

다만, 워낙 출혈이 심해 이미 요단강을 건넌 지 오래다.

김준익은 내 눈치를 보았다.

평소 냉정하던 그답지 않은 실수다.

아마 순간적으로 엄청나게 흥분한 모양이다.

난 별말 없이 죽은 놈의 얼굴로 시선을 옮겼다.

눈치 빠른 김준익이 머리를 비틀어 확인하기 쉽게 만들었다.

"그럼 얘가 초가인가?"

강대산이 따라와 대답했다.

"예, 전하. 얼굴이 용모파기와 일치하옵니다."

"이 새끼들이 주초로 날 가지고 논 놈들이로군. 치워."

"예, 전하."

곧 금군 십여 명이 들어와 죽은 놈들을 치웠다.

상의원 관원 두 명이 가장 먼저 밖으로 나갔고.

그다음에 초가 놈, 마지막이 주가 놈 순이었다.

주가 놈도 나가다가 죽어 이제 살아남은 건 복창군 하나다.

아, 복녕군이야 그냥 익스큐즈하기로 하고.

복창군은 왕두석이 돼지 잡을 때처럼 밧줄로 꽁꽁 묶어 놓았다.

난 잠시 그를 바라보다가 다른 이들에게 지시했다.

"모두 잠시 나가 있게."

이상립이 놀라 물었다.

"어찌하려고 그러시옵니까?"

"사촌끼리 할 얘기가 좀 있어. 그러니까 다들 나가!"

굳어 있는 내 표정을 본 이상립은 별말 없이 지시를 따랐다.

곧 모두 쫓겨나듯 밖으로 나갔다.

왕두석과 홍귀남은 끝까지 버티다가 혼쭐이 나서 쫓겨났고.

그사이, 밖은 아비규환으로 변했다.

총성을 듣고 사람들이 몰려온 탓일 테지.

시체가 실려 나올 땐 몇몇 궁녀가 기절하는 사고까지 있었다.

이상립은 금군으로 희정당을 둘러싸 현장을 철저히 통제했다.

삼정승과 육조판서도 출입을 못 했다.

심지어 놀라 달려온 대왕대비와 왕대비도 저지당했다.

한편, 희정당에 남은 난 사촌의 입에 물려 둔 재갈을 빼냈다.

"이봐, 우리 얘기 좀 해야 할 것 같지 않아?"

복창군이 히죽 웃었다.

"EHS 때문에?"

81장. 까짓거 뭐 그리 어려운 일은 아니니까.

난 담담히 대꾸했다.

"그래, EHS 때문에."

"넌 언제 알았지? 조선에 다른 플레이어가 있다는 걸 말이야."

"니가 창덕궁 후원에서 금군과 내관으로 습격해 왔을 때."

"경복궁 북원에선 의심 안 했어?"

"그땐 긴가민가했지. 하지만 후원 습격 땐 확실히 알겠더라고. 다른 플레이어가 날 반드시 죽이려고 한단 걸 말이야."

"하하, 그래도 감이 좋네. 난 내가 왕으로 전이가 안 된 걸 보고 또 다른 플레이어가 있단 걸 바로 알았지만 넌 내 존재를 모르고 있었을 텐데."

"감이 좋아 안 게 아니야."

"그럼 어떻게 안 건데?"

"역사를 너보단 잘 알아서였지."

"뭐?"

"조선 역사에 반정을 일으켜 임금을 갈아치운 적은 있지만 너처럼 자객을 떼거리로 보내 죽이려는 비열한 새끼는 없었거든."

"내가 비열하다고?"

"그럼 비열하지 않단 거냐?"

복창군이 침까지 튀겨 가며 열변을 토했다.

"비열한 건 EHS지! 누군 왕으로 보내 주고 누군 고작 인평대군의 아들로 보내 주는데 이런 불공평한 게임이 어디 있냐? 난 내가 처한 상황에서 살아남으려고 발버둥 친 거뿐이야!"

"그러니까 니가 비열하단 거야. 만약 네가 왕으로 전이되고 내가 인평대군의 아들로 전이되었으면, 난 너를 찾아가 솔직히 말하고 힘을 합치자고 했을 거다. 현대의 지식을 갖고 있고 또 EHS의 여러 스킬을 활용하면 시너지가 두 배로 날 테니까. 우리가 싸워야 할 적은 서로가 아니야. 어디 있는진 몰라도 남은 98명의 플레이어가 진짜 적이었다고."

"……."

복창군은 묵묵히 듣기만 했다.

난 그 모습에 오히려 더 화가 났다.

"근데 넌 어떻게 했지? 다짜고짜 자객을 보내 날 죽이려고 들었어. 아니, 인제 보니 비열하기보단 멍청한 놈에 가깝군."

복창군이 히죽 웃었다.

"비열하단 얘기가 나와서 말인데 제대로 비열한 게 뭔지 알려 줄까? 넌 아마 대유동 금광이 우리 본진인 줄 알고 쳐들어갈 모양이던데, 그렇게 하지 않는 게 좋을걸? 그 안에는……."

"아아, 그러니까 니가 비열하단 거야. 고작 화약 따위로 금광을 무너트리려는 얕은 수작 따윈 이미 간파한 지 오래라고. 아마 지금쯤 용호군이 네 수족을 전부 잡아들였을 거다."

"젠장, 그건 예상 못 했군. 어느새 금광에까지 스파이를 심었을 줄이야. 그건 그렇고 오늘 습격은 어떻게 알아낸 거지? 나로선 꼬고 꼬고 꼬아 만든 회심의 작전이었는데 말이야."

"보이지 않는 곳에서 찔러 오는 공격은 언제나 무서운 법이지만 공격 시기만 알아내도 그중 대부분은 대처할 수 있지. 난 네가 언제 손을 쓸지 대충 감을 잡았고 그에 따라 대처했을 뿐이야. 상의원 관원을 이용할 거란 건 끝까지 몰랐지만 말이야. 이젠 뭐 상관없으려나? 이미 다 끝난 마당이니."

복창군은 약간 놀란 표정을 지었다가 금세 다시 낄낄거렸다.

"확실히 난놈은 난놈이네."

"난 네 얕은 수작 따위에 무너질 몸이 아니야. 물론, 한땐 수작에 놀아난 적도 있었지. 주초위왕 때문에 한동안 조씨란 조씨는 전부 찾아다녔으니까. 근데 이젠 감이 오는군."

복창군이 움찔하며 물었다.

"무슨 감?"

"네가 조씨였겠지. 주초위왕으로 날 놀려 먹으려던 꼼수도

네 아이디였을 테고. 대체 뭔 생각으로 그런 거지?"

"하하하!"

복창군이 미친놈처럼 웃어젖히다가 갑자기 정색했다.

"정말 대단한데? 내가 졌어, 졌다고. 뭐 놀리려는 생각이 전혀 없던 건 아니야. 그런데 그게 다는 아니었어. 난 네가 대왕대비와 불화가 생겨 왕실이 개판 나길 원했을 뿐이야."

"실패해서 아쉽게 되었군."

"애당초 스타팅 포인트가 너무 차이 났으니까."

그놈의 스타팅 포인트는 시발!

난 열이 뻗쳐 소리쳤다.

"아직도 그 타령이냐! 니가 게임 오버가 된 건 스타팅 포인트 때문이 아니야! 니 성급함 때문이지. 네가 금광을 개발해 경강상인을 조종한 것처럼 베일에 가려진 상태로 조선 경제를 장악하고 나서 손을 썼으면 어땠을 것 같아? 그때도 게임 오버가 됐을 것 같아? 아니지, 최소한 딜은 걸 수 있었을 테지. 지금처럼 내 앞에 밧줄로 묶여 있는 게 아니라."

복창군이 자신만만한 표정으로 히죽 웃었다.

"딜은 지금도 할 수 있을 것 같은데?"

"뭘 가지고?"

"넌 내가 가진 EHS 시스템이 어떤지 엄청나게 궁금할 거야."

"왜 그렇게 생각하지?"

"나도 네가 가진 EHS 시스템이 미치도록 궁금하니까."

"뭐 그렇다고 해 두지. 근데 고작 그걸로 딜이 될까?"

74 조선의 문명함 4

"될 수도 있지. 가령 국가 스탯 같은 거 말이야."

"그게 왜?"

"넌 아마 왕이니까 조선 전체가 영역이겠지? 그럼 난 어떻게 되어 있을 것 같아? 나도 조선 전체가 영역일까? 아니면 조선 일부만일까?"

"……."

"그 외에도 나한텐 네게 필요한 정보가 한가득 있다고. 한 명이 가진 정보로는 시스템의 구조만 알 수 있지만, 두 명 이상이라면 시스템을 어느 정도 분석하는 것도 가능할 테지."

"딜 없이도 알아볼 방법이 없는 건 아니지."

난 바로 몰래 준비해 둔 고급 최면술을 발동했다.

고급 최면술! (A)
99퍼센트의 확률로 상대가 진실만을 말하게 유도한다.
스킬 지속 시간: 2시간
스킬 재사용 대기시간: 1,440시간

그 순간. 복창군이 낄낄거리며 미친 듯이 웃어젖혔다.

"하하하, 나한테 정신 공격용 액티브 스킬을 썼군."

"어떻게 알았지?"

"이봐, 잊지 마. 나도 너와 같은 플레이어라고. 나라고 스킬이 없겠어?"

"그래?"

"모르는 거 보니까 나에겐 있는 스킬이 너한텐 없는 모양이네. 이런 건 네 스킬 상점과 내 스킬 상점이 달라서 그런 걸까? 궁금해? 그럼 딜을 받아들여. 다 얘기해 줄 테니까."

난 잠시 생각하다가 입을 열었다.

"뭔가 알아내는 데 꼭 스킬만 써야 한단 법은 없지."

"왜? 또 고문하려고? 너 그거 하난 잘하더라. 어휴, 나 같으면 죽이면 죽였지, 그건 못하겠던데. 넌 적응이 빨랐나 보네. 아니면 애초에 사패라서 그런 수단에 거리낌이 없었거나."

"잘 아네. 고문해 보면서 들은 건데 이 세상에 고문을 끝까지 견디는 사람은 거의 없다고 하더라고. 너는 어떨 것 같아?"

"해 봐. 하지만 명심하라고. 스킬은 하나가 아니야."

"블러핑이야?"

"그걸 알아보려면 직접 해 보는 수밖에 없을 텐데?"

"흠, 확실히 뭔가 위험해 보이기는 하는군. 내가 알지 못하는 이상한 스킬을 써서 상황을 뒤집어 버릴 수도 있을 테니까."

"역시 넌 이상할 정도로 감이 좋다니까. 그건 그렇고 딜을 할 거야, 말 거야? 그 머리만 드럽게 큰 새끼가 너무 꽉 묶어 놔서 팔다리에 점점 피가 안 통하기 시작했다고. 어떻게 할 건지 빨리 결정해서 쇼부 보는 게 어때?"

그러면서 복창군이 밧줄에 묶인 몸을 몇 번 꿈틀거렸다.

난 놈이 벌레 같단 생각을 하면서 물었다.

"딜을 하려면 너도 뭔가 하나쯤은 내놓는 게 있어야 하지 않겠어?"

놈이 움직임을 멈추고 고개를 발딱 들었다.

"딜 조건에 옵션이라도 걸게?"

"그래, 옵션이라고 해 두지."

놈이 득달같이 물었다.

"어떤 옵션인데?"

"내가 묻는 질문에 대답해."

"하나 정도면 맛보기용으로 대답해 줄지도 모르지."

"이번에는 왜 이렇게 서둘렀어? 정말 원자가 태어나면 일이 두 배로 골치 아파져서 전력을 총동원해 무리수를 둔 거야?"

놈은 어림없다는 듯 고개를 절레절레 저었다.

"그건 딜의 메인 요리야. 에피타이저로 내기엔 너무 아깝다고."

"흠, 그렇단 말이지. 그럼 에피타이저에 어울리는 걸로 물어보지. 넌 역사를 잘 모르는 것 같은데 대유동에 금광이 있는 건 어떻게 알았지? 어딜 파야 금맥이 나오는진 어떻게 알았고?"

놈이 다시 낄낄거렸다.

"하하, 그거야 간단하지. 너도 대체 역사 소설 한두 편은 읽었을 거 아냐? 거기에 운산하고 대유동이 맨날 나오더라고. 그래서 알았지. 금맥 찾는 거야 사람 시키면 되는 일이고."

"흠, 역시 그랬었구만. 이제 딜의 조건을 말해 봐."

놈이 갑자기 진지한 눈빛으로 물었다.

"네 말대로 우리의 적은 서로가 아니야. 다른 나라에 있을 98명의 다른 플레이어들이지. 그런데 우리가 싸워서 누구 한 명이 죽으면 다른 놈들만 좋지 않겠어? 그래서 하는 말인데 힘을 합쳐 이 조선을 세계 최강으로 만들어 보지 않겠어?"

"넌 그래서 정확히 뭘 원하는 거야? 설마 내 자리가 탐나나?"

복창군이 피식 웃었다.

"나도 염치가 있지. 이런 마당에 네 자리를 어떻게 탐내겠어?"

"그럼 뭐야?"

놈은 무슨 큰 비밀을 얘기하는 것처럼 목소리까지 깔며 대답했다.

"넌 정치를 장악하고 난 경제를 장악하는 거야."

"네가 경제를?"

"그래."

"경제를 네게 맡기면 나한테 무슨 이득이 있지?"

"내가 번 돈으로 넌 군대를 강하게 만들 수 있겠지."

"돈이라. 이미 서유럽회사가 있는 마당에 굳이 땡기는 제안은 아닌데."

"하하, 내수사로 만든 회사 말이지? 나도 꽤 조사해 봐서 안다고. 그런데 그게 되겠어? 범선 흉내 낸 조운선 쪼가리로 대항해 시대를 장악한 서양 놈들과 경쟁해 이길 수 있겠냐고?"

"쉽진 않겠지."

"쉽지 않은 게 아니라, 불가능할걸."

그러면서 놈이 마치 견적 내듯 내 위아래를 쓱 훑었다.

여기서 흥분해 따지기보단 그냥 내 페이스대로 밀고 나가는 게 좋을 듯했다.

"넌 직업이 뭐였는데 경제를 장악할 수 있다고 자신하는 거야?"

"신상 정보도 딜의 메인 요리야."

"경제를 맡겼는데 도중에 배신하면?"

"너도 부하가 배신하지 못하게 막아 주는 스킬이 있을 거 아냐?"

"넌 그런 게 있나 보지?"

"이거 왜 이러서. 그 정돈 통박으로 알아낼 수 있다고."

"있다고 치면?"

"그걸 나에게 걸라고. 그럼 배신하지 못할 거 아냐?"

"너한텐 정신 공격을 막아 주는 스킬이 있다며?"

놈이 뭘 그런 걸로 고민하냔 표정으로 물었다.

"스킬이야 빼면 되는 거 아냐?"

"그거 말이 되는 소리네."

복창군이 기이한 열기가 담긴 눈으로 설득했다.

"이봐, 진짜 이름은 뭔지 모르겠지만 우린 이 빌어먹을 세계의 진실을 아는 유일한, 아니 유이한 한국 사람이라고. 이런 때일수록 같은 한국 국민들끼리 똘똘 뭉쳐야 하지 않겠어?"

"그렇지. 지금은 너와 나만 한국 사람이지. 조선에 또 다른 플레이어가 없단 게 확실하다면 말이야. 뭐 좀 아는 거 있어?"

"지금까지 조용한 걸 보면 없지 않을까?"

"그럴 수도 있겠네."

"그렇게 얼빠져 있을 때가 아니라니까. 다른 놈들이 뭣도 모르고 좆 빠지게 싸울 때 우린 이 게임 시스템을 이용해 어떻게든 우위를 점해야 한다고. 그래야만 다른 놈들이 우릴 밟고 올라서는 걸 막을 수 있어. 어떤 작용으로 너와 내가 여기로 온 건진 모르겠지만, 이건 기회일 수도 있다고."

"그래, 네 말대로 다시없을 기회일 수도 있겠지."

"그럼 딜을 받기로 한 거야?"

난 옆에 왕두석이 놓고 간 환도를 집었다.

복창군이 기겁했다.

"이봐, 친구! 갑자기 칼은 왜 집는 거야?"

"딜을 하려면 일단 밧줄부터 잘라야 하지 않겠어?"

"아, 그렇지. 이봐, 조심해서 자르라고. 밧줄 자르다가 힘이 과해 내 살까지 자르면 나도 다시 생각해 보는 수밖에 없어."

"그게 그렇게 무서우면 자르는 동안, 죽은 듯이 있어."

"난 지금도 죽은 듯이 있는 중이라고, 친구."

난 환도로 밧줄 몇 개를 잘랐다.

"어때? 이제 좀 움직일 수 있겠어?"

복창군이 어깨와 오른팔을 움직여 보며 대답했다.

"좀 살 것 같군. 그런데 왜 멈췄어?"

"뭐를?"

"밧줄을 한 번에 다 자르는 게 피차 편하지 않아?"

"넌 나를 너무 호구 취급하려 드는 것 같은데."

"그게 무슨 소리야?"

"지금은 내가 성의를 보인 거라고."

"그러니 나도 성의를 보여라?"

"잘 아네."

"어떻게 성의를 보여야 하는데?"

"먼저 네가 정신 방어 스킬을 해제하는 게 성의겠지."

복창군은 잠시 고민하다가 고개를 들었다.

"까짓거 뭐 그리 어려운 일은 아니니까."

잠시 후, 복창군이 활짝 웃었다.

"스킬을 해제했어. 이제 네가 스킬을 걸어."

"정말 해제한 거지?"

"스킬을 해제 안 하면 죽일 텐데 내가 왜 그러겠어?"

"그 말대로길 빌자고. 너와 나 둘 다를 위해."

난 액티브 스킬 창을 열었다.

액티브 스킬

1. 마인드 다이아몬드

2. 고급 최면술

3. 구운몽

마인드 다이아몬드는 병풍을 쳐다볼 때 교체한 스킬이다.

상점 3차 개방 때 가장 먼저 사 둔 스킬인데 지금까진 쓸데가 없어 갖고만 있었다.

사실 다른 플레이어가 존재한단 사실을 알았을 때부터 유일하게 걱정한 일은 기습 같은 물리적인 공격이 아니다.

바로 정신 공격이다.

내가 최면술, 멘탈리스트, 심문관 같은 정신 공격용 스킬을 쓸 수 있으면 상대도 가능하단 가정에서 움직여야 안전하다.

마인드 다이아몬드는 그 점에서 완벽하다.

물론, 완벽한 만큼 개비싸긴 했다.

수명이 무려 5,000일짜리니까.

그래도 스킬이 워낙 좋아 후회하진 않는다.

마인드 다이아몬드! (SSS)

어떠한 미혹에도 흔들리지 않는 다이아몬드 멘탈을 소유한다.

스킬 지속 시간: 1시간

스킬 재사용 대기시간: 3,000시간

SSS급 스킬답게 확률 따윈 없다.

무조건 100퍼센트 발동에 정신 공격에 완전 이문이다.

그래, 들어간 수명을 생각하면 이 정도 가성비는 나와 줘야지.

5,000일은 햇수로 따지면 14년에 가깝다.

나 정도의 수명 부자가 아니면 보면서 군침만 흘릴 놈이다.

놈이 포커페이스를 잘 유지한 바람에 대화 중에 정신 공격 스킬을 걸었는진 알 수 없지만 어쨌든 마음은 한결 편하다.

반면, 구운몽은 방금 지른 따끈따끈한 스킬이다.

구운몽! (SS)

상대가 지금 꿈을 꾸고 있는 것처럼 조작하여 정신적, 육체적 방어를 포기하게 만든다.

스킬 지속 시간: 1시간

스킬 재사용 대기시간: 2,000시간

구운몽도 3차 개방 스킬이다.

수명이 2,000일로 만만치 않지만 지금 상황에 쓰기 딱 좋다.

3차 개방 스킬답게 확률형도 아니다.

99퍼센트와 100퍼센트는 엄연히 다른 거니까.

난 구운몽을 바로 발동했다.

그 즉시, 복창군의 눈이 풀어지면서 초점이 흩어졌다. 됐나?

그 순간. 복창군의 눈이 빠르게 원상태로 돌아왔다.

그와 동시에 오히려 나에게 졸음이 밀려들었다.

복창군이 그런 나를 보며 이를 으드득 갈았다.

"병신 같은 새끼, 나한테 거울 스킬이 있을 줄 몰랐나 보네."

복창군이 내 손에서 떨어진 환도를 집으려고 손을 뻗는 순간.

"하, 이래서 검은 머리 짐승은 거두는 게 아니라고 했나 보구만."

난 복창군을 걷어차고 나서 환도를 집어 놈의 목에 겨누었다.

기겁한 복창군이 자유로워진 오른손을 마구 흔들었다.

"이, 이봐, 이번엔 내가 실수했어. 정말이라고. 나한테 다시 한번 기회를 줘. 아니, 살려만 줘도 괜찮아. 그러면 니가 궁금한 거 다 알려 줄게, 응? 우린 같은 한국 국민이잖아……."

"난 이제 조선 왕이야, 씹째꺄. 그리고 미쳤다고 날 세 번이
나 죽이려 한 새끼를 살려 둘 것 같냐? 그냥 스킬을 받았으면
한 시간은 더 살 수 있었을 텐데. 아스타 라 비스타, 병신아!"

난 그대로 환도를 내리쳐 복창군의 목을 베었다.

피가 분수처럼 뿜어졌다.

복창군은 오른손으로 허공을 몇 번 긁다가 움직임을 멈췄다.

죽었군.

그래도 모르는 일이지.

마르지 않는 샘처럼 시스템을 파괴하는 괴상망측한 스킬까
지 있는 마당에 다시 살아나는 스킬이 있을지 누가 알겠어?

난 환도를 몇 번 더 내리쳐 머리를 아예 잘랐다.

구장복에 피가 튀었지만 상관하지 않았다.

그깟 옷보다 후환을 완벽히 없애는 일이 몇백 배 더 중요하다.

이러니까 이 새끼 말대로 정말 사패 같잖아.

기분 더럽네, 씨팔!

82장. 오히려 영광입니다.

복창군은 내 예상보다 약간 더 똑똑했다.

그리고 그보다 훨씬 더 영악했다.

놈도 나처럼 대(對) 플레이어 전용 스킬 셋을 운영한 걸 테지.

이건 순전히 추측이긴 한데 아마 놈에겐 정신 방어 스킬이 두 개 있었을 가능성이 크다.

하나는 내 마인드 다이아몬드처럼 그냥 막기만 하는 거고.

놈의 발언처럼 막는 데서 그치지 않고 반사까지 하는 스킬도 따로 있었을 테지.

막는 스킬로 내 고급 최면술을 막아 빌드업해 두고 나서 자기에게 정신 방어 스킬이 하나만 있는 것처럼 위장한 거다.

거울인가 하는 스킬은 일부러 그때 빼놨을 거야.

틀림없어.

내 생각보다 훨씬 영악한 놈이니까.

마지막에 내가 놈을 부하로 만드는 스킬, 그러니까 맹세의 서약 같은 걸 썼으면 반사하는 스킬로 역공을 펼치려 했겠지.

가만 생각해 보니 내게 마인드 다이아몬드 스킬이 없는 상태에서 구운몽 대신에 맹세의 서약을 썼으면 정말 사달이 날 뻔했네.

그대로 되치기당해 내가 놈의 부하가 되었을 테니까.

그럼 꼼짝없이 꼭두각시가 되어 놈의 뜻대로 움직였을 테지.

정말 끔찍하군.

암튼 우여곡절은 있었지만 큰 소득이 두 개나 있어 다행이다.

하나는 암중에서 날 노리던 플레이어를 없앤 거고.

다른 하나는 이게 멀티 게임이었음을 확실하게 알아낸 거다.

무려 100명의 플레이어가 참가하는 게임임을.

아, 한 명 줄어 이젠 99명인가?

어쩌면 다른 나라에서도 죽었을지 모르니 더 적을 수도 있겠군.

암튼 EHS라는 게 대단하긴 하네.

설마 100명을 동시에 과거로 전이시킬 수 있다니.

그나저나 이 게임은 PK를 해도 문제없나?

보통은 디버프에 걸리거나, 악명이 올라가는 법인데.

아니, 그보다 이게 PK가 맞긴 한 거야?

이건 로그가 바뀌는 게 아니라, 그냥 정말로 죽여 버린 거 잖아.

게임으로 치면 케삭빵인가?

잠깐, 잠깐. 왜 꼭 PK의 나쁜 점만 생각하는 거지?

PK도 장점이 있어서 플레이어가 위험을 감수하고 하는 거 잖아.

뭐 쾌락이나 우월감 같은 부차적인 감정 빼고 말이야.

즉, 뭔가 나한테 물질적으로 떨어지는 게 있어야 하지 않나?

좀 더 노골적으로 말하면 아이템 같은 거 말이지.

그 순간.

눈앞에서 핏물이 비처럼 주룩주룩 흘러내렸다.

그 모습이 어쩌나 무섭던지 몸이 굳어 눈조차 깜박이지 못 했다.

좀 전에 사람을 죽인 몸이지만 이건 또 다른 문제다.

그야말로 손가락 하나 까딱하지 못하는 두려움이 밀려든다.

뭐, 뭐야? 정말로 PK 페널티가 있는 거야?

그런 생각을 하는데 핏물이 갑자기 뭉쳐지면서 글자로 변 했다.

조현민 플레이어 사망!

이름이 조현민이구나.

예상대로 조씨였어.

이어 핏물이 싹 걷히면서 대신 휘황찬란한 무지개가 등장했다.

축하합니다!
유저는 성공적으로 다른 플레이어를 제거하셨습니다!
그 보상으로 죽은 플레이어가 보유한 수명과 가장 가치가 높은 패시브 및 액티브 스킬 하나씩을 양도받을 수 있습니다!

남은 수명하고 스킬 두 개를 준다고?
얼떨떨하지만 준다는데 받아야지, 별수 있나.

남은 수명: 591일
패시브 스킬: 감식안
액티브 스킬: 아르키메데스의 청동 거울

젠장! 그 새끼가 서두른 이유를 알겠네.
수명이 591일이란다.
가만 놔뒀으면 2년도 못 살고 뒈질 새끼였던 거다.
아마 스킬을 사다가 수명을 다 까먹은 거겠지.
자기가 오래 못 산다는 걸 알고 이판사판으로 나온 걸 테고.
다른 플레이어를 살해하면 뭔가 보상이 있겠지 싶었을 거고.
실제로 내가 놈에게 먹혔으면 노다지를 발견하는 거였을 테지.

그랬으면 정말 놈에겐 날개가 달리는 셈이다.

수명, 마르지 않는 샘, 세종대왕을 경배하라가 넘어가는 거니까.

그 생각은 그만하고 준다는 스킬이나 까 보자.

패시브 스킬 인벤토리로 들어갔더니 처음 보는 스킬이 있었다.

감식안! (S)

세종대왕의 셋째 아들 안평대군은 시서화에 뛰어날 뿐만 아니라, 사람의 재능과 물건의 가치를 알아보는 훌륭한 혜안의 소유자였다. 감식안을 수련하여 보물의 주인이 되어라!

재능 레벨: 1

가치 레벨: 4

복창군이 왕자여서 안평대군 스킬을 받은 건가?

EHS가 이런 점에선 패턴이 분명하군.

왕은 왕, 왕자는 왕자란 말이니까.

그나저나 하위 스킬이 아스트랄하네.

재능은 1인데 가치는 무려 4라고?

미친 듯이 수련한 나도 아직 4레벨 스킬이 없는데.

이 새낀 가치에 몰빵해 투자한 건가?

근데 재능과 가치라?

뭔가 감이 오면서도 확실한 건 모르겠네.

난 패시브 스킬을 교체해 사용해 보았다.

그냥 멍하니 있으면 효과가 없다.

정신을 집중해야 뭔가 보인다.

하긴 패시브라고 해서 감식안이 계속 켜져 있으면 피곤하겠지.

흠, 가치는 정말 물건의 가치를 뜻하는 거로군.

수치로 정확히 보여 주는 건 아니지만 색깔로 확인할 수 있다.

가치가 낮으면 검은 점이, 높으면 흰 점이 찍힌다.

이를테면 박살 난 장롱과 병풍은 검은 점 하나만 달랑 있다.

부서져서 가치가 사라진 거다.

반대로 멀쩡한 거울과 책상은 점이 회색에 가깝다.

난 장롱 옆에 놓여 있는 서랍을 열어 금괴와 마제은을 꺼냈다.

금괴는 말 그대로 금괴고.

마제은은 말발굽 모양으로 주조한 은괴다.

정신을 집중해 가치를 알아보았다.

마제은은 평범한 흰색 점이고.

금은 아예 테두리에 빛까지 두른 휘황찬란한 흰색 점이다.

감정사나 골동품상이 환장할 만한 스킬이네.

이 스킬만 있으면 가짜를 금방 알아볼 거 아냐.

잠깐! 혹시 땅의 가치도 알아볼 수 있나?

아, 땅장사를 하겠단 말이 아니다.

말 그대로 땅의 가치를 알아볼 수 있지 않겠냔 얘기지.

가령 옥토라서 농사를 지으면 풍년이 든다든가.

땅에 엄청난 금액이 있어 파면 족족 노다지가 나온다든가.

유령이 보내온 추가 정보에 따르면 대유동이 꽤 넓은 곳인데도 복창군은 정확히 금맥이 있는 광맥만 캐 들어갔다고 했었지.

놈은 아마 이 스킬로 알아냈을 거야.

어디를 파야 금맥이 나오는지 말이야.

이거 개꿀인데?

가치가 이런 거라면 재능은 말할 필요도 없다. 스킬 설명처럼 사람의 포텐셜을 알려 주는 걸 테니까.

지금은 레벨이 1이라 지금은 별 소용 없겠지만, 잘만 수련하면 닭 속에 숨은 학을 찾는 데 쓸 만하겠어.

이번엔 액티브 스킬 인벤토리로 들어갔다.

역시 거기에도 빛이 나는 새 스킬이 있었다.

아르키메데스의 청동 거울! (SSS)

아르키메데스는 대형 청동 거울을 이어 붙여 기이한 위력을 뿜냈다. 스킬을 장착하면 무형의 공격을 거울처럼 반사한다.

스킬 지속 시간: 1시간

스킬 재사용 대기시간: 3,000시간

놈이 자신만만한 이유가 이거였구나!

이걸 믿고 희정당까지 쳐들어온 거였어.

확실히 좋은 스킬이야. 놈에겐 과분할 정도로.

그나저나 SSS급 액티브 스킬이면 값이 꽤 나갔을 텐데.

수명이 591일 남은 게 이 때문이었나?

이걸 쓰면 날 이길 거로 생각해 무리해 지른 건가?

아니면 갈수록 격차가 벌어져서 이판사판으로 나온 걸까?

놈이 죽었으니 이젠 뭐 알아볼 방법도 없지만.

난 놈이 죽고 나서 변한 부분이 있나 계속 조사했다.

시스템은 언급하지 않았지만 변한 부분은 또 있었다.

바로 지도다.

놈이 지도에 밝혀 놓은 부분을 내 지도가 전부 흡수했다.

덕분에 이젠 한반도 윗지방이 거의 다 개방돼 있다.

예상대로 원더는 백두산과 같은 산이거나 이름난 명승지다.

그렇다면 유명한 산만 다녀도 지도를 다 밝힐 수 있는 건가?

이번 위기를 넘기면 신혼여행 삼아 좀 돌아다녀도 괜찮겠군.

지도를 보고 한 가지 더 깨달은 점이 있었다.

놈은 죽기 전에 국가 스탯에 관해 잠깐 언급했었다.

난 엄연히 왕이어서 당연히 조선 전체가 국가 스탯에 포함
되지만, 놈은 실권이 없는 왕자여서 약간 다를 거라 보았다.

근데 인제 보니 평안도에 자기 세력을 몰래 구축해 가고 있
었다.

평안도 곳곳에 깜빡거리는 붉은 점이 확실한 증거다.

특히 대유동 인근 지역에 붉은 점이 밀집되어 있다.

다른 지역에는 붉은 점이 없는 걸 봐선 틀림없다.

시험 삼아 지도에 찍힌 붉은 점을 움직여도 보고 다른 지역
을 새로 찍어 보기도 했지만, 변화가 조금도 없다.

내가 아직 지도의 비밀을 밝혀내지 못했단 뜻이겠지.

다른 건 몰라도 확실히 지도 면에선 놈이 한 수 위였어.

이제부터라도 지도에 좀 더 관심을 가져야겠네.

점이 생긴 걸 보면 지형 확인 이상의 기능이 있는 거 같으니까.

마지막으로 혹시나 해서 스킬 상점을 확인했다.

아, 지도만 변한 게 아니구나.

스킬 상점에 입점한 액티브 스킬 개수가 확실히 늘었다.

수천 개 수준이지만 나에게 없던 스킬이 생긴 거라 체감은 확실하다.

난 빠르게 새로 입점한 스킬을 훑었다.

마인드 프로텍터! (A)

상대의 정신 공격을 66퍼센트의 확률로 방어한다.

스킬 지속 시간: 1시간

스킬 재사용 대기시간: 1,000시간

이거였네! 놈이 내 고급 최면술을 막아 낸 스킬이 이거였어.

미친 새끼, 66퍼센트의 확률에 지 목숨을 걸다니.

그만큼 놈이 한계까지 몰려 있단 뜻도 될 테지.

생각을 마치고 나서 고개를 들었을 때.

역한 피비린내가 진동하며 갑자기 욕지기가 치밀었다.

그제야 내가 피바다 속에 서 있음을 깨달았다.

워낙 많은 일이 발생해 잠시 현실에서 벗어나 있던 거다.

그 순간.

"마마, 들어가도 되겠사옵니까?"

상선의 목소리였다.

이런 좆같은 상황에서 날 방해할 정도로 깡 있는 사람은 조선에 윗전 두 분과 이경석 대감, 상선 네 명밖에 없다.

"상선 혼자 들어오시오!"

"예, 마마."

문을 열고 들어온 상선은 놀랍게도 동요하는 빛이 전혀 없었다.

무려 왕자인 복창군이 두 쪽으로 분리되어 있는 상황이다.

거기다 피는 또 얼마나 흘렸는지 개울이 되어 흐를 지경이다.

누가 이렇게 했는진 물어보지 않아도 알 수 있다.

내 손엔 여전히 피 묻은 환도가 들려 있고 옷은 피범벅이니까.

그런데도 상선의 낯빛은 전혀 변화가 없다.

이건 뭐야? 짬에서 나오는 침착성이야?

아니면 못 볼 걸 너무 많이 본 탓에 내성이 생긴 거야?

상선이 버선을 벗어 손에 쥐고 피바다 위를 걸어 다가왔다.

그 모습을 보며 또 한 번 감탄했다.

침착하다 못해 냉정한 사람이구나, 상선은.

"마마, 이번 일의 처리를 소관에게 맡겨 주실 수 있겠사옵니까?"

난 흥미가 생겨 물었다.

"어떻게 하려는 거요?"

상선은 대답 대신에 내 손에 쥐어 있던 환도를 뺏었다.

"왕두석 선전관!"

"예, 상선 나으리!"

밖에서 왕두석이 큰 소리로 대답하는 소리가 들렸다.

상선은 날 힐끗 보고 나서 명령했다.

"자네만 당장 안으로 들어오게!"

"알겠습니다!"

대답하고 안으로 들어온 왕두석은 멈칫했다.

역시 짬이 덜 차서 그런가, 얼굴에 놀란 빛을 숨기지 못한다.

상선은 그런 왕두석의 손에 환도를 쥐어 주었다.

"복창군을 이렇게 주살한 건 자네일세. 알겠는가?"

전에 없이 준엄한 상선의 지시에 왕두석도 바로 머리를 숙였다.

"알겠습니다."

"자네에게 오명이 생길 수도 있는 일이야."

"소관에겐 오명이 아니라, 영광스러운 일입니다."

"좋아. 그럼 자네를 믿고 맡기지."

왕두석은 각오를 보여 주려는 듯 시체에 칼질을 몇 번 더 했다. 상선이 흡족한 표정으로 고개를 끄덕였다.

"됐네. 이제 사람들을 불러오세. 치우려면 고생깨나 하겠어."

가만히 지켜보던 난 피식 웃고 나서 상선을 말렸다.

"그럴 필요 없소."

"아니, 이게 최선이옵니다."

"그럴 필요 없다고 했소. 이런 사달이 벌어진 곳에서 내가 계속 정무를 볼 수 있겠소? 아무리 내가 신경이 두꺼워도 그건 힘들겠지. 해서 차라리 이걸 헐고 새로 지을 생각이오."

그 말에 상선과 왕두석 둘 다 기함했다.

"헐, 헐어 버리겠단 말씀이시옵니까?"

"어차피 쓰기에 점점 불편하던 곳이었소. 이참에 기반석만 남기고 다 태운 뒤 깔끔하게 새로 짓는 게 낫겠지. 내 식대로 말이야."

역시 왕두석은 눈치가 제법 빠르다.

"관우정처럼 만드시게요?"

"그래, 맨날 똥 싸러 관우정까지 가기도 이젠 지겨워."

상선은 조금 고민하다가 동의했다.

"어명을 따르겠사옵니다."

곧 등잔에 남은 기름을 뿌리고 나서 불을 붙였다.

물론, 불이 번지기 전에 사람들을 데리고 빠져나갔고.

처음엔 내가 무사한 모습을 보고 안심하던 이들도 갑자기 희정당에서 불길이 치솟는 모습을 보곤 아연실색해 외쳤다.

"희, 희정당에 불이 났다!"

"어, 어서 물을 길어 와 불을 꺼라!"

"불길이 대조전으로 옮겨 가지 못하게 막아야 한다!"

불이 꺼지면 내 계획이 틀어진다.

난 바로 이상림을 불러 지시했다.

"금군은 희정당이 완전히 다 탈 때까지 여길 에워싸서 불길이 다른 전각으로 옮겨 가지 못하게 지켜보시오!"

"예, 전하!"

이상립은 바로 어명대로 시행했다.

다행히 바람이 불지 않아 위험은 크지 않았다.

난 잠시 서서 불타는 희정당을 지켜보았다.

멍청한 새끼.

어쩌면 우리도 전설의 태그팀이 될 수 있었는데.

난 고개를 절레 젓고 나서 대조전으로 자리를 옮겼다.

"대조전에 어서 목욕물을 대령하라!"

상선의 엄명에 내관과 궁녀들이 정신없이 뛰어다녔다.

덕분에 대조전에 도착하고 나서 바로 씻을 수 있었다.

뜨거운 욕탕에 들어가 몸에 묻은 피를 박박 씻으며 생각했다.

국혼은 미루고 역적부터 먼저 처리해야 하나?

아니면 이대로 국혼을 치르고 역적은 나중에 처리해?

잠시 고민해 봤으나 계속해서 찜찜함이 사라지지 않는다.

지금은 잔당일 뿐이지만, 의외의 곳에서 불이 붙을 수도 있다.

이대로 방치해 뒀다가는 더 골치 아픈 상대가 될지도 모른
다는 말이다.

흠, 다른 건 몰라도 붉은 점은 빠르게 처리해야겠네.

씻고 나와 옷을 입으면서도 생각은 멈추지 않았다.

근데 대유동 쪽 결과를 보고받고 나서 움직여야 하지 않을까?

별일 없을 것 같지만 사람 일을 알 수가 있어야지.

아, 그리고 윗전과 대소 신료한텐 뭐라고 해야 하지?

사실대로 말해야 하나?

이번엔 북원이나 후원에서 벌어진 일이 아니다.

바로 창덕궁의 상징과도 같은 희정당에서 벌어진 일인데 전처럼 관련자 입 다물게 한다고 어물쩍 넘어갈 수 있을까?

거기다 왕자 하난 죽고 하난 금군 뇌옥에 갇혀 있는데.

아마 어렵겠지.

그 순간.

좋은 생각이 하나 떠올랐다.

아니, 이상한 생각이 떠올랐다고 하는 편이 맞다.

왜 다 하면 안 되는 거지?

어차피 급한 불은 껐잖아.

아, 불쌍한 희정당은 아직 타고 있지만 그건 넘어가기로 하자.

건물도 주인 잘 만나야 오래 사는 법이지.

다시 본론으로 돌아와서 그게 뭐 어려운 일이라고 고민하냐.

국혼을 치르면서 잔당 소탕도 같이 하면 되지.

원래 우리 같은 사람이 멀티태스킹 하난 기가 막히게 하잖냐.

"왕두석!"

"예, 전하."

"넌 즉시 상의원으로 달려가서 피 묻은 구장복과 면류관은 태워 버리고 새것으로 당장 가져오라고 전해라."

"설마 국혼을 이대로 치르……."

"어서!"

"예, 전하!"

왕두석이 꽁지 빠지게 뛰어가고 나서.

"홍귀남!"

"예, 전하!"

"가례도감으로 달려가 명사봉영을 서두르라 전해라! 무슨 일이 있어도 국혼은 오늘 안으로 진행한다! 어서 서둘러라!"

"예, 전하!"

홍귀남마저 꼬리에 불붙은 멧돼지처럼 뛰어가고 나서.

"쌍둥이!"

"예, 전하!!"

"그중 형!"

"예, 전하!"

"넌 도승지와 형조판서를 만나 내가 복창군 형제와 그 가솔을 반역을 모의한 죄로 잡아들이라 명했다고 전해라."

"예, 전하!"

"동생!"

"하명하십시오!"

"훈련도감 이완 장군을 만나 지금부터 훈련도감은 내가 불러 주는 고을 관아를 기습하여 그곳에 기거하는 고을 수령부터 말단 향리까지 전부 잡아 도성으로 압송하랬다고 전해라!"

난 바로 그 자리에서 붉은 점이 찍힌 고을 이름을 불러 주었다.

종이에 지명을 적은 쌍둥이 동생이 훈련도감으로 가고 나서.

"강대산, 밖에 있나?"

"예, 장군! 아니, 전하!"

"대유동에서 잡은 광부와 대장장이를 압송해라! 그들은 내가 따로 쓸데가 있다! 함부로 상하게 한 자는 엄히 다스리겠다!"

"예, 전하!"

강대산까지 가고 나서.

난 흥분을 조금 가라앉혔다.

지금부턴 흥분이 오히려 독이 될 뿐이다.

"상선, 윗전께서는 여전히 기다리고 계시오?"

"그렇사옵니다."

"그럼 이제 안으로 뫼시시오."

"알겠사옵니다."

곧 윗전 두 분이 황망한 얼굴로 뛰어 들어왔다.

왕실 어른이란 체통도 잊고 뛰는 걸 보면 정말 놀란 모양이다.

왠지 더 죄송해지는군.

다행히 별 이상 없는 내 모습에 두 분 다 안심하는 눈치다.

왕대비가 내 손을 잡고 떨리는 목소리로 물었다.

"이게 대체 무슨 날벼락이랍니까?"

"일단 앉으시지요. 소자가 소상히 말씀드리겠습니다."

난 두 분을 상석에 모시고 나서 차분히 설명했다.

다 듣고 난 두 분은 오히려 처음보다 더 놀랐다.

대왕대비가 거의 졸도할 기색으로 물었다.

"주, 주상, 정녕 복녕군, 복창군이 이번 역모의 주동자란 말이오?"

"그렇습니다, 할마마마. 하나 더는 염려하지 않으셔도 됩니다. 소손이 깔끔하게 처리했습니다."

"맙소사, 믿기지 않는구려. 그 두 사람이 역모를 꾸미다니! 무덤에 있는 인평대군도 너무 놀라 벌떡 일어났을 거요."

왕대비는 확실히 대왕대비보다 차분한 편이다.

"인제 이런 일로 우리가 마음 졸일 일은 없는 게지요?"

"물론입니다. 다신 이 같은 일이 없을 것이니, 이젠 두 분 마마도 발 뻗고 편히 주무시면 됩니다."

거짓말이다. 조선에 세 번째 플레이어가 있을 가능성은 여전히 남아 있다.

나나 죽은 복창군은 회의적으로 판단했으나 불가능하진 않다.

지금까지 밝혀진 정보를 취합해 알아낸 가장 설득력 높은 추론은 날 포함한 플레이어가 100명일 거란 점이다.

EHS를 내려받기 전에 본 99/100란 숫자가 그걸 의미할 테니까.

내가 정말 마지막으로 내려받아 100/100을 채웠다면?

그렇다면 98명의 플레이어가 아직 남아 있단 뜻이다.

그리고 그중에 누구든지 마음만 먹으면 복창군처럼 자객을 보내 날 죽이려 들 수도 있었다.

대왕대비가 자리를 털고 일어나며 왕대비에게 물었다.

"대비는 그럼 국혼은 언제쯤 재개하는 게 좋다고 보시오?"

왕대비가 따라 일어나며 대답했다.

"그래도 서너 달은 미뤄야 하지 않겠습니까?"

"서너 달은 너무 길지 않소?"

"주상이 챙겨야 할 일이 산더미 같을 텐데 국혼을 치를 정신이 있겠습니까. 제가 보기에는 서너 달도 부족해 보입니다."

"그럼 기간을 넉넉히 잡아 넉 달 이후로……."

국혼이 연기 쪽으로 가닥 잡히기 전에 얼른 끼어들었다.

"두 분 마마, 국혼은 예정대로 오늘 치를 생각입니다."

자리를 털고 일어나던 두 분 마마가 털썩 주저앉았다.

아 거 좀 살살 앉으시지.

저러다 꼬리뼈 골절이라도 당하면 몇 달은 고생하는데.

두 분 마마는 그딴 건 관심 없었다.

왕대비가 기겁해 물었다.

"아, 아니, 주상, 정말 오늘 국혼을 치르시겠단 겁니까?"

대왕대비도 전에 없이 화를 내며 꾸짖었다.

"불측한 놈들이 감히 주상을 시해하려는 역모를 꾀한 데다, 주상이 정무를 보는 희정당이 불타는 변고마저 일어났소. 길일을 골라 해도 부족할 국혼을 이런 흉험한 날에 치르겠다니! 이 할미는 가끔 주상의 심중을 헤아리기가 너무 어렵소."

"소손도 생각이 있어 강행하는 겁니다, 할마마마."

"어디 한번 들어 봅시다."

난 몸가짐을 바로 하고 진정성을 담아 설득했다.

"물론, 오늘 일어난 일은 비극입니다. 거기다 왕실의 체면이 크게 깎인 건 덤이고요. 이런 상황에서 소손이 국혼마저 미루면 어떻게 보이겠습니까? 대소 신료는 소손이 겁먹은 개처럼 꼬리를 말았다고 오해할 겁니다. 이럴 때일수록 오히려 강하게 나가 소손이 여전히 건재함을 보여 줘야 합니다. 두 분 마마께서도 제 의견을 따라 주시지요."

대왕대비가 한숨을 내쉬며 왕대비에게 물었다.

"대비는 주상의 의견을 어찌 보시오?"

"터무니없는 소리 같진 않습니다."

"그래도 이런 흉사가 벌어진 날에 굳이 꼭 국혼을……."

왕대비가 슬쩍 다가앉아 대왕대비의 손을 잡았다.

"이를 꼭 나쁘게 생각할 일은 아닌 듯합니다."

"어찌 그렇소?"

"오늘 일로 주상이 다쳤으면 그건 큰 흉사겠지요. 하나 주상은 털끝 하나 다치지 않았습니다. 아니, 오히려 역모를 꾀하던 도당을 한꺼번에 일망타진하는 큰 성과까지 거두었지요."

"그래서요?"

"흉사가 오히려 후환을 제거하는 전화위복이 되었습니다. 하니 오늘이야말로 더할 나위 없는 길일이 아닐는지요?"

"꿈보다 해몽이라지만 왕대비의 의견도 맞는 듯하오."

왕대비의 간곡한 설득에 넘어갔는지 대왕대비는 고개를 돌려 날 보았다.

"주상, 국혼은 그대로 진행하시구려."

"고맙습니다, 할마마마."

인사하고 나서 왕대비를 보았더니.

왕대비가 대왕대비 몰래 한쪽 눈을 찡긋했다.

역시 어마마마밖에 없다니까.

난 두 분 마마를 대비전까지 모셔다 드리고 돌아왔다.

"상선!"

"예, 마마!"

"삼정승을 부르시오."

"알겠사옵니다."

잠시 후, 이경석과 조경, 원두표가 서둘러 입실했다.

성격 급한 원두표가 인사도 하기 전에 대뜸 물었다.

"대체 희정당에서 무슨 일이 있었습니까?"

이경석이 전에 없이 날카롭게 쏘아붙였다.

"우상은 예를 지키시오! 이곳은 빈청이 아니라, 대조전이외다!"

이경석이 워낙 대단한 인물이라, 원두표도 깨갱거렸다.

그저 입을 댓 발 내미는 걸로 불만을 표출할 뿐이다.

그사이, 조경이 조심스레 물었다.

"우상이 성질이 급해 전하 앞에서 경거망동하긴 했으나 신도 궁금하긴 마찬가지이옵니다. 현재 희정당에서 벌어진 일

런의 사건으로 인해 대궐과 육조거리에 온갖 뜬소문이 횡행하는데 그 불똥이 자칫 엄한 데로 튈까 심히 염려되옵니다."

좌상 조경은 성격이 점잖은 말 그대로 양반이다.

튀지 않으면서도 일 처리가 깔끔한 걸로 명성 역시 자자하고.

그런 양반이 이런 말까지 할 정도면 심각하긴 한 모양이네.

난 EHS 관련 내용만 빼고 솔직하게 말했다.

다 듣고 난 원두표가 손바닥으로 바닥을 쾅 때렸다.

"이런 고얀 자들 같으니라고!"

원두표가 언사와 행동이 좀 거칠어 그렇지, 조선 왕실 3대를 모신 충신이며 원당이라 불리는 서인 한 계파의 수장이다.

그가 분개하는 게 이상한 일은 아니란 얘기다.

그 역시 조선과 왕실을 걱정하는 노신이니까.

물론, 걱정하는 방식이 나와 약간 다르긴 하지만.

이경석이 한참을 생각하고 나서 주청했다.

"역적이 더는 준동하지 못하게 잔당을 빨리 처리해야 하옵니다."

"그러잖아도 이미 승정원과 형조에 명을 내려 두었소."

조경이 침중한 목소리로 물었다.

"국청을 여실 생각이옵니까?"

귀를 쫑긋 세우고 듣던 원두표가 대신 대답했다.

"그야 당연하지 않겠사옵니까? 국청을 크게 열어 역모를 꾸민 놈들이 조정 어느 선까지 닿아 있는지 끝까지 파 봐야 할 것입니다!"

이경석은 흥분한 원두표를 눈빛으로 제압하고 나서 조심스럽게 내 의견을 물었다.

"우상의 의견대로 하실 생각이옵니까?"

난 원두표를 힐끗 보고 나서 고개를 슬쩍 저었다.

"국청은 열지 않겠소."

원두표가 득달같이 물었다.

"이번 일은 역적이 모의하다가 들킨 정도가 아니라, 아예 거사를 벌이다가 실패한 사건 아닙니까? 이런 일에 국청을 열지 않으시면 전하는 대체 언제 국청을 여실 생각입니까?"

"국청을 열면 그렇지 않아도 농사 때문에 걱정 많은 백성이 더 동요할 거요. 난 그런 혼란이 벌어지는 걸 원치 않소."

원두표의 질문을 일축하고 조경을 보며 지시했다.

"지금부터 좌상이 형조를 감독해 역모의 진상을 밝혀내고 역적의 잔당을 발본색원하여 다시는 이런 일이 없게 하시오."

조경이 머리를 조아렸다.

"어명을 받들겠사옵니다."

"그리고 역적과 직접적인 관계가 없는 자는 풀어 주도록 하시오. 또, 이번 일을 당쟁과 연관시켜선 더더욱 안 될 것이오."

그 말에 이경석과 조경이 눈에 띄게 안심했다.

그들은 이번 사건이 당쟁과 결부되어 지독한 피바람이 불지도 모른다고 걱정했는데 의외로 내가 선을 딱 그어 버린 거다.

이경석이 삼정승을 대표해 머리를 조아렸다.

"후세에까지 칭송받을 현명한 결정이시옵니다."

그래도 원두표는 뭔가 미련이 남는 모양이다.

"복녕군, 복창군이야 그렇다 쳐도 복창군의 칼잡이가 무기를 숨겨 희정당 코앞까지 들어와 있던 일은 그냥 넘길 사안이 아닙니다. 즉시, 금군 대장을 파직하고 조사해야 합니다."

난 책상을 꽝 치고 나서 소리쳤다.

"그들은 오직 내 뜻을 따랐을 뿐이오! 그리고 그들의 목숨을 돌보지 않는 활약이 없었으면 과인은 지금 이 자리에 없었겠지! 이 일을 다시 언급하면 그땐 정말 국청을 크게 열 거요! 아마 그땐 우상도 피바람을 피해 가기 쉽진 않을 거외다!"

"신도 꼭 국청이 열리길 바라고 이런 주청을 드린 건 아닙……."

"어허, 그래도!"

내가 화를 무섭게 내니 천하의 원두표도 꼬리를 슬쩍 말았다.

"어명을 따르겠사옵니다."

"좋소. 영상은 가례도감으로 복귀해 국혼을 진행하시오. 이미 가례도감에는 명사봉영을 진행하라고 언질을 놓아 두었소."

삼정승도 윗전만큼이나 놀라 반대했으나 내게도 생각이 있었다.

"좀 전에도 말했다시피 과인은 이번 일로 백성이 동요하는 일을 원치 않소. 만일, 정해진 날짜에 국혼이 진행되지 않으면 백성은 크게 동요할 거고 그럼 혼란만 더 가중될 뿐이오. 과인의 생각으론 국혼은 미룰수록 손해가 훨씬 더 크오."

이경석은 잠시 고민하고 나서 대답했다.

"어명을 따르겠사옵니다."

"좋소."

삼정승이 돌아가고 나서 상의원 관원들이 들어왔다.

그들은 얼굴이 하얗게 질려 내가 다 애처로울 정도다.

역모의 주동자야 소문대로 복녕군, 복창군이다.

다만, 공범으로 상의원 관원이 있단 게 문제다.

이런 엄청난 사건 뒤엔 언제나 피바람이 부니까.

더욱이 상의원과 같은 작은 관청은 살아남기 더 어렵다.

어쩌면 모조리 숙청될지도 모른다.

새로 온 상의원 관원들은 그 점을 걱정하고 있는 거다.

그들을 진정시키지 않으면 구장복 걸치다가 해가 질 판이다.

"조사해서 죽은 관원 두 명 외에 다른 공범이 없으면 상의원 내부에서 억울하게 처벌받는 관원은 없을 거라 약속하마."

"성, 성은이 망극하옵니다."

상의원 관원 두 명은 눈물까지 뿌리며 감격해했다.

"이제 진정들 되었으면 좀 더 서두르거라. 이미 중전은 채비를 다 마쳤을 텐데 내가 늦으면 중전이 기다리지 않겠느냐?"

"예, 전하."

관원들이 서두른 덕에 새 구장복과 면류관을 무사히 착용했다.

이젠 대조전 앞에 나가 색시가 오길 기다리는 일만 남았다.

정말 얼굴 잠깐 보고 결혼하게 되는 거네.

이럴 때 보면 정말 17세기에 있다는 게 실감나는군.

뭐 꼭 사귀고 나서 결혼해야 한단 법은 없지만서도.

그나저나 중전이 오늘 많이 놀랐을 텐데 괜찮을지 모르겠어.

중전은 별궁 안채 큰 방에 앉아 고개를 들었다.

앞에 주렴이 내려와 있고 그 뒤에 상궁들이 늘어서 있었다.

상궁들은 고개를 숙인 자세로 미동조차 없다.

숨 막힐 듯한 정적에 오히려 중전이 먼저 백기를 들었다.

"그러지 말고 앉아서 기다리는 게 어떻소?"

며칠 전에 넘어와 진두지휘 중인 제조상궁이 머리를 조아렸다.

"중전마마, 말씀은 감사하오나 법도를 어길 수는 없사옵니다."

"음, 알겠소."

중전이 내명부 수장이라지만 실권은 제조상궁에게 있다.

111

더욱이 오늘 막 왕비로 봉해진 그녀로선 더 뭐라 하기 힘들다.

중전의 권위로 나이 든 상궁을 찍어 누르려면 조건이 필요하다. 아들을 낳거나, 나이를 먹어 위엄을 갖추거나.

왕비 1일 차인 그녀로선 둘 다 불가능한 일이다.

그렇게 다시 하염없이 사절단을 기다렸다.

처음엔 정오면 온다고 하여 기대했는데 영 함흥차사다.

점차 불안의 씨앗이 싹트는데.

나인 한 명이 들어와 제조상궁 귀에 뭐라 속삭였다.

말없이 듣던 제조상궁이 심각한 표정으로 지시했다.

"중전마마께 어서 나인 복장을 입혀 드려라!"

"예, 마나님."

"서둘러라! 채비를 마치는 대로 뒤채로 모셔야 한다!"

별궁에 와 있는 상궁들은 다 짬이 몇십 년이다.

갑작스러운 지시에도 전혀 당황하지 않는다.

바로 주렴을 걷고 들어와 중전의 적의를 강제로 벗겼다.

중전은 깜짝 놀라 제조상궁에게 물었다.

"무, 무슨 일이오?"

"마마, 설명은 차후 드릴 터이니 지금은 제 말대로 따라 주시옵소서."

중전은 몇 번 더 물었으나 소용없었다.

그저 변고가 생겼음을 어렴풋이 짐작만 할 따름이다.

그사이, 상궁들은 그녀의 적의를 벗기고 나인 옷을 입혔다.

또, 머리에 쓴 관과 장신구도 떼어 내고 화장은 물로 닦아

냈다. 당연히 비녀로 쪽 찐 머리도 풀어 댕기로 바꾸었다.

복장만 보면 순식간에 왕비에서 나인으로 전락한 셈이다.

채비를 마치고 나선 궁녀가 주위를 빈틈없이 에워쌌다.

마치 궁녀가 호위 무사로 변신한 듯했다.

그런 상태에서 뒷문 근처의 뒤채로 거처를 옮겼다.

일이 심각해지면 뒷문으로 즉시 빠져나갈 수 있게.

뒤채는 이미 소식을 듣고 모여든 궁녀로 가득했다.

생각시, 나인 할 거 없이 전부 나와 뒤채를 몇 겹으로 에워
쌌다. 눈빛이 비장한 걸 보면 죽음이라도 각오한 기세다.

중전은 쫓기듯 뒤채로 들어가 자리에 앉았다. 이어 비슷한
나이의 나인들이 우르르 들어와 주위를 지켰다.

이렇게 하니 누가 중전인지 알아내기 쉽지 않다.

마지막으로 제조상궁이 들어와 아뢰었다.

"놀라지 마시옵소서."

"대체 무슨 일이 생긴 거요?"

"조금 전에 대궐 희정당에서 변이 일어나 죽은 사람만 여
럿이라 하옵니다. 심지어 그중에는 복녕군, 복창군과 같은 왕
자도 있어 진정될 때까지 임시로 이리로 모신 것이옵니다."

"아!"

비명을 지른 중전이 비틀대는 바람에 나인들이 얼른 부축
했다.

그래도 중전은 나이에 어울리지 않는 강단이 있었다.

남 씨가 그녀를 죽이려 했을 때도 발휘된 강단이다.

금세 신색을 회복한 중전이 침착하게 물었다.

"상감마마께선 무사하시오?"

"무사하시단 말을 들었사옵니다."

중전은 휴 하고 가슴을 쓸어내렸다.

"정말 다행이오."

"그렇사옵니다."

초조한 심정으로 한참을 기다렸을 때.

나인이 들어와 제조상궁에게 귓속말하였다.

이번에는 물어보기 전에 제조상궁이 먼저 보고했다.

"희정당에서 불길이 치솟았다고 하옵니다."

"상감마마는 대피하셨소?"

"예, 마마. 바로 빠져나오셨단 말을 들었사옵니다."

"그럼 지금은 다들 어찌하고 있소?"

"금군이 불이 난 희정당을 에워싸서 사람들을 쫓아내고 불
길이 다른 전각으로 옮겨붙지 않게 통제 중이라 하옵니다."

"상감마마께서 지금 어디에 계시는지도 알고 있소?"

"좀 전에 대조전으로 처소를 옮기셨사옵니다."

"혹시 변고를 일으킨 역당에 대한 소식도 있소?"

"금군이 잡인의 출입을 막는 바람에 그에 대한 소식까진 전
해 듣지 못했사오나, 희정당 외엔 불타거나 한 곳이 없는 점을
봐서는 이미 역당이 금군과 포도청에 제압당한 것 같사옵니다."

"천만다행이구려. 한데 역당의 정체는 알려졌소?"

"죽은 복녕군, 복창군이 역당의 주동자라 들었사옵니다."

"어찌 그런 일이!"

중전이 놀라 흠칫할 때. 제조상궁이 대령상궁, 지밀상궁 등과 협의하고 나서 아뢰었다.

"마마, 상황이 이렇다 보니 아무래도 국혼이 당분간 미뤄질 듯한데 별궁 처소로 복귀해 좀 쉬시는 게 어떻겠사옵니까?"

"제조상궁의 말대로 하겠소."

중전이 일어나려는데. 밖에서 큰 소리가 들렸다.

"방금 가례도감에서 사람이 와 알려 주었는데 상감마마께서 오늘 명사봉영을 예정대로 치르라는 어명을 내리셨다고 합니다!"

돌발 상황에 냉정한 제조상궁마저 목소리가 떨렸다.

"뭣, 뭐들 하는가? 어서 명사봉영을 맞을 채비를 서두르지 않고!"

"예, 마나님!"

다시 중전의 옷을 적의로 갈아입힌다고 법석을 떨었다.

관과 장신구를 착용하고 화장까지 막 마쳤을 때.

악공의 연주에 맞춰 명사봉영 사절단이 별궁으로 들어왔다.

문무백관, 금군, 가마꾼을 전부 합치면 100명이 넘는 행차다.

잠시 후, 사절단 대표인 영의정 이경석이 읍을 하고 아뢰었다.

"중전마마, 상감마마의 어명을 받고 모시러 왔사옵니다!"

곧 별궁 안채의 문이 열리고 화려하게 치장한 중전이 나왔다.

중전은 양쪽에서 지밀상궁의 부축을 받고 있었고.

바로 뒤엔 커다란 우산과 부채를 든 궁녀가 여럿 따라붙었다.

몇 가지 예가 끝나고 중전은 가마 안으로 들어갔다.

이어 방향을 돌린 행차는 별궁을 나와 창덕궁으로 이동했다.

이동하면서 가마에 달린 창을 슬쩍 올려다보니. 구경 나온 도성 백성이 가마를 보고 앞다투어 큰절을 올렸다.

중전은 코끝이 아릿할 정도로 큰 감동을 받았다.

어제만 해도 그녀는 흔한 양갓집 규수에 불과했다.

근데 오늘부턴 갑자기 온 백성의 어머니가 된 거다.

왠지 뭉클하면서도 무거운 책임감을 같이 느꼈다.

그녀가 임금을 어찌 내조하느냐에 따라 많은 점이 달라진다.

사실 내조가 거창한 게 아니다.

임금님의 수발이야 내시부가 든다.

진정한 내조는 바로 빠른 회임과 원자 출산이다.

더욱이 오늘 사건으로 그 결심이 더 굳어졌다. 임금에게 아들이 있었으면 복창군이 어찌 역모를 꾀했겠는가.

그녀가 가마 안에서 결의를 다지는 동안.

행차는 순조롭게 돈화문을 지나 창덕궁에 입궐했다.

말을 타고 가마 옆을 따르는 이경석이 새 건물이 나올 때마다 할아버지가 손녀에게 하듯 따뜻한 목소리로 알려 주었다.

"중전마마, 방금 금천교를 지나 인정문에 도착하였사옵니다."

인정전에서 우측으로 크게 돈 행차는 대궐 동쪽으로 나아 갔다.

희정당 뒤로 들어왔을 땐 중전도 호기심을 참지 못했다.

창문을 열어 불이 난 희정당을 보았다.

다행히 불길은 없었지만 시커먼 연기는 계속 올라왔다.

이경석이 안심하라는 듯 조용히 아뢰었다.

"불길이 다 꺼져 다른 전각으로 옮겨붙을 위험은 없사옵니다."

행차는 대조전 정문인 선평문 앞에 멈춰 섰다.

곧 평생 섬길 임금을 만난다고 생각하니 가슴이 콩닥콩닥했다.

그때, 이젠 익숙한 이경석의 목소리가 다시 들렸다.

"전하, 어명을 받아 중전마마를 모시고 왔사옵니다!"

"오, 고생 많았소."

처음 듣는 상감마마의 목소리다.

그 나이대 청년처럼 활기차면서도 자신감이 넘쳤다.

아, 이분이 내가 섬겨야 할 서방님이시구나.

그녀는 태어나 처음 느껴 보는 온갖 감정에 휩싸였다.

손이 떨리고 귓속은 윙윙거렸다.

심지어 너무 긴장한 나머지 헛구역질까지 났다.

곧 가마 문이 열리고 지밀상궁이 안으로 손을 뻗었다.

"제 손을 잡고 나오시옵소서, 중전마마."

중전은 지밀상궁의 손을 잡고 조심스럽게 가마 밖으로 나왔다.

모여 있던 이들은 중전을 보고 두 가지 면에서 놀랐다.

하난 용모가 아름다워서고.

두 번째는 키가 너무 커서였다.

옆에 있는 금군보다 머리 하나가 더 있으니 말 다 했다.

중전은 평소 습관대로 허리를 굽혀 최대한 작게 보이려 애썼다.

상궁들이 가마 안에서 구겨진 적의를 편다고 부산떨 때.

화려한 예복과 주렴이 달린 관을 쓴 헌칠한 청년이 걸어왔다.

아!

주변 사람보다 머리 두 개는 더 있는 큰 체구에 이목구비마저 또렷해 상상 속에서만 그리던 남편보다 훨씬 더 멋졌다.

무엇보다 남편의 키가 마음에 들었다.

그 옆에 서면 누구도 그녀의 키에 신경 쓰지 않을 것이다.

그녀는 가슴 속 저 깊은 곳에서부터 올라오는 뿌듯한 충만감에 절로 얼굴이 붉어져 임금님의 눈을 오래 보지 못했다.

처음 본 남자에게 이런 감정을 느끼는 자신이 부끄러워서다.

임금님이 엷은 미소를 띠며 인사를 건넸다.

"오는 데 불편함은 없었소, 중전?"

그녀는 몇 번이고 연습한 대사를 차분하게 내뱉었다.

"영의정 대감이 신경 써 주어서 불편하지 않았습니다."

"하하, 중전은 오늘이 대궐에 들어온 첫날인데 벌써 누구에게 잘 보여야 궐 생활이 편한지 알고 있구려. 이거 기특한데."

이런 대화는 연습에 없어 애써 진정시킨 마음이 널을 뛰었다.

"신, 신첩은 그런 뜻으로 말씀드린 게 아니었……."

임금님이 갑자기 진지하게 대답했다.

"영상 대감은 과인이 진심으로 의지하는 몇 안 되는 충신이오. 중전도 어려움이 닥쳐오면 영상 대감에게 의지하시오."

"예, 마마……."

이어 몇 가지 예식을 치르고 나서 나란히 대조전으로 향했다.

그녀는 대조전 구조가 꽤 복잡해 살짝 놀랐다.

대조전은 동온돌, 서온돌로 나뉘어 있었고. 각 온돌은 침전을 중심으로 우물 정(井) 자의 형태를 띠었다.

즉, 침전 주위를 여덟 개의 방이 감싸는 구조다.

각 방엔 지밀상궁을 포함한 궁녀들이 항시 대기한다.

몇 개의 문을 지나 어떤 방 안으로 들어가니 주안상이 있었다.

임금님이 주안상 상석에 앉아 손짓했다.

"중전도 그만 서 있고 얼른 앉으시구려."

"예, 마마."

그녀는 다소곳이 앉아 별궁에서 배운 대로 하였다.

술병을 집어서 오늘을 위해 특별히 만든 잔에 술을 따랐다.

작은 박을 쪼개 만든 잔인데 역시 부부의 백년해로를 뜻한다.

술을 다 따르고 나선 두 손으로 임금님에게 바쳤다.

"신첩이 상감마마께 처음으로 인사드리겠습니다. 신첩이 아직 부족한 것이 많은 만큼, 앞으로 많이 가르쳐 주시옵소서."

"흠, 첫 잔인데 우리 사이좋게 건배합시다."

그러면서 임금님이 갑자기 그녀의 잔에 술을 따르고 재촉했다.

"자, 중전도 어서 술잔을 높이 드시오."

그녀가 술잔을 두 손으로 잡아 조심스럽게 들어 올렸을 때.

임금님이 자기 술잔을 더 높이 들고 외쳤다.

"우리 부부의 행복한 결혼 생활을 위하여!"

"……"

"부부면 신부도 포함되는 거요. 중전도 어서 건배사를 외치시오. 제대로 안 하면 재수가 없어서 사달이 날 수도 있소."

"예, 마마……"

사달이 난단 말에 놀란 그녀는 술잔을 들고 조용히 외쳤다.

"우리 부부의 행복한 결혼 생활을 위하여."

"자, 이제 술잔을 부딪치고 한 번에 쭉 비우는 거요."

잠시 후.

"어허라, 중전 술잔에 술이 남았네. 이건 주도를 벗어난 거요."

"……"

"그렇지. 오우, 아주 잘 마시네. 우리 중전이 술꾼이었어, 술꾼. 이러다 내가 마실 술까지 중전이 다 마셔 버리겠네."

"술, 술꾼이라니 당치도 않습니다. 신첩은 오늘 처음 술을……"

"잘 마시면 좋은 거지, 뭘 그리 부끄러워하시오. 요즘 사내 놈들하고만 대작해 아쉬웠는데 앞으론 중전과 대작하면 되겠어."

"예, 마마……"

술을 신나게 주거니 받거니 했더니 날이 벌써 어둑어둑해졌다.

잠시 후, 궁녀들이 들어와 불을 밝히고 주안상을 내갔다.

첫날밤을 치를 순간이 마침내 코앞으로 다가온 거다.

그녀는 옆방으로 옮겨 가 궁녀들의 도움으로 새로 단장했다.

단장을 마치고 침전으로 들어가니 임금은 벌써 구장복과 면류관을 벗고 이불에 누워 그녀가 오기를 기다리는 중이다.

태어나 처음으로 사내 앞에서 속치마와 속저고리만 입고 서 있으려니 너무 부끄러워 고개조차 제대로 들 수 없었다.

그녀는 얼른 숨듯이 이부자리 안으로 들어갔다.

오늘 계속 긴장했지만, 지금이 거의 최고조다.

그럴 수밖에 없었다.

임금은 재가지만 그녀는 초혼이다.

어머니와 상궁에게 계속 배우기만 했지, 실전은 처음인 거다.

심장 뛰는 소리가 귀에 들릴 정도로 우렁차다.

두 손으로 이불 끝을 움켜쥐고 바들바들 떠는데.

임금님의 손이 다가와 속저고리의 고름을 잡고 천천히 풀었다.

그녀는 입에서 나오려는 비명을 억지로 삼켰다.

이제 진짜 시작인가 싶어 진정하려 애쓰는데.

손이 갑자기 움직임을 멈췄다.

왜 그러시지?

궁금함이 생겼지만 그래도 눈을 감고 기다렸다.

그렇게 반 시진 가까이 기다렸음에도 손은 계속 그 자리다.

여전히 꼼짝하지 않는 채로.

더는 궁금함을 참을 수 없어 실눈을 뜨고 옆을 보았다.

임금님이 옅게 코까지 골며 깊은 잠에 빠져 있었다.

아!

오늘 무척 피곤하셨나 보다.

왜 안 그러겠어?

변고가 생긴 와중에 국혼까지 치르셨으니 피곤하셨을 거야.

그녀는 오늘 처음 본 남편이 왠지 안쓰러웠다.

잠시 후, 그녀는 첫날밤을 치르지 않아 다행이라 생각하면서도 왠지 모를 약간의 아쉬움을 지닌 채로 오지 않는 잠을 청했다.

그렇게 국혼의 사실상 마지막 절차인 동뢰가 끝났다.

동뢰는 초야, 즉 첫날밤을 의미한다.

85장. 넌 너무 극단적이네.

동이 트려면 꽤 남은 시각.

비몽사몽 중에도 뭔가 중요한 걸 잊었단 느낌이 들었다.

그 순간, 얼마나 놀랐는지 눈이 번쩍 뜨여졌다.

어릴 때도 이런 적이 있었지.

아마 챔피언스리그 결승전 경기였을 거다.

기다리다가 너무 졸려 잠깐 눈만 붙이려고 했는데.

이런, 깨 보니 다음 날 아침인 거다.

아직도 그때 무척 허탈해하던 기억이 생생하다.

어제도 마찬가지다. 너무 피곤해 잠깐 눈 좀 붙일 생각이
었는데. 눈을 뜨니 이미 다음 날 새벽이다.

정말 오호통재다!

설마 중전이 벌써 자기 침전으로 건너간 건 아닐 테지?

대조전은 침전이 두 개인데 그중에 서온돌은 왕비가 사용한다. 그리고 여긴 내가 쓰는 동온돌이고.

간절한 희망을 담아 고개를 돌려보니.

중전이 반듯한 자세로 누워 잠을 자는 모습이 보였다.

오, 아직 안 갔네. 근데 잠도 꼭 모범생처럼 자네.

고작 몇 시간이지만 중전의 스타일은 이미 파악했다.

그녀는 가정 교육을 잘 받은 전형적인 모범생이다.

아마 부모에게 사랑받으며 자라 그런 걸 테지.

나와 다르게 말이야.

그리고 의외로 강단도 제법 있다.

속은 어떨지 몰라도 행동이나 말투는 꽤 당찼다.

무엇보다 그녀가 마음에 든 점은 감정의 기복이 적단 거다.

내가 오히려 감정의 기복이 큰 편이라, 파트너로 딱 맞는다.

둘 다 감정의 기복이 크면 숙종과 장희빈 시즌 2다.

술이 세서 대작하기 좋단 점은 덤이고.

외모야 이미 일전에 본 대로 두말할 나위 없이 최고다.

조선에 이런 미인이 있을까 싶을 정도로 아름다우니까.

그녀와 같은 미인이 있어 나라가 망한단 말이 생긴 거겠지.

아, 중요한 걸 또 빼먹을 뻔했네. 몸매도 엄청나다.

슬쩍 보았을 뿐인데도 사내를 미치게 하는 몸매의 소유자다.

얼굴 예뻐, 몸매 쩔어, 성격 수더분해.

그야말로 삼박자를 다 갖췄다.

게임으로 치면 완벽한 육각형 스탯을 지닌 히로인 캐릭이다.

내가 전생에 거북선에서 노를 젓다가 과로로 죽은 모양이네.

이런 완벽한 여자가 이제부터 내 마누라라니!

근데 몸매는 이미 어른 중에서도 상 어른인데 이렇게 눈을 감고 곤히 자는 모습을 보고 있으니 어리단 게 실감 난다.

거기서 오는 갭 차이가 또 사내를 미치게 만드는구만.

그렇다고 이 새벽에 깨우긴 좀 뭐한데.

오늘 하루도 정신없을 텐데 좀 더 자게 놔둬야겠어.

작심삼초였다. 정신을 다시 차렸을 땐 이미 중전을 흔들어 깨우고 있었다.

잠에서 깬 중전이 좀 부끄러워했지만 뭐 어떤가.

이젠 우리도 엄연한 부분데.

어쨌든 그렇게 초야는 성공적으로 치렀다.

그날 아침. 조반을 먹고 나서 중전과 윗전을 뵙고 정식으로 인사 올렸다.

중전 처지에선 시어머니, 시할머니를 뵙는 거다.

당연히 많이 긴장했지만, 윗전 두 분 다 까탈스러운 성격은 아니어서 별 해프닝 없이 중요한 일정을 성공리에 마쳤다.

어휴, 내가 더 긴장했네.

이어 다시 대례복을 갖춰 입고 인정전 앞으로 자리를 옮겼다.

문무백관의 하례를 받기 위해서다.

힘든 예식이라 걱정했는데 중전은 끝까지 품위를 잃지 않왔다. 역시 내가 마누라 하난 잘 만났다니까.

그다음 일정은 난 빠지고 중전만 참가했다.

이를테면 갓 부임한 사단장의 부인 같은 경우다.

인사 오겠단 사람이 쌓여 있단 얘기다.

우선 공주와 왕족의 부인을 만나 인사받고. 그 후엔 대신의 부인을 만나 또 인사받았다. 마지막엔 내명부 궁녀를 품계순서대로 만나서 인사받았다.

이렇게 며칠에 걸쳐 인사받고 나서 잔치를 크게 열었다.

역모로 분위기가 그닥 좋지는 않았지만, 잔치가 왜 잔치겠어.

먹고 마시다 보면 없던 흥도 생기니까 잔치지.

잔치까지 성공적으로 마치고 나면 이제 국혼에서 해방이다.

가례도감이 해산하며 대궐은 다시 일상으로 돌아왔다.

물론, 대조전에 안주인이 생겨 전과는 약간 다른 일상일 테지만.

웃긴 건 결혼도 퀘스트란 거다.

서브 퀘스트 29

국혼도 통치 행위!

-왕실의 국혼은 결혼이 가진 보편적인 의미를 넘어서는 국가의 중요한 통치 행위에 더 가깝습니다. 성공하면 국가를 반석 위에 올려놓는 훌륭한 통치 행위가 되지만 실패하면 국가를 멸망하게 하는 돌이킬 수 없는 실정이 될 것입니다.

클리어 유무: 클리어

보상: 룰렛 1회 추첨권

어우, 내용 한번 후덜덜하네.

뭐 어느 정도 사실이긴 하지.

안주인을 잘못 만나 망한 나라가 분명 있으니까.

난 잠시 중전을 떠올려 보았다.

흠, 좀 더 겪어 봐야겠지만 지금까진 성공에 더 가깝겠지.

사실 서브 퀘스트는 곁다리다.

중요한 바로 히든 퀘스트를 클리어했단 거다.

히든 퀘스트 4

다른 플레이어를 제거하라!

–유저가 게임에서 활동하는 다른 플레이어를 성공적으로 제거할 경우, 플레이를 돕는 각종 보상을 획득할 수 있습니다.

클리어 유무: 클리어

보상: 초회 클리어 보상으로 특별히 룰렛 1회 지정 추첨 가능

진짜 오마이갓이다! EX 하나 뽑아 보려고 추첨권을 쟁여 놓는 중인데 이런 게 뜨다니.

초회 클리어 보상이라 또 주진 않을 것 같지만 뭐 어때.

이거 하나라도 주는 게 어딘가 싶다.

난 바로 EX를 지정 추첨으로 뽑고 쟁여 두었다.

마음 같아선 당장 써먹고 싶지만, 왠지 이번 일의 처리 결

과에 따라 서브 퀘스트를 몇 개 더 클리어할 것 같아 참는다.

내가 여기서 무릎을 꿇는 건 추진력을 얻기 위함이라고!

대조전 신평문을 나가면 앞이 바로 희정당이다.

희정당은 현재 완전히 다 타서 기반석만 남았다.

재와 잔해야 사람을 시켜 일찌감치 치워 뒀고.

기반석 주위를 돌아보면서 문 쪽으로 나왔을 때.

몇 사람이 와서 날 기다리고 있었다.

그중 한 명은 나도 잘 아는 시계 사업부의 부장 만대다.

"오, 만 부장, 오랜만이구만."

"국혼을 경하드리옵니다."

"고맙군, 고마워."

"희정당 복원 때문에 부르셨사옵니까?"

"역시 잘 아네. 다 타 버린 김에 아예 새로 지으려고. 두석아."

바로 왕두석이 앞으로 나와 두툼한 설계도를 건넸다.

"이건 내가 틈틈이 만든 설계도야. 참, 설계도는 볼 줄 알지?"

"예, 전하. 관우정을 개축할 때 배웠사옵니다."

"다행이군. 난 또 새로 가르쳐야 하는 줄 알았지. 선포전에서."

"그, 그러실 필요 없사옵니다."

"하하, 아들한테 선포전에 대해 들은 모양이구만."

"그, 그렇사옵니다."

"아아, 그땐 실수였어. 청나라 사신이 와서 잠시 갇혔을 뿐이라고. 무슨 선포전이 사람 가둬 놓고 괴롭히는 곳인 줄 알겠네."

왕두석이 큰 머리를 좌우로 흔들며 물었다.

"소관은 선포전이 그런 용도인 줄 알았는데요……?"

"닥쳐."

"예, 전하."

난 다시 만대 쪽으로 고개를 돌렸다.

"설계도에 그려 둔 대로 외형은 최대한 전과 같은 형태를 유지해야 해. 임금이라고 해서 우리 문화유산의 외형을 막 지 맘대로 바꾸고 그러면 안 되지. 물론, 내부는 다 바꿔야겠지만."

"……."

"설계도를 넘기다 보면 관우정이랑 되게 비슷하다는 걸 알 거야. 건물에 상하수도 시스템이 기본으로 탑재되어 있으니까."

"……."

"상하수도를 만들려면 우선 근처에 물 저장고와 정화조를 설치해 상하수관을 깔아야 할 거야. 과인이 편의성을 갖추면서 주변 미관을 해치지 않는 완벽한 장소를 찾아내 설계도에 반영했으니까 참고해서 설치해. 여기까지 이해했어?"

"으……."

"그래, 이해했으면 됐어. 아, 난방은 온돌 방식을 그대로 쓰되 내가 몇 가지 신기술을 적용해 놨어. 효율이 높아졌지. 그렇게까지 어려운 기술은 아니니까 하다 보면 감이 딱 올 거야."

"으……."

"설계도 끝에 보면 가구에 대한 설명이 자세히 나와 있을 거야. 탁자와 의자, 침대, 소파인데 그대로 만들어서 들여봐."

"음……."

"아, 만 부장 힘들까 봐 내가 미리 가구 형태와 장식까지 다 디자인해 놨으니까 그렇게까지 빡센 점은 아마 없을 거야."

만대가 멍한 눈으로 쳐다보았다.

"그, 그렇군요."

"마지막으로 궁금한 거 있어?"

만대가 어느새 장인의 눈빛으로 돌아와 물었다.

"비용은 얼마나 생각하고 계시옵니까?"

"이번에 잭팟이 터졌어. 예산 걱정은 하지 마."

"질문이 하나 더 있사옵니다."

"뭔데?"

"소인이 공사를 맡으면 시계 사업부는 누가……?"

"어, 만 부장은 멀티태스킹이 그렇게 안 돼?"

"멀티태스킹이 무엇이옵……."

바로 옆에 있던 홍귀남이 얼른 귓속말로 알려 주었다.

"한 번에 여러 가지 일을 동시에 추진하는 방식을 뜻합니다."

만대가 다시 장인의 눈빛으로 돌아왔다.

"전하, 어쩌면 이번 공사는 소인이 이름 석 자를 역사에 한 줄 남길 수 있는 유일할 기회일 것이옵니다. 부디 당분간만이라도 희정당 공사에 집중할 수 있게 해 주시옵소서."

"만 부장은 이름이 두 자잖아?"

"그럼 이름 두 자를 역사에……."

"면천하고 나서 양인 호적에 이름을 새로 올렸나?"

"그렇사옵니다."

"성은 만씨를 쓰기로 한 거야?"

"그렇사옵니다."

"그럼 순구는 만순구야?"

"그, 그렇게 되겠지요."

"만 부장이 이번 공사를 맡아 진행하면서 시계 사업부도 틈틈이 관리하는 건 어때? 어차피 시계 사업부엔 그로트가 있잖아. 귀찮은 일은 전부 그로트 그 자식에게 떠넘겨 버리라고."

"알, 알겠사옵니다."

"뒤에 있는 사람들은 뭐야?"

"전하께서 잊으셨을지 모르지만, 소인은 원래 소목수이옵니다. 해서 대목수로 유명한 이들을 모아 왔사옵니다. 앞쪽부터 현주백, 나흥채, 박선조, 홍민관, 왕자준인데 모두 실력과 경험을 갖춘 인재로 이번 희정당 공사를 맡을 것이옵니다."

대목수들이 호명받을 때마다 큰절을 올렸다.

난 정신을 집중해 그들을 쓱 훑었다.

역시 감식안은 재능 레벨이 1이라 그런가, 아직 잘 모르겠네.

실력이 떨어지면 검은 점, 좋으면 흰 점으로 나와야 하는데 다 회색 점이니 누가 실력이 좋고 나쁜지 어떻게 알겠어.

어? 다 그런 건 아니네.

마지막에 절을 올리는 왕자준이란 친구는 흰색에 가까웠다.

"왕자준?"

"예, 옙."

"예와 옙 중에 하나만 해. 정신 사납다."

"죽여 주시옵소서!"

"넌 너무 극단적이네."

"죽여 주시옵소서!"

"앤 어서 이상한 걸 배워 왔네. 참, 너 왕두석이 알아?"

왕자준이 소눈 같은 눈알을 데구르르 굴렸다.

"처음 듣는 이름이옵니다."

난 고개를 돌려 왕두석을 보았다.

"니 친척 아니었어?"

"왕씨도 찾아보면 나름 꽤 있사옵니다."

"그래?"

"한 다리 건너 다 알 정도로 적진 않사옵니다."

"그렇단 말이지. 좋아, 왕자준……, 왕자준. 이름이 좀 그렇구
만. 부르기가 좀 뭐시기 하니까 앞으론 왕눈이라고 부르겠다."

"영광이옵니다."

"별게 다 영광이네."

"이참에 개명하겠사옵니다."

"앤 좀 오버하는 경향이 있네. 아무튼 왕눈이 네가 이번 공
사의 부책임자다. 만 부장을 도와 희정당을 조선에서 제일 멋
진 건물로 만들어 보도록. 싹수가 보이면 과인이 중히 쓰지."

"성은이 망극하옵니다."

희정당은 그날 바로 공사에 들어갔다.

따당!

서브 퀘스트 30

유형 문화유산을 보존하라!

-편리하고 효율적이라고 해서 현대식 건물을 마구 짓다 보면 어느새 특색 없이 비슷비슷한 건물만 늘어나 도시의 매력이 떨어지게 됩니다. 불편하더라도 전통을 고수하면서 효율적인 건축 방식을 개발해 도시를 매력적으로 만들어 보세요.

클리어 유무: 클리어

보상: 룰렛 1회 추첨권

오, 마침내 10장 다 모았다.

슬슬 정비 타임을 가져 볼까.

86장. 우리에겐 은이 호랑이니까.

김석주는 고연내와 조슈 번 영내에 마련한 안가로 들어갔다.

미행이 있나 살피고서 문을 닫은 피터슨이 물었다.

"잘 됐습니까?"

고연내가 웃으면서 대답했다.

"아주 좋았습니다. 소 요리타카의 소개장을 들고 모리 가문의 중신을 만나 슬쩍 운을 띄워 봤는데 우리 제안을 무척 반가워하더군요. 준비해 둔 뇌물을 찔러주기도 전에 그쪽에서 먼저 우리가 어떤 물건을, 얼마나 가져왔는지 묻던데요."

일양이 염주를 굴리면서 나지막이 불호를 외웠다.

"나무아미타불, 그럼 성사 가능성이 큰 거요?"

"성사된 거나 마찬가지죠. 곧 모리 영주와 따로 만나는 자리를 주선해 준다는군요. 계약은 그때 정식으로 하기로 했고요."

최립이 손뼉을 탁 치며 기뻐했다.

"하하, 대마도 때완 달리 일이 처음부터 잘 풀리는걸."

조온잠이 고개를 돌려 말이 없는 김석주에게 물었다.

"김 이사님은 뭔가 마음에 안 드는 점이라도?"

"염병할 말대로 일이 너무 잘 풀려서 마음에 안 들어."

최립의 짙은 눈썹이 꿈틀거렸다.

"청개구리 심보도 아니고 잘 풀리면 좋지, 뭐가 마음에 안 든다는 거요? 어쭙잖은 얘기를 할 거면 아예 하지도 마시오."

"너무 잘 풀려도 의심해 봐야 하는 거야. 특히, 그 중신이란 놈의 표정이 왠지 마음에 걸려. 눈은 웃고 있는데 입가는 꼭 우릴 비웃는 거 같더라고. 내가 사람 관상을 약간 볼 줄 아는데, 그런 놈은 웃으면서 우리 등에 칼 꽂을 새끼야."

일양은 '이 새끼가 또 몹쓸 병이 도졌군'의 표정으로 물었다.

"그래서 김 이사는 이 거래 안 할 거요?"

"이런 기회는 쉽게 오지 않아, 육시랄."

"그럼 한단 거요?"

"하긴 할 건데 돌다리를 두들겨 보고 해야지."

선단 책임자는 영업이사인 김석주다.

그들은 김석주의 지시에 따라 정보부터 모으기로 했다.

안가를 나가기 직전.

김석주가 갑자기 뜬금없는 제안을 하였다.

"이왕 하는 김에 내기해 보는 건 어때? 각자 흩어져 재주껏 정보를 모으되, 가장 중요한 정보를 가져온 놈이 이번 달 녹봉을 전부 갖는 거지."

일양이 내기란 소리에 미간부터 찌푸렸다.

"중요한 일에 불경스럽게 꼭 내기를 걸어야겠소?"

"육시랄은 산에 처박혀 불경만 외워서 그런지 영 재미가 없다니까. 그리고 말이 나와서 하는 얘긴데, 중요하니까 더 내기를 걸어야 하는 거야. 뭔가 큰 걸 걸어 두면 다들 의욕이 넘쳐서 누가 떠밀지 않아도 중요한 정보를 물어 오지 않겠어?"

최립이 콧방귀를 뀌었다.

"흥, 말이나 못 하면 밉지라도 않지."

"그래서 염병할은 할 거야, 말 거야? 쫄리면 뒈지시고."

"누, 누가 쫀다고 그래. 한다고, 해!"

"염병할은 한다는데 제기랄과 육시랄은?"

"나무아미타불……, 김석주 개새끼. 하겠소."

"이젠 아주 대놓고 개새끼라고 하는구만."

일양에 이어 조온잠과 고연내도 동의했다.

"제기랄도 하겠습니다."

내기를 건 이들은 각자 흩어져 정보를 모았다.

조슈 번에 올 때 항왜 후손을 꽤 데려와 언어는 문제없었다.

물론, 김석주 등도 왜국 말을 어느 정도 할 줄 알았고.

당연히 피터슨은 혼자 남아 안가를 지키기로 했다.

그는 언어보다 더 큰 문제가 있었다. 다름 아닌 인종이라는.

저녁에 다시 모인 그들은 각자 모아 온 정보를 비교했다.

가장 특이한 정보는 조온잠의 것이었다.

"2, 3년 전부터 모리 영주의 지시로 조슈 번 곳곳에 사람의 출입을 엄격히 금지하는 수상한 지역이 생겨났다고 합니다."

최립이 팔짱을 끼며 물었다.

"주로 어떤 지역이었소?"

"급류가 흐르는 강이나 폭포였다고 합니다."

일양이 모르겠다는 듯 고개를 절레절레 저었다.

"영주가 무슨 생각으로 그러는지 감이 안 잡히는군."

주변을 힐끗 살핀 고연내가 목소리를 낮춰 물었다.

"혹시 무기와 관련 있지 않을까요?"

피터슨이 눈을 번쩍 뜨며 물었다.

"고 과장은 왜 무기 때문이라고 생각한 겁니까?"

"뇌물을 먹여 어렵게 알아낸 건데 모리 가문이 작년부터 총과 화약의 생산량을 급격히 늘렸다고 해서요. 왜국에서 큰 전쟁이 벌어지지 않은 지가 벌써 수십 년쩹니다. 모리 영주에게 딴마음이 있지 않고서야 갑자기 군비를 증강할 이유가 없단 거죠. 아마 그 금지된 장소도 그런 이유일 겁니다."

일양이 수박 통만 한 머리를 흔들며 의문을 표했다.

"딴마음을 품었으면 결국 에도 막부 타도밖에 없을 텐데, 조슈 번이 아무리 잘살아도 싸움이 되겠소?"

그 말에 다들 고개를 끄덕였다.

"안 되겠지요."

그때, 내내 듣기만 하던 김석주가 픕 하고 웃었다.

그 모습에 최립이 여지없이 핀잔주었다.

"대단한 정보라도 가져온 모양인데 그만 우쭐대고 말해 보 시오."

"조슈 번에 집중하니까 다들 큰 그림을 못 보는 거라고."

일양이 눈을 반개하며 물었다.

"혹시 에도 막부에 대한 정보를 얻었소?"

"어, 육시랄도 큰 그림을 본 거야?"

"일단 김 이사가 가져온 정보부터 들어 봅시다."

"혹시 내 정보에 묻어가려는 건 아니겠지?"

"그런 일은 죽어도 없을 거요. 염려 붙들어 매시구려."

"좋아, 육시랄은 부처님을 모시니까 한 번은 믿어 주지."

김석주는 이어 그가 들은 정보를 공개했다.

"다들 본사에서 교육받아 알겠지만, 에도 막부의 현 쇼군 은 도쿠가와 이에쓰나란 자야. 우리 상감마마와 동갑이지. 한데 같은 도쿠가와 가문인 오와리 번의 영주 도쿠가와 미쓰 토모란 놈이 에도를 상대로 불온한 움직임을 보여서 왜국 중 부 일대가 요즘 살얼음판을 걷는 것처럼 아슬아슬하다는군."

일양이 고개를 크게 주억거렸다.

"나도 절에 향을 사러 갔다가 그와 비슷한 소문을 들었소! 에도와 고산케 필두 가문인 오와리 사이가 꽤 나쁘다는."

김석주가 바로 일양을 흘겨보았다.

"뭐야, 육시랄? 지금 내 정보에 묻어가기 위해 수 쓰는 거야?"

일양이 졌다는 듯 두 손을 들었다.

"됐소. 난 이번 내기에서 졌다고 해 둡시다."

"진작 그럴 것이지."

피터슨이 다툼이 더 길어지지 전에 얼른 끊었다.

"그거랑 조슈 번이 무슨 관계인 겁니까?"

"만약, 오와리 번이 조슈 번과 은밀히 내통하고 있다면 어떨까?"

"아!"

"오와리가 진짜로 뭘 해 볼 생각이라면 에도 막부의 영향력이 강한 동북 지방보다는 그래도 우리가 있는 이 주고쿠와 서쪽 규슈에 있는 여러 번과 힘을 합치는 쪽이 낫지 않겠어?"

고연내가 바로 동의했다.

"맞습니다. 주고쿠, 규슈는 전국 시대부터 간사이, 긴키, 간토와는 기질이 달라 막부도 세밀하게 감시하진 못할 겁니다. 물론, 데지마가 위치한 나가사키는 약간 다르겠습니다만."

최립도 같은 생각이었다.

"오와리가 주고쿠에서 내통할 번을 고른다면 모리 가문이 금상첨화일 거요. 세키가하라 전투 전까진 주고쿠를 한 손에 쥐고 흔든 가문이니까. 거기다 규슈의 사쓰마 번까지 끌어들이면 에도 막부도 전쟁에서 꼭 이긴다고 장담 못 할 테지."

조온잠이 눈을 반짝였다.

"그럼 조슈 번이 막부 몰래 군비를 증강한 이유는 오와리 번과 힘을 합쳐 반란을 도모하려는 것이겠군요."

김석주가 의기양양한 표정으로 물었다.

"어때? 내가 물어 온 정보가?"

다들 이번엔 인정한다는 듯 고개를 끄덕였다.

김석주가 입술로 혀를 쓱 핥았다.

"이거 과장 녹봉 다섯 명분이면 꽤 쏠쏠하겠는데?"

피터슨이 놀라 물었다.

"다섯 명이면 저까지 포함된 겁니까?"

"그렇지."

"아, 아니, 난 애초에 참가도 안 했는데……."

일양이 갑자기 불쑥 물었다.

"한데 그런 중요한 정보는 어디서 얻은 거요? 난 절에서 귀동
냥한다고 입술이 부르트도록 떠들었는데 김 이사도 그랬소?"

김석주가 혀를 뱀처럼 날름거렸다.

"나도 혀를 쓰긴 했지. 유곽에서, 흐흐."

"유, 유곽? 지금 계집질을 했단 거요?"

"이봐, 뭘 그런 걸로 경기까지 일으키고 그래? 원래 이런
중요한 정보는 기녀들이 잘 아는 법이라고."

피터슨이 삼천포로 빠지려는 주제를 재빨리 돌렸다.

"김 이사의 추측대로 조슈 번이 오와리 번과 내통해 군비
를 증강 중이라면 우리에게는 오히려 기회가 아닙니까? 보라
매를 슬쩍 보여 주기만 해도 천금을 싸 들고 달려올 텐데."

김석주가 고개를 저었다.

"유곽에서 얻은 정보가 사실은 하나 더 있어."

"뭡니까?"

"모리 가문이 우리 조선을 엄청나게 싫어한다는군."

"예에?"

"진짜야. 임진왜란 때 모리 가문이 주축이었단 건 알지?"

그 말에 피터슨을 제외한 다른 이들이 고개를 끄덕였다.

도요토미 히데요시는 조선과 가까운 서쪽 다이묘, 즉 규슈와 주고쿠 방면의 영주들에게 침공 병력을 동원하라 지시했다.

그 바람에 주고쿠를 다스리는 거나 마찬가지던 모리 료센, 즉 모리 본가와 방계 가문은 엄청난 병력을 토해 내야 했다.

사실상 조선 침공군 본대가 모리 가문이나 마찬가지인 거다.

당연히 패한 전쟁인 만큼 그들의 피해 역시 엄청났고.

아마 마을마다 과부가 지천이었을 거다.

고연내가 이해가 안 간다는 듯이 고개를 저었다.

"임진왜란이 끝난 지 한 갑자 넘게 지났는데 참 이상하네요."

"더 이상한 일은 최근 들어 모리 가문의 중신들이 조선인을 부르는 단어인 조센징을 멸칭처럼 쓰기 시작했다는 거야."

최립이 이를 으드득 갈았다.

"지 놈들이 쳐들어와 놓고 왜 인제 와서 지랄이래!"

이 자리에서 유일하게 임진왜란에 별 느낌이 없는 피터슨이 결론을 맺었다.

"그럼 조슈 번에서 거래하는 건 피해야겠군요."

"피할 게 아니라, 빨리 도망쳐야지."

"그 정도로 심각합니까?"

"대마도주 소개장을 갖고 가서 만난 놈이 자꾸 마음에 걸려."

최립이 벌떡 일어났다.

"그럼 서두릅시다."

다들 동의해 바로 탈출 작전이 시작되었다.

본사에서 항상 탈출이 제일 중요하다고 교육받은 덕에 조슈 번에 도착함과 동시에 빠져나갈 방도를 미리 마련해 두었다.

준비를 막 마쳤을 때. 망을 보던 직원이 급히 들어와 알렸다.

"복면을 쓴 무사들이 오고 있습니다."

김석주가 책상을 쾅 치며 일어났다.

"개새끼들! 그럴 줄 알았다니까!"

일양이 급히 직원에게 물었다.

"무기를 들었소?"

직원이 대답하기도 전에 김석주가 신경질을 냈다.

"복면으로 얼굴을 가렸다잖아! 육시랄은 착한 놈들이 얼굴 가리고 남의 집에 방문하는 거 본 적 있어? 한 번도 못 봤지?"

"흠, 그건 그렇소."

"그러니까 잔말 말고 빠져나갈 준비나 해!"

그들은 준비해 둔 비격진천뢰에 불을 붙여 두고 빠져나갔다.

한참을 도망치고 나서 뒤를 돌아보았을 때.

펑펑펑! 안가에서 폭음이 울리며 불꽃과 연기가 사방으로 치솟았다.

"개새끼들, 오늘은 맛뵈기란 걸 명심해라. 다음에 조슈 번을 찾았을 땐 손님 대접을 개같이 한 대가를 치르게 해 줄 테니."

이죽거린 김석주는 일행을 데리고 해안으로 달아났다.

근처 해안의 동굴에 배를 숨겨 두었기 때문이다.

배에 있던 선원과 합류한 일행은 야음을 틈타 출항했다.

피터슨이 점점 멀어지는 조슈 번을 보며 물었다.

"이제 어디로 가야 합니까?"

"나가사키론 안 갈 거니까 좋아할 필요 없어."

"아직도 나만 보면 나가사키 타령입니까? 그러고 보면 김이사님은 상감마마와 닮은 점이 아주 많습니다."

"누, 누가? 내, 내가?"

"원래 본인은 자기 성격을 잘 모르는 법이죠."

"내가 상감마마랑 성격이 비슷하다고? 다른 건 다 인정해도 그건 절대 인정 못 해. 내가 어떻게 그 개차반이랑……."

김석주는 말을 하다 말고 뒤를 힐끔 보았다.

왠지 섬뜩한 살기를 느껴서다.

돌아보니 최립이 환도를 이미 반쯤 꺼낸 상태다.

"다른 건 넘어가도 상감마마를 욕하는 건 절대 용서 못 한다!"

"답답한 사람이네. 없는 데선 나라님도 욕한단 말 못 들어 봤어?"

"난 못 들어 봤다!"

"알았어, 알았으니까. 칼부터 집어넣으라고. 거 사람 참."

사람들의 만류로 최립이 마지못해 칼을 집어넣었을 때.

김석주가 동쪽 바다를 가리켰다.

"호랑이를 잡으려면 호랑이 굴에 들어가야지."

조온잠이 웃으면서 대꾸했다.

"왜국엔 호랑이가 없는데요."

"아니, 있어. 우리에겐 은이 호랑이니까."

고연내가 눈을 반짝이며 물었다.

"이와미 은광산이 있는 마쓰에 번으로 가려는 거군요?"

"그렇지. 그리고 이번엔 우리도 배수진을 쳐야 할 거야. 여기서도 실패하면 빈손으로 돌아가게 될 테니까."

그 말에 다들 말없이 동쪽 바다를 보았다.

조슈 번과 마쓰에 번은 지척이라 금방이다.

정비 시간을 가지려 해도 일이 그럴 틈을 안 준다.

오늘은 삼정승이 복창군 역모 사건에 관해 보고했다.

돌이켜 보면 조경에게 역모 사건을 맡긴 일은 신의 한 수였다.

그가 신속하면서도 정확하게 일을 처리한 덕에 옥석구분(玉石俱焚)하는 참사가 일어나지 않았다.

알 테지만, 옥석구분은 옥과 돌을 가려낸단 얘기가 아니다.

옥과 돌을 가리지 않고 다 죽인단 얘기다.

여기서 옥은 무고한 이들이고.

조경에게 보고받은 난 바로 조치에 나섰다.

"역적 잔당은 사철광산으로 보내 노역시키시오."

이경석이 물었다.

"노역으로 그들의 죄를 갈음하게 하실 생각이시옵니까?"

"훌륭한 노동력을 굳이 죽이거나 유배 보내 썩힐 필욘 없지 않겠소?"

"알, 알겠사옵니다."

조경이 조심스레 물었다.

"무고한 이들은 어떻게 하시겠사옵니까?"

"방면하시오."

조경은 자기가 사면령이라도 받은 거처럼 기뻐했다.

"전하의 너그러우신 처사는 대대손손 칭송받아 마땅하옵니다."

"내 얼굴에는 이미 금칠이 많이 되어 있소. 굳이 좌상까지 그럴 필요 없단 얘기요. 그리고 쓸데없이 과인이 그들을 방면하는 이유를 확대 해석하지 마시오. 단순히 귀찮아서일 뿐이요."

그래도 조경과 이경석은 그만두지 않았다. 한목소리로 성군입네, 어쩌네 하며 나를 치켜세우기 바빴다.

뭐 그들 심정이 이해 가지 않는 건 아니다. 이 정도 규모의 역모면 조정 대신의 반이 죽거나 귀양 간다.

죄도 없는데 어떻게 그러냐고?

동서고금을 막론하고 정치인들이 언제 그런 거 따졌나.

그냥 이때다 싶어 마구 헐뜯는 거지.

저놈이 몇 달 전에 복창군 집에 들어가는 걸 내가 봤네.

저놈 아들이 복창군이랑 술을 같이 마시는 사이네.

복창군이 길을 걸어가다가 저놈이랑 만나 귓속말을 나누었네. 이러면서 삼사가 합계해 탄핵하면 제아무리 용가리 통뼈라도 버틸 재간이 없다.

근데 내가 선을 딱 그어 버린 거다.

복창군 잔당에서 마무리하는 걸로.

사실 지금도 사방에서 상소가 물밀듯이 쏟아진다.

대부분 서인은 남인이, 남인은 서인이 역당이란 상소다.

그 바람에 올라오는 족족 수라간 불쏘시개로 쓰이는 중이고.

이러니까 괜히 나무에게 미안해지네.

그럼 1차 조사는 이렇게 마무리됐다 치고.

2차 조사는 어떻게 되는 중이지?

"평안도에서 잡아 온 고을 수령과 아전 놈들은 어떻게 되었소?"

이 문젠 원두표가 맡고 있었다.

원두표가 훈련도감 제조라서 어차피 그의 담당이기도 하고.

"훈련도감이 전력을 다하긴 했으나 수가 워낙 많고 거리도 멀어 현재는 순차적으로 하옥해 신문 중입니다. 넉넉잡아 보름이면 역적의 잔당과 무고한 자를 가려낼 수 있을 겁니다."

"내 이번 일은 우상을 믿고 맡겨 보겠소. 만일 이 사건을 이용해 다른 이에게 누명을 씌우거나, 아니면 당쟁과 엮어 판을 크게 벌이려는 낌새만 보여도 우상이 가장 먼저 국청으로 끌려갈 거요. 과인의 충고를 항상 유념하며 처신하시오."

원두표도 저번에 한 소리 듣고 생각이 바뀐 모양이다.

"염려 놓으십시오. 국법에 따라 죄가 있으면 벌하고 없으면 방면하겠습니다. 이 원두표도 한다고 하면 하는 놈입니다."

"좋소. 수고 많았고 이제 돌아가 업무들 보시오."

"예, 전하."

삼정승이 돌아가고 나서 거의 동시에. 따당!

서브 퀘스트 31

폭군과 성군의 차이!

-폭군은 바다의 물을 다 부어도 품이 남을 만큼 본인에게 관대합니다. 하지만 타인을 대할 때는 전혀 다릅니다. 좁디좁은 바늘귀조차 넓어 보일 정도로 조금의 아량도 베풀지 않는 때가 많습니다. 성군이 되고 싶으십니까? 정확히 그 반대로 하십시오. 그럼 역사가 그대를 찬미할 것입니다.

클리어 유무: 클리어

보상: 룰렛 1회 추첨권

성군이 되고 싶은 생각은 별로 없지만 뭐 어쩌겠어.

추첨권을 준다는데 얼른 받아야지.

이제 추첨권이 열한 장인가? 이 정도면 거의 카지노 VIP 아냐?

그런 생각을 하면서 대조전으로 가기 위해 일어서는데.

갑자기 세상이 빙글빙글 돌았다.

심지어 다리까지 후들후들 떨렸다.

뭐, 뭐지? 몸살이라도 걸렸나?

그 순간.

왕두석이 버릇없이 내 용안에 손가락질해 대며 소리쳤다.

"전, 전하! 피가……!"

"피? 왜? 누가 다쳤어?"

"아니, 전하 코에서 피가……."

"뭐?"

난 손으로 코 밑으로 훔쳐 보았다.

새빨간 피가 묻어 나왔다. 진짜네?

근데 왜 피를 흘린 거지? 몸에 이상이 생겼나?

홍귀남이 급히 다가왔다.

"전하, 어서 누우시옵소서. 어의를 불러오겠사옵니다."

"됐어. 이런 일로 어의는 무슨."

난 손을 젓곤 손수건으로 코피를 막았다.

다행히 코피는 얼마 안 가 멈췄다.

왕두석이 딱하단 얼굴로 날 보았다.

"전하, 아무리 중전마마가 좋으셔도 그렇지, 코피까지 흘릴
정도로 무리하시면 안 되옵니다. 부디 옥체를 소중히 하……."

"뭐 인마?"

"아, 아니, 소관은 옥체를 생각하시어 대, 대조전에 좀 덜 가
라 간언을 드린 것뿐이옵니다. 건강마저 해칠 정도로……."

"이놈이 갈라놓을 게 없어서 신혼부부를 갈라놓으려 들어?"

"소, 소관이 언제 전하와 중전마마를 갈라놓으려 했다고
그러십니까. 그런 얘기가 윗전에 들어가면 소관은 죽은 목숨

입니다. 제발 다른 데서는 그런 말씀 절대 하지 마시옵소서."

"꺼져!"

"예……."

왕두석이 시무룩한 얼굴로 돌아가고 나서.

난 혹시 하는 생각에 액티브 스킬을 하나 구매했다.

이번에 구매한 스킬은 복창군 상점에 있던 놈이다.

전에 한번 말한 적 있었지?

복창군이 죽고 나서 상점의 액티브 스킬 수가 늘었다고.

많이 증가한 건 아니고 한 삼사백 개 정도.

아마 내 상점에 없던 액티브 스킬이 들어온 거겠지.

지금부턴 순전히 내 추측인데.

처음 주어지는 액티브 스킬은 플레이어가 어떤 나라에서,
누구로 시작했는지에 따라 정해져 있는 것 같다.

복창군 말대로 스타팅 포인트에 따라 달라지는 거지.

여기서 잠깐 짚고 넘어가야 할 점이 하나 있다면.

상점의 가장 중요한 세일즈 포인트는 스킬이 지닌 성능이다.

D급 같은 쓰레기만 널려 있으면 누가 상점을 쓰겠어.

쪼렙일 때나 좀 사지, 레벨이 오르면 아무도 안 산다.

인간이 돈을 버는 궁극적인 이유가 뭐야?

더 좋은 물건을 사고 더 나은 서비스를 받기 위해서잖아?

게임도 마찬가지라고.

더 좋은 아이템과 스킬을 사기 위해 플레이하는 건데 목숨
그 자체인 수명으로 D급 스킬을 사고 싶진 않을 거 아냐?

두 번째 세일즈 포인트는 아마 가성비쯤 되려나.

상점에 SSS급이 지천으로 널려 있으면 뭐 하나. 성능이 죄다 쓰레기면 역시 상점표라며 거들떠보지도 않는데.

마지막은 얼마나 다양한 스킬이 들어와 있는가다.

플레이어마다 처한 상황이 다른 만큼, 필요한 스킬도 다 다르다. 근데 스킬 종류가 턱없이 적다면?

상점이 상점이란 본래 기능을 제대로 못 하는 거겠지.

EHS 상점은 그런 면에서 현재 반반이다.

어떤 스킬은 가성비와 성능 둘 다 좋지만 어떤 스킬은 이딴 쓰레기를 왜 SSS급으로 매겼는지 이해가 안 갈 때도 있다.

이름만 보고 스킬을 골라야 하는 나로선 이 때문에 골탕을 먹은 적이 한두 번이 아니다. 물론, 실패를 거름 삼아서 요즘은 보는 눈이 좀 높아지긴 했지만.

이를 해결할 유일한 대책은 상점에 있는 액티브 스킬의 절대적인 양, 그러니까 풀(Pool) 그 자체를 늘리는 거다.

문제가 있다면 시스템이 다른 플레이어를 제거하며 얻게 되는 이득으로만 스킬 풀이 늘어나게 세팅해 놔 경쟁을 부추기고 있다는 거고.

사악한 새끼들!

아, 그렇다고 스킬 풀이 늘어나는 게 싫단 말은 아니고.

암튼 본론으로 돌아와서 이번에 구매한 스킬이 뭐냐면.

진단 키트! (S)

스킬을 발동하면 본인 혹은 타인의 건강을 체크할 수 있다.

스킬 지속 시간: 3시간

스킬 재사용 대기시간: 1,000시간

수명 1,000일짜리 스킬치곤 가성비가 좋다.

확률이 아니면서 대기시간도 적정하다.

난 구매한 스킬을 즉각 발동했다.

스탯 창만 열면 수명이 얼마나 남았는지 바로 안다.

다만, 나도 모르는 사이에 중병에 걸리면 얘기가 달라진다.

수명이 갑자기 0으로 변할 수 있단 얘기다.

그런 점에서 진단 키트는 필수 스킬이다.

다행히 몸에는 별 이상이 없다고 나온다.

몸에 피로가 약간 쌓인 걸로 나오는데…….

흠, 이러면 답은 나온 거나 같겠지.

전과 달라진 거라면 최근에 결혼한 거 외엔 없으니까.

정말 신혼생활이 너무 행복해 몸이 허해진 건가?

나 참 얼마나 했다고 벌써 이러기야.

이번 일은 나 자신에게 좀 실망인데.

흠, 가만? 생각해 보니 요 며칠 좀 무리한 거 같긴 하네.

아무튼.

몸이 이런데도 중전이 보고 싶어 대조전으로 가려는데.

"마마, 용호군 수뇌가 입실하였사옵니다."

상선의 보고에 다시 자리에 앉았다.

신혼생활을 즐기는 게 영 쉽지가 않구만.

곧 강대산, 고검, 안교안이 들어와 절을 올리고 앉았다.

내 표정을 본 강대산이 얼른 찾아온 용건부터 말했다.

"대유동을 완벽히 마무리 지었단 보고를 드리러 왔사옵니다."

"작전은 어떤 식으로 한 거야?"

이번 작전을 입안한 안교안이 대답했다.

"고검 군장이 직접 정예 착호군 요원을 대동하고 비밀 갱
도의 출구로 잠입해 화약통을 안전하게 확보한 연후에 착호
군 본대가 사방에서 동시 기습하여 광산을 확보했사옵니다."

"우리 피해는?"

"경미하옵니다."

난 고개를 돌려 왠지 뾰로통한 표정의 고검을 칭찬했다.

"고 군장이 고생이 많았어."

"소장은 그저 억울할 뿐이옵니다."

"잘했다고 칭찬해 줬는데 뭐가 억울해?"

"흑흑, 놈들이 죄다 겁쟁이라서 대가리를 깨부순 놈이 세 놈
밖에 안 됩니다. 적어도 대가리 열 개는 부숴야 성이 차……."

안교안이 고검의 입을 틀어막는 동안.

강대산이 어색하게 웃으면서 물었다.

"광부와 대장장이들은 전에 명하신 대로 압송하옵니까?"

"그들에게 손을 대지 않았겠지?"

"체포 과정에서 좀 상하기는 했지만 대부분 살아 있사옵니다."

그러면서 강대산이 고검을 힐끗 보았다.

고검은 강대산의 시선을 피해 선정전 안을 구경하는 척했다.

난 고개를 절레 젓곤 다시 물었다.

"평안도에 있는 놈들의 자산은 어떻게 처리했어?"

"광산 창고와 금고에 보관하던 금과 은은 싹 회수해서 서유럽회사에 넘겼사옵니다. 그리고 토지, 저택, 노비는 현재 호조와 상의해 국고로 환수하는 방법을 논의 중이옵니다."

그래, 맞다. 내가 놈들의 금과 은을 꿀꺽했다!

피해자에게 주는 위자료라 여기고 넘어가자.

"그 문젠 그렇게 처리하면 될 거 같고. 광부와 대장장이들은 언제쯤 도착해? 그들을 다 데려오는 게 무리면 광부 중에서 실력이 뛰어난 몇 명을 골라 데려와도 상관없는데."

강대산이 안교안과 상의하고 나서 대답했다.

"그렇게 하면 호송 절차가 간단해져 엿새 안에는 도성까지 데려올 수 있사옵니다."

"그럼 그렇게 해."

"예, 전하."

"아, 그리고 이번에 공을 세운 유령하고 홍씨 여인 두 명은 내가 직접 봐야겠어. 날을 잡아 데려와."

"알겠사옵니다."

"이건 일을 잘해서 주는 상이야. 부하들하고 나눠 가져."

난 묵직한 은 보따리 다섯 개를 건넸다.

그들은 다시 그걸 부하들과 나눠 갖겠지.

용호군 수뇌부도 이젠 작전 후에 부하들의 피로를 푸는 데는 적절한 금융 치료가 최선임을 잘 안다.

다 내가 잘 가르친 덕분이지, 후후.

용호군 수뇌부가 돌아가고 나서.

난 기어코 대조전으로 건너갔다.

전에는 중전과 합방할 때만 서온돌로 넘어갔다고 한다.

근데 난 아예 서온돌에 눌러앉았다.

뭐 꼭 다른 뜻이 있어서 그런 건 아니고.

엄연히 부부인데 왜 따로 자야 하는 거냐고?

가뜩이나 손 한 번 못 잡아 보고 결혼하는 바람에 약간 서먹
서먹한데 방까지 따로 쓰면 부부 사이에 언제 정이 들겠어?

우리 부부는 당연히 밥도 같이 먹는다.

지금 시대에선 파격적인 행동이다.

원래 여염집에서도 남녀는 따로 밥을 먹는다.

심지어 좀 사는 양반네선 각자 개인상을 받아 따로 식사한다.

근데 난 한 번에 두 가지 터부를 깨 버린 거다.

저녁을 먹기 전에 중전을 앉혀 놓고 물었다.

"중전은 신혼여행에 대해 어떻게 생각하시오?"

"신혼여행이 무엇입니까?"

"막 결혼한 부부가 혼인을 기념해 여행을 가는 거요."

"신첩이야 괜찮지만, 마마께선 시간이 나시겠습니까?"

"시간이야 없으면 만들면 되는 거고."

"전하께서 괜찮으시다면 신첩도 좋습니다."

"좋소. 곧 일정을 정해 알려 주겠소."

잠시 후, 푸짐한 저녁상이 들어왔다.

근데 오늘 저녁엔 잘 보이지 않던 메뉴가 보인다.

"이건 장어가 아니오?"

중전이 당황해 물었다.

"장어를 싫어하십니까?"

"아, 아니 싫어하진 않소. 한데 갑자기 왜 장어가?"

"싫으시면 내가라 하겠습니다."

"혹, 혹시 과인이 밤에 음, 저 뭐랄까……."

난 말을 하다 말고 수발드는 궁녀들을 보았다. 내가 낯짝이 좀 두껍긴 해도 여자들 앞에서 이 말은 못 하겠네.

"흠흠, 너흰 잠시 나가 있어라."

"예, 마마."

궁녀들이 조용히 물러가고 나서. 난 목소리를 낮췄다.

"혹시 중전의 성에 차지 않는 점이 있는가 싶어 물어본 거요."

"어떤 면에서 말입니까?"

"합궁 면에서."

"신, 신첩은 아주 만족하고 있사옵니다."

대답한 중전의 얼굴이 복사꽃처럼 발그레해졌다.

"음, 그렇담 다행이오."

"어서 드시지요. 국이 식습니다."

"말이 나온 김에 한 가지만 더 물어봅시다. 혹시……."

"말씀하시지요."

"혹시 그게……, 힘들진 않소?"

"그렇진 않습니다."

"그건 더 다행이구려."

기분이 좋아져 막 장어 한 점을 입에 넣다가.

"잠깐, 오늘 선정전에서 누가 오지 않았소?"

"왕 선전관이 왔었습니다."

"왕두석이가 와서 뭐라 했소?"

"장어를 저녁으로 올릴 수 있는지 숙수에게 물어보았다고……."

"왕두석이, 이놈이 시키지도 않은 짓을!"

"마마, 왕 선전관은 분명 옥체를 염려해 그랬을 것입니다."

"흠, 알겠소. 이유야 어떻든 중전의 말이 맞겠지. 어서 듭시다."

장어 때문인진 몰라도 다신 코피를 흘리지 않았다.

뭐 아무려면 어떠냐. 장어 기운이라도 받아서 신혼을 열심히 즐기면 되는 거지.

"역시 미남계가 최고라니까."

김석주는 최립 옆에 붙어 아양 떠는 처자를 보며 히죽거렸다.

여긴 마쓰에 번 마쓰에성 아래 거리에 있는 다관이다.

며칠 전, 조슈 번에서 물을 먹은 그들은 이곳 마쓰에 번으로 이동했다.

마쓰에는 잘 알려진 이와미 은광산이 있는 곳인데.

이와미 은광산은 여전히 세계 최고의 은 산출량을 자랑한다.

그만큼 중요한 지역이라, 에도 막부가 사도 금광산, 나가사키 데지마와 더불어 직접 관리하는 몇 안 되는 곳이기도 하고.

그렇다고 마쓰에 번의 영향력이 아예 없을 순 없다.

광산에서 일하는 광부는 마쓰에 농부고, 생필품과 식자재를 대는 이는 마쓰에 상인이다.

광산에서 쓰는 장비를 만드는 이 또한 마쓰에 대장장이고.

최립이 썩소를 지으며 아양을 받아 주는 여자가 바로 마쓰에 대장장이 중에서 가장 큰 대장간을 가진 시마하라의 딸이다.

다음 날, 외박한 최립이 몸에서 분 냄새를 풀풀 풍기며 털어놓았다.

"후우, 시마하라의 연줄로 마쓰에카이를 소개받기로 했소."

김석주가 낄낄거리며 최립의 어깨를 툭 쳤다.

"염병할의 계집 녹이는 솜씨가 보통이 아니구만."

최립이 김석주의 팔을 거칠게 밀어내며 으르렁댔다.

"이봐, 미남계는 이번이 끝이야! 담엔 절대 안 해!"

"흐흐, 그건 두고 봐야 알 일이지."

"뭐, 뭐야? 그럼 날 계속 이런 일에 쓰겠단 거야?"

다툼이 길어질 기미가 보이자 얼른 피터슨이 나섰다.

"이젠 마쓰에카이와 어떻게 협상하냐에 달렸군요."

김석주가 음흉한 미소를 지었다.

"흐흐, 걱정하지 말라고. 내가 그런 건 기똥차게 잘하니까."

김석주는 확실히 자신감을 가질 만했다.

마쓰에카이 회장 쿠보타를 구워삶는 데 금방 성공한 거다.

얼마나 잘 삶았는지 손만 대도 껍데기가 알아서 벗겨진다.

물론, 뇌물로 바친 시계도 자기 역할을 똑똑히 했고.

쿠보타가 입술에 침을 몇 번 바르고 나서 슬쩍 물었다.

"은은 얼마나 필요하오?"

"그보다 비축 물량은 얼마나 있소?"

쿠보타가 어색한 미소를 지었다.

"우리가 가진 건 얼마 없소. 다만, 광부들에게 뒷돈을 줘서 작업하면 몇 달 안으로 꽤 많은 물량을 확보할 순 있을 거요."

"에이, 선수끼리 왜 이러시나."

"누, 누가 선수란 거요?"

"마쓰에카이가 겉으론 마쓰에 번의 상인 연합처럼 보이지만 실상은 이와미 은광산에서 에도 막부 몰래 은을 빼돌려 팔아먹고 있다는 정보를 다 알고 왔는데 정말 이러기요?"

"누, 누가 그런 정보를……."

"그게 중요하오? 마쓰에카이가, 아니지, 아니야. 쿠보타 당신이 일본 제일 부자가 된다는 게 더 중요하지. 안 그렇소?"

쿠보타는 구미가 당기는 표정으로 물었다.

"흠, 정말 비단과 인삼을 정기적으로 공급받을 수 있는 거요?"

"아, 그렇다니까 그러네. 그래, 은은 얼마나 갖고 있소?"

쿠보타는 찻물을 손가락으로 찍어 탁자 위에 물량을 적었다.

김석주가 인상을 잔뜩 구겼다.

"그걸로는 한참 부족한데……."

"광부에게 뒷돈을 찔러주면 한 달 내로 두 배를 만들 수 있소."

"그래도 부족한데……."

쿠보타가 팔짱을 끼며 퉁명스레 물었다.

"그럼 어떻게 하잔 거요?"

"광산을 관리하는 에도 막부 관원은 어떤 이요?"

쿠보타가 손사래를 쳤다.

"아휴, 말도 마시오. 그는 바늘이 들어갈 틈조차 없는 사내요."

"바늘의 종류가 바뀌면 들어갈지도 모르지."

"휴, 좋소. 오카다 나가야스란 잔데 자신 있으면 함 찔러보든가."

오카다 나가야스는 실제로 청렴결백하며 공과 사가 철저했다. 물론, 김석주의 생각은 달랐다. 그는 인간에겐 반드시 약점이 있다고 믿는 부류다.

그렇게 오카다 나가야스 주위를 맴돌길 닷새쯤 했을 때.

일양이 우연히 그의 약점을 찾아냈다.

"흠, 그게……."

"육시랄, 오늘따라 왜 이렇게 무게를 잡아?"

"허 참, 이걸 어떻게 말해야 할는지."

답답함을 참지 못한 조온잠이 인상까지 쓰며 물었다.

"그 화통하시던 일양 스님은 대체 어디로 간 겁니까?"

최립, 피터슨까지 다그치고 나서야 일양이 마지못해 입을 열었다.

"……오카다 나가야스는 사내를 좋아하는 괴벽이 있소."

"여기선 조선과 달리 사내가 어린 소년을 좋아하는 게 그렇게 큰 흠이 안 됩니다."

고연내가 뭘 그런 걸로 고민했냐는 듯 타박을 주었지만.

일양은 그게 아니라는 듯 불호를 외우며 나서 대답했다.

"문제는 오카다 나가야스가 좋아하는 건 나 같은……."

김석주가 무릎을 탁 쳤다.

"땡중이란 거구만!"

"스님은 아니오."

"엥, 그럼?"

고연내가 아 하고 탄성을 질렀다.

"신사에서 신을 모시는 궁사인가요?"

"그렇소. 더구나 마쓰에에서 아주 존경받는 궁사라더군."

김석주가 쾌재를 부르며 일어났다.

"땡중이든 궁사든 뭔 상관이야? 약점이 있다는 게 중요하지."

그는 오카다 나가야스를 만나 바늘로 찔렀고.

오카다 나가야스는 그 바늘에 완벽히 관통되었다.

덕분에 그가 뒤를 봐주기 시작하면서 사업에 탄력이 붙었다.

물론, 너무 많이 떼먹으면 당연히 막부의 의심을 살 수밖에 없는데.

여기서 또다시 김석주의 잔머리가 위력을 발휘했다.

"장부상엔 광부의 숫자를 전과 똑같이 기록해 두고……."

"기록해 두고?"

"실제론 마쓰에카이가 고용한 광부를 더 집어넣는 거요. 그럼 당연히 생산량이 늘어날 테니 좀 떼먹어도 문제없을 거요."

"옳거니!"

오카다도, 쿠보타도 동의해 일이 착착 진행되었다.

김석주는 즉시 대마도에 있는 선단을 불렀고.

마쓰에카이는 광부를 더 고용해 은의 생산량을 늘렸다.

30척으로 이루어진 서유럽회사 선단은 막부와 마쓰에 번의 감시를 피할 목적으로 야간에 두 척 혹은 세 척씩 해안가를 따라 불규칙하게 상륙해 재빨리 물건을 내리고 은을 실었다.

물량이 워낙 많아 거래하는 데 한 달이 넘게 걸렸다.

선단이 넘긴 명주와 인삼, 비단은 마쓰에카이가 왜국 전역을 상대로 장사하는 사카이 상인, 즉 오사카 상단에 팔았다.

당연히 꽤 큰 이문을 남기는 거래였고. 마쓰에카이 회원들은 단번에 마쓰에 번 최고 부자가 되었다.

선단이 도착하기 한참 전.

김석주는 꽤 친해진 쿠보타를 만나 부탁했다.

"자가이모, 이게 발음이 맞나? 암튼 이런 풀뿌리를 갖고 있소?"

"아, 그거라면 좀 있지. 한데 그건 갑자기 왜? 맛이 별로 없어서 기근이 드는 때가 아니면 우리도 잘 안 먹는 작물인데."

"있다니 다행이구만."

김석주는 감자 외에도 임금이 가져오라 한 목록을 알려 주었다.

"여기 적힌 종자를 최대한 많이 구해 줄 수 있겠소?"

"흠, 여기서 구할 수 있는 물건도 몇 개 있긴 하지만 대부분은 오사카나 에도, 아니면 도호쿠 쪽에 가야 있을 거요. 시일이 꽤 걸릴 텐데 그래도 가져가겠소?"

"안 가져가면 내가 죽을 판이오."

"좋소, 구해 주지. 물론, 공짜는 아니오."

"얼마면 되겠소?"

"그보다 전에 준 그 시계를 좀 더 구할……."

"아, 시계. 그게 만들기가 좀 어려운 거라서……."

"걱정하지 마시오. 값은 넉넉히 쳐주리다. 내 시계를 본 친구 놈이 자기도 구해 줄 수 없냐며 하도 성화를 부려 대서……."

"시계를 찾는 사람이 있으면 미리 주문받아 놓으시오. 그럼 다음에 올 때 수에 맞춰 갖고 오지. 참, 당신 사냥 좀 하오?"

"사냥?"

며칠 후, 금박 입힌 보라매를 본 쿠보타는 침을 질질 흘렸고. 김석주는 선심 쓰는 척하며 보라매 두 정을 넘겼다.

대금은 쿠보타가 왜국 전역에서 모아 온 구황작물로 받았고. 거래를 마무리하고 임금이 특별 주문한 물건까지 받은 김석주는 선단을 끌고 북상해 이키를 거쳐 대마도로 돌아갔다.

대마도주는 그들을 열렬히 환영했다.

일행과 대마도주는 이제 한 몸과 같다.

대마도에서 가장 위험한 비밀을 공유한.

며칠 후, 김석주는 동래로 가는 배 안에서 주먹을 힘껏 움켜쥐었다.

"절반은 성공한 셈이군. 이젠 드디어 청나라인가?"

그의 말대로 동래에 도착해 식량과 식수를 보급받은 선단은 며칠 쉬고 나서 청나라 강남을 목표로 항해할 예정이다.

물론, 그 전에 임금이 주문한 물건부터 처리해야 할 테지만.

◆ ◆ ◆

동래 포구에는 장승이라 불리는 조운선 세 척이 있다.

절대 그 자리를 벗어나지 않는 탓에 붙여진 별명이다.

이 장승의 비밀을 아는 이는 오직 한 명뿐이다.

바로 서유럽회사 운송 사업부 부장 방귀옹.

물론, 방귀옹은 그 비밀을 절대 입 밖으로 내지 않았고.

"부장님, 대체 멀쩡한 조운선을 왜 세워 두는 겁니까?"

몇십 년을 함께한 절친한 부하가 물어볼 때조차.

"흥, 네놈은 알 거 없다."

"정말 애들 말대로 포구를 지키라고 장승처럼 세워 둔 겁니까?"

"알 필요 없다고 하지 않았어!"

방귀옹은 매번 그런 식으로 무안을 주어 부하를 돌려보냈다.

"스승님, 방금 조운선이 고장 났단 보고가 왔는데 이참에 장승을 투입하시지요."

숫자에 능해 총무과장으로 앉혀 놓은 제자가 물어도 똑같다.

"숫자 귀신은 알 필요 없는 일이다."

"그럼 이번 조운은 한 척 줄어들 상태로 운영……."

"얼마 전에 거제도 선소에서 어선을 살 사람이 있냐고 나한테까지 와서 물어보더구나. 배를 사기로 한 사람이 올봄에 큰 손해를 봐서 인수할 자금을 마련하지 못했다지 아마?"

"예, 예, 바로 사람을 보내 배를 사들이겠습니다."

서유럽회사 운송 사업부는 본부가 제물포 지사에 있다.

근데 방귀웅은 늦겨울부터 지금까지 동래를 떠나지 않았다.

그러던 어느 날.

서유럽회사 무역 사업부 선단이 동래에 입항했다.

방귀웅은 가장 먼저 선단을 찾아 김석주, 어용담 등과 비밀리에 논의하고 나서 선단에 실린 물건을 다른 배로 옮겼다.

바로 장승에 말이다!

장승 세 척에 물건을 꽉꽉 채우고 나서야 작업이 모두 끝났다.

방귀웅은 한시름 던 얼굴로 김석주, 어용담 등과 작별했다.

"그럼 고생들 하슈. 이 방가는 일이 바빠 먼저 실례해야겠구만."

김석주가 의미심장한 눈으로 물었다.

"제물포로 오라십니까?"

방귀웅이 껄껄 웃었다.

"김 이사의 재주가 비상하다 해도 역시 전하 쪽이 한 수 위구만."

김석주는 콧방귀만 뀌었지만 어용담은 달랐다.

그가 의아한 얼굴로 물었다.

"제물포가 아니면 어디로 가는 겁니까?"

"강원도 강릉 주문진으로 최대한 빨리 오라고 하셨소."

"강원도?"

"그렇소. 아마 물건이 상하기 전에 거기서 바로 처리하실 속셈이겠지. 강원도 태백 같은 덴 여름에도 선선하지 않소?"

"아, 듣고 보니 전하의 혜안이 남다르십니다! 우리도 이거 최대한 썩지 않게 보관한다고 오는 동안 아주 생고생했지요."

방귀옹이 굽은 허리를 두드리며 일어나 물었다.

"그럼 우린 언제쯤 다시 볼 수 있을 것 같소?"

김석주가 서쪽 하늘을 잠시 쳐다보고 나서 대답했다.

"빠를수록 좋겠지요. 안 그러면 그 짜증을 제가 다 받아 내야 할 테니까. 암튼 수고하셨습니다. 날이 풀려서 물건을 보관하는 데 고생이 많을 텐데 아무쪼록 성공하시길 빌겠습니다."

"하하, 내 걱정은 그만하고 그쪽 걱정이나 하슈."

껄껄 웃은 방귀옹은 장승 세 척을 직접 몰아 동해로 북상했다.

포항 호미곶을 막 돌았을 때.

방귀옹은 선창 저장고로 내려갔다.

날이 완전히 풀려 낮에는 저장고가 후덥지근했다.

사실 이런 날씨엔 뭐든 쉽게 썩기 마련이다.

그러나 방귀옹은 전혀 걱정하는 낯빛이 아니었다.

그는 저장고 안을 쓱 둘러보았다. 왜국에서 수입한 이상한 모양의 구황작물이 가득 쌓여 있었다.

근데 배에 실은 지 며칠 지났음에도 전혀 썩지 않았다.

"허 참, 몇 번을 봐도 신기하단 말이야."

방귀옹은 고개를 들고 장승을 떠맡게 된 첫날 일을 떠올렸다.

작년 겨울 어느 날.

제물포 지사 운송 사업부 사무실에서 업무를 보는데.

갑자기 쌍둥이 선전관이 찾아와 상감마마의 어명이라며 촛

농으로 봉인한 서찰 한 통을 전한 연후에 도성으로 돌아갔다.

뭔가 해서 급히 서찰을 뜯어보니.

1. 과인이 밑에 언급한 조운선 세 척을 동래로 즉시 이동시킨다.

※11호, 12호, 13호.

2. 동래에 대기하다가 서유럽회사 선단이 도착하면 김석주가 내주는 물건을 배에 실어 동해 주문진으로 곧장 북상한다.

3. 주문진에 도착해 과인이 당도하길 기다린다.

4. 1, 2, 3의 모든 과정을 부장 방귀웅이 직접 처리한다.

5. 읽고 이해하는 즉시, 서찰을 불태워 증거를 없앤다.

방귀웅은 서찰을 받고 두 가지 면에서 놀랐다.

먼저 아라비아 숫자와 간단한 명령문만으로 이루어진 서찰을 처음 받아 보아 놀랐다.

이미 서유럽회사는 회계를 비롯한 모든 부분을 한자가 아닌 아라비아 숫자를 쓰고 있어 그리 놀랄 일은 아니다.

다만, 인사도 없고 날씨 얘기도 없고 가족 얘기도 없는 이런 서찰을 처음 받아 보아 놀란 거다.

두 번째는 주문진에 도착해 상감마마가 도착하길 기다리라는 3번 명령문에서 놀랐다.

이번 건은 임금님이 직접 챙긴단 의미니까.

서찰을 태운 방귀웅은 임금님이 직접 지정한 조운선 세 척을 징발해 동래로 내려갔고. 그때부터 움직이지 않는 조운선에 장승이란 별명이 붙었다.

동래에 정박해 선단을 기다리던 어느 날.

"선장님, 아니 부장니이이임!"

"새벽 댓바람부터 왜 소린 지르고 지랄이야?"

"어서 저장고로 내려와 보셔야겠는데요."

믿을 만한 수하가 필요해 데려온 부하가 그를 급히 찾았다.

뭔가 해서 내려갔더니. 정말 놀라운 일이 펼쳐져 있었다.

방귀웅은 여전히 싱싱한 삼치를 눈으로 훑으며 물었다.

"이게 정말 나흘 전에 사다 둔 삼치라 이거지?"

"그렇다니까요. 숙수 놈이 선장님 좋아하시는 삼치를 구워 드린다고 사다 놓고 나서 무려 나흘이나 까먹고 있었답니다. 아이고, 다 썩었겠구나 싶어 버리려고 찾아봤는데 보시다시피 지금 이 상태랍니다."

"숙수 놈은 어디 가고 왜 네놈이 대신 설명하는 거야?"

"숙수 놈은 지금 배 안에 돌아다니는 뱃놈 귀신이 농간을 부린 거라며 이불을 머리까지 뒤집어쓰고 덜덜 떨고 있습죠."

"이 일은 너하고 나, 숙수 세 명만 알아야 한다."

"걱정하지 마십쇼. 어디 선장님하고 한두 해 같이 일합니까?"

"그래, 믿는다. 그리고 생선을 더……, 아니다, 생선, 채소, 고기 다 갖다 놔라. 다른 먹거리도 안 썩는지 알아봐야겠다."

"선장님은 이게 우연이 아니라 보십니까?"

"상감마마께서 직접 하시는 일이다. 많이 알면 다쳐."

"다치는 게 아니라, 모가지가 뎅강 날아가겠죠."

그러면서 부하가 손으로 자기 목을 자르는 시늉을 하였다.

실험 결과는?

마찬가지다. 육고기, 물고기, 채소 할 것 없이 며칠이 지나도 전혀 썩지 않는다.

방귀옹은 그제야 임금이 왜 이 세 척을 콕 집어 말했는지 알 거 같았다.

맙소사!

이 세 척은 살아 있는 생물을 운송하는 특수 선박인 거다.

어떤 원리로 안 썩는진 그도 모른다.

다만, 이걸 활용할 방법은 무궁무진하게 떠오른다.

방귀옹은 온몸의 솜털이 바짝 섰다.

이런 기분은 폭풍우 치는 울돌목에서 배를 무사히 살려 나왔을 때 느껴 보고 두 번째다.

잠시 옛 기억을 떠올리던 방귀옹은 이내 현실로 돌아와 별사고 없이 주문진에 도착하기 위해 최선을 다했다.

뱃놈 귀신이 붙은 냉장선의 가호를 받으며.

선정전 안.

용호군 과장급 이상 수뇌부가 양쪽으로 늘어선 가운데.

젊은 남녀 한 쌍이 긴장된 몸짓으로 조심조심 걸어 들어왔다.

수십 쌍의 눈동자가 그들의 일거수일투족을 주시하는 중
이다. 긴장하지 않으면 그게 더 이상한 일.

남녀는 이윽고 예법에 따라 큰절을 올리고 공손히 읍을 했다.

난 두 사람을 빠르게 훑었다.

남자는 대유동 광산에서 활약한 유령이고.

여자는 중전의 목숨을 구한 홍 씨다.

홍 씨는 장미라는 꽤 현대적인 이름을 썼다.

심지어 용호군에 들어와 자기가 직접 정한 이름이란다.

여자한테 이런 말을 써도 되는지 모르지만 물건이다.

단 옥좌에서 일어나 단 밑으로 내려갔다.

내가 가까이 가니. 유령과 홍장미는 한층 더 긴장해 숨죽인다.

"긴장할 거 없다."

아차, 긴장하지 말라고 하면 더 긴장하는 법인데 실수했네.

역시 유령과 홍장미의 허리가 10도 정도 더 굽혀진다.

흠흠, 어쨌든 분위기는 잡혔으니 쇼의 막을 올려야겠군.

"유령, 맞지?"

"예, 전, 전하."

"자기 목숨을 돌보지 않고 대유동 광산에 잠입해 참사를 사전에 막고 역당을 일망타진하는 데 기여한 공로를 기려, 그대에게 3급 훈장을 수여하겠다."

"……"

유령의 표정이 미묘하다. 훈장을 수여받는 게 어떤 의미인지를 모르니 당연한 반응이다.

"3급 훈장 수훈자는 부고 시에 국가가 나라를 위해 순국한 충신을 위해 마련한 국립묘지에 안장될 것이며, 수훈자의 가문은 자식이 사망하기 전까지 당상관에 버금가는 녹봉을 받을 것이다!"

"성, 성은이 망극하옵니다!"

내 말이 끝나기 무섭게 용호군 수뇌부가 술렁댔다.

역시 아직 잘 모르겠는 국립묘지 안장 혜택보단 자식이 죽을 때까지 연금을 받을 수 있단 말에 잔뜩 흥분한 기색이다.

왜 안 그렇겠어? 다들 먹고사는 일이 가장 큰 걱정거린데.

그건 국왕인 나 역시도 마찬가지다.

난 먹여 살려야 하는 입이 천만 개가 넘어 더 문제인 거고.

근데 훈장을 받으면 그런 걱정이 싹 사라지는 거다.

자식이 전부 요절하지 않으면 최소 수십 년은 연금을 받는다.

설령 본인이 작전 중에 순직하더라도.

자연히 궁금해질 수밖에 없다. 3급 훈장이 이러면 그 윗급의 훈장은? 이보다 더 대단한 혜택이 있을 수 있나?

난 그들의 의문을 해소해 주었다.

굳이 모아 놓고 이런 쇼를 벌이는 이유도 사실 그 때문이고.

"2급 훈장 수훈자의 가문은 손자, 손녀가 세상을 떠날 때까지, 1급 훈장 수훈자의 가문은 100년 동안 녹봉을 받는다!"

용호군이 뿜어내는 열기로 선정전이 불타오르기 직전이다.

공신에게 주는 공신전은 당연히 양반만 받는다.

정난공신, 선무공신, 반정공신, 호종공신 다 양반이다.

근데 공신전과 같은 혜택이 있는 훈장을 유령에게 줬단 말은?

바로 양반이 아니어도 공신이 될 수 있다는 소리지.

그렇다고 훈장을 남발하겠단 뜻은 아니고.

그러면 골치 아픈 폐단이 하나 더 생기는 거니까.

최소 유령, 홍장미 정도의 공은 세워야 수훈 자격이 된다.

이어 훈장이 수여되었다.

훈장 그 자체도 하나의 작품이다.

줄을 달아 목에 거는 큰 훈장. 가슴에 다는 작은 부장. 옷깃에 다는 금장. 이 세 훈장이 한 세트다.

거기에 고급 가죽으로 만든 표창장은 덤이고.

훈장도 내가 직접 심혈을 기울여 디자인했다.

당연히 보기만 해도 다들 침을 질질 흘릴 정도로 끝내주고.

전체적인 형태는 다른 훈장처럼 별을 닮았다.

물론, 닮은 건 형태만이고 디자인은 완전 다르다.

중앙에 금비늘이 반짝거리는 오조룡 세 마리가 머리와 꼬리를 물고 해와 달 주위를 도는 섬세한 조각이 새겨져 있다.

모티브는 북유럽신화의 스콜과 하티에서 따왔다.

모처럼 힘을 바짝 줘서 쇼를 벌인 결과는?

말해 뭐 하겠어, 당연히 대성공이지.

용호군 전체가 이글이글 타오르는 눈으로 훈장을 노려본다.

심지어 대장인 강대산마저 눈자위가 번들거린다.

좋아, 다들 제대로 불이 붙었군.

왠지 훈장으로 사람의 목숨을 사는 것 같아 좀 그렇긴 하지만 맨파워가 중요한 우리로선 이런 식으로라도 공무원의 분발을 촉구할 수밖에.

다음으로 홍장미에 대한 포상을 진행했다.

"중궁의 목숨을 구하는 큰 공을 세운 홍장미에게도 마찬가지로 3급 훈장을 수여하고 현충원에 안장될 자격을 부여한다."

"성은이 망극하옵니다, 전하."

미안하지만 홍장미도 내 쇼의 희생양이다.

난 용호군 수뇌부가 보는 앞에서 공만 세운다면 여자도, 남자도, 천인도, 양반도 상관없다는 점을 분명히 천명한 거다.

이제 용호군은 무조건 실력과 전공 위주로 돌아간단 뜻이지.

잠시 후, 수훈자를 축하하는 작은 연회가 열렸다.

술을 몇 잔 마셨을 때.

취기가 올라온 김에 호탕하게 웃으면서 물었다.

"유령, 홍장미 두 요원은 조선이 만든 새로운 포상 제도에서 처음으로 훈장을 받은 공신들이지. 그런 의미에서 특별한 선물을 주고 싶은데, 혹시 과인에게 따로 부탁하고 싶은 일이 있나?"

유령이 의외로 우물쭈물하는 사이.

홍장미가 먼저 대담하게 나왔다.

"전하께서는 혹시 약방 기생이란 말을 아시는지요?"

"약방 기생? 의녀를 기녀처럼 쓰는 거 말인가?"

"맞사옵니다, 전하. 의녀는 원래 남녀가 유별하다는 이유로 치료받지 못하는 불쌍한 여인을 도와주는 일을 했사옵니다. 한데 어느 순간부터 왕실과 조정 행사에 관기가 부족하다는 이유로 소첩 같은 의녀를 기생으로 동원하는 참담한 지경에 이르렀사옵니다."

"그 건은 이미 엄금하고 있는 것으로 아는데."

"한번 일어난 폐단을 바로잡기는 어려운 탓에 여전히 자행되고 있사옵니다. 부디 엎드려 바라건대, 이러한 폐단을 시정해 주신다면 소첩은 타고난 소임을 다했다고 여기고 용호군에서 죽을 자리가 정해진 임무라 해도 맡겠사옵니다."

홍장미의 말이 끝나기 무섭게 선정전에 적막이 흘렀다.

대신들도 큰마음 먹지 않고선 임금에게 주청을 쉽게 못 한다.

근데 용호군 일반 요원, 그것도 아녀자가 감히 주청한 거다.

다들 긴장하여 숨조차 제대로 내쉬지 못한다.

몇 명은 분위기를 망친 홍장미를 원망하며 쳐다보았고.

난 그녀의 청을 몇 번 곱씹고 나서 물었다.

"의녀가 용호군에는 어떻게 들어가게 되었지?"

"소첩도 의녀로 있을 때, 조정 연회에 기생으로 불려 다니다가 어느 대신의 눈에 띄어 첩으로 들어앉게 되었사옵니다."

"그 후엔 어찌 되었나?"

"몇 년 후에 대신이 죽고 소첩은 본처와 그녀의 자식들에게 소박맞아 쫓겨났사옵니다. 친정 부모나 형제도 없는 처지라 이 한 몸 기댈 데가 없단 생각에 설움이 복받쳐 목을 매달고 죽을 생각이었는데, 마침 용호군에서 의녀 출신을 모집한단 말을 풍문으로 듣고 지금에 이르게 된 것이옵니다."

"그래도 어떻게든 살길을 찾았으니 다행이군."

"전하, 소첩의 청을 들어주시겠사옵니까?"

"과인은 허언하는 이가 아니다. 내 입으로 직접 특별한 선물을 준다고 약조한 만큼, 곧 약방 기생이란 말은 없어질 거다."

"성은이……, 성은이 망극하옵니다."

한동안 선정전 안에선 홍장미가 흐느끼는 소리만이 들려왔다. 그사이, 난 퀘스트 창을 보고 있었다.

서브 퀘스트 32

-낮은 곳으로 임하라!

나라를 잘못된 방향으로 이끄는 큰 병폐를 치료하는 것도 중요하지만, 그 못지않게 사회 곳곳에 숨어 있는 구시대적인 폐단을 없애는 일 또한 중요합니다. 유저는 일반 백성의 삶을 자세히 들여다보고 불합리한 일이 있다면 고치십시오.

클리어 유무: 클리어

보상: 룰렛 1회 추첨권

좋은 일도 하고 추첨권도 얻고 일석이조네.

약속은 약속이니 꼭 지켜야겠지.

난 고개를 돌려 유령에게 물었다.

"유령, 넌 과인에게 부탁하고 싶은 일 없어?"

"소, 소인이 어찌 감히 그런 호사를 누리겠사옵니까."

"너도 평소에 원하는 게 하나 정돈 있었을 거 아냐?"

"그럼……, 소인에게 새 이름을 하나 지어 주시옵소서."

"새 이름? 지금 이름은 마음에 안 들어?"

유령이 머리를 긁적거렸다.

"마음에 드는데 자꾸 놀리는 사람이 있사옵니다."

"감히 어떤 새끼가 과인의 자랑스러운 요원 이름을 가지고 놀려 먹지?"

유령이 벌떡 일어나 용호군 과장급 이상 수뇌부를 가리켰다.

"저들이옵니다!"

유령의 돌발 행동에 다들 얼굴이 허예졌다. 난 혀를 찼다.

"사람 이름 갖고 놀리면 쓰나. 그러고 보니 불편하긴 하겠네. 누가 이름을 물어볼 때마다 너도 곤란하겠지. 사실대로 말해 줘도 믿지 않을 테니까. 음, 그럼 이렇게 하는 게 어때?"

"어떻게 말이옵니까?"

"성은 그대로 쓰고 이름은 과인의 이름을 따서 연으로 해. 그럼 이름 갖고 놀리는 놈이 더는 없겠지. 그 말은 곧 과인의 이름을 유희거리로 삼는 게 되니까. 비밀 요원으로 활동할 때는 계속 유령이라는 암호명을 쓰면 될 테고."

유령이 바닥에 넙죽 엎드려 큰절을 올렸다.

"영, 영광이옵니다, 전하."

그때, 강대산이 당황해 일어섰다.

"전하, 그러면 피휘를 어기는 게 되옵니다."

"상관없어. 위엄은 자연스럽게 배어 나와야 하는 거야. 이름 몇 자 쓰는 걸 금지한다고 해서 나오는 게 아니라 이거지."

그 말에 강대산도 더는 토를 달지 못했다.

연회 막바지에 난 강대산을 은밀히 불러 물었다.

"피곤해?"

"하명하실 일이 있으시옵니까?"

"용호군이 강원도에 가서 해야 할 일이 있어."

"맡겨 주시옵소서."

강대산은 밀명을 받고 조용히 물러갔다.

연회가 끝나고 나서 도승지 김수항을 불렀다.

"앞으로 의녀를 기녀처럼 부리는 행위를 국법으로 엄히 금지하겠소. 만일 이를 어기는 관아나 개인이 있으면, 죄를 중히 물을 거요. 왕실 행사도 마찬가지요. 도승지는 의정부와 형조에 과인의 어명을 전하고 속히 법제화에 나서시오."

"갑자기 이런 어명을 내리시는 연유를 여쭤봐도 되겠사옵니까?"

"고약한 폐단을 고치는 데 연유 따윌 따져 무엇하겠소."

"연유를 알아야 공론화를 통해 조정의 중지를 한데 모으고……."

"아니, 그깟 약방 기생 하나 없애는 데 그런 절차가 필요하오?"

"경국대전의 법문을 고치는 일이옵니다. 신중히 접근하심이 마땅한 줄 아옵니다. 또한, 중종대왕 이래로 약방 기생 문제가 꾸준히 제기되어왔으나 현실적인 문제로 지켜지지 않았사옵니다. 관기로는 수요를 충당할 수가 없어서지요."

"수요? 지금 과인 앞에서 조정 대신들이 기생을 옆에 끼지 않으면 술을 못 처마신다고 말하는 거요?"

"그, 그건 아니옵니다만……."

"알겠소. 가서 중신의 의견을 모아 보시오. 하나 서둘러야 할 거요. 안 그러면 과인이 경국대전을 직접 뜯어고칠 테니까."

"말씀대로 서두르겠사옵니다."

김수항이 읍을 하고 나갔다.

난 그의 뒷모습을 못마땅하게 바라보며 혀를 찼다.

약방 기생 문제로 저러는 게 아니다.

그냥 서인의 태클 걸기다.

요즘 왕인의 세가 커지며 이런 일이 비일비재했다.

그래도 어쩌겠나. 어떻게든 살살 달래 가며 해야지.

폭군처럼 철퇴로 때려잡다간 초가삼간 다 태운다.

약방 기생 금지 법안은 금방 법제화가 되었다.

서인, 남인 양쪽 다 약방 기생 문제로 나와 싸우기엔 면이 안 선다고 생각한 거겠지.

난 눈을 크게 뜨고 새로운 법을 어기는 놈이 있나 주시했다.

법이 생겼다고 처음부터 다 법을 지키진 않는다.

특히 권력을 가진 놈이 더 그렇다.

자기는 법 위에 있다고 착각하니까.

그런 놈을 잡아 아주 제대로 주리를 틀어 주면 오줌을 찔끔 지리면서 그다음부터는 지키려는 시늉 정도는 하게 된다.

그리고 세월이 어느 정도 지나면 완벽히 정착되는 거고.

며칠 후, 호조판서 이시방이 내 부름을 받고 급히 입실했다.

"신을 찾으셨다고 들었사옵니다."

"오, 사돈어른 오셨소?"

"전, 전하! 제발 그 사돈어른이란 말씀은……."

"그보다 얼마 전에 시집간 숙경공주는 잘 지내고 있소?"

"며칠 전에 들여다보았을 땐 무탈해 보였사옵니다."

"설마 시가에서 시집살이시키는 건 아니겠지?"

"그, 그럴 리가 있겠사옵니까?"

"당황하니까 더 의심 가는데. 이거 내가 한번 가 봐야 하나?"

"굳이 직접 행차하실 필요까진……."

"일단 앉읍시다."

"예, 전하."

선정전에도 높은 단이 있고 그 위에 옥좌가 놓여 있다.

임금의 위엄을 살리기 위한 흔한 배치다.

임금은 위에서 내려다보고 신하는 올려다본다. 상대를 보는 눈높이가 위치 에너지처럼 힘을 만들어 내는 거다.

그 바람에 희정당에서처럼 눈을 보며 얘기하기가 쉽지 않다.

그러나 오늘은 임금으로 조선의 호조판서를 만나려는 게 아니다. 하여 단 위로 올라가지 않고 이시방 반대편에 앉았다.

자리에 앉으려던 이시방이 펄쩍 뛰며 일어섰다.

"전, 전하, 어찌 옥좌에 앉으시지 않고……."

"신경 쓸 것 없소. 오늘은 임금이 아닌 서유럽회사 회장으로 조선의 호조판서와 협상할 일이 있어 만나자 한 거요. 그러니 당연히 공평하게 같은 자리에 앉아야 맞지 않겠소?"

이시방도 그 말이 옳다고 여긴 모양이다. 별말 없이 자기 자리에 앉아 내가 말을 꺼내기를 기다렸다.

서유럽회사 회장으로 만나는 거라니까 바로 눈빛이 변하네.

일단, 들어 보고 결정하겠단 뜻이겠지.

이래서 다들 대관 업무가 힘들다고 하는 건가?

암튼 판은 깔았으니 이제 패를 돌려 보자고!

"호판도 대유동 광산 일은 들었을 거요."

"그렇사옵니다."

"그럼 얘기가 쉽겠군. 현재 조공 문제로 개발을 중단한 몇 개의 광산을 비롯해 몰래 채굴 중이던 금광, 은광은 전부 국가 소유로 되어 있소."

"그렇지요."

"이걸 민간에서 개발하면 어떻소?"

"민간이면 어디를?"

의뭉을 떠는 이시방이 살짝 미워지려고 든다.

"톡 까놓고 말해 내가 회장으로 있는 우리 서유럽회사의 자원 사업부가 광산을 맡아 조정 대신에 개발해 주겠단 얘기요."

"일부러 폐쇄한 광산까지 전부 개발하면 명나라가 그런 것처럼 청나라도 더 과한 조공을 요구해 오지 않겠사옵니까?"

"청나라는 조선에 신경 쓸 여력이 없소."

"정성공 때문에 그런 것이옵니까?"

"그렇기도 하고 아니기도 하오. 아무튼 문제가 심각한 건 확실하오. 우린 그 틈에 광산을 개발해 국력을 길러야 하고."

"서유럽회사가 광산 개발까지 맡는다면 조정 대신들은 내수사가 자원 사업부로 이름만 바뀐 거라며 난리 칠 것이옵니다."

"과인도 그 점을 생각 못 한 건 아니오. 하여 자원 사업부가 광산 개발로 낸 이득의 4할을 채굴권 대금과 세금으로 내지."

"4할은 너무 적사옵니다. 몇몇은 적당하다고 생각할지 모르나, 강경한 이들은 왕실이 광산을 사적으로 소유하기 위해 면피용으로 내민 조건이라 여길 것이옵니다."

"그럼 4할 5푼은 어떻소?"

"최소 7할은 반드시 넘겨야 하옵니다."

"광산 개발이 쉬운 일이 아니오. 일단, 광산 어디에 광맥이 묻혀 있는지 알아내는 일부터가 운에 맡겨야 하지."

"……"

"광산 개발은 원래 일이 험하기 유명하오. 광부 수급은 물론이고 갱도가 무너지면 인명과 재산 피해가 이만저만이 아니오."

간곡한 설득에도 이시방은 눈썹 하나 꿈쩍하지 않는다.

"그걸 다 포함해도 반드시 7할은 넘겨야 하옵니다."

"그럼 호판이 먼저 제시해 보시오. 원하는 비율을."

"계속 간청드린 대로 7할로 하심이 어떻사옵니까? 그럼 반대하는 이가 없을 것이옵니다."

"허허, 호판이 내 껍질을 벗겨서 생으로 드시려고 하는구만."

"신이 조선의 호조판서이기 때문이옵니다."

이건 마음에 드는 대답이다.

한 나라의 재정을 담당하는 수장으로서, 이 정도의 강단은 반드시 갖춰야지.

"좋소. 5할 5푼!"

"너무 적사옵니다."

"호판이 내 사정 좀 봐주시오."

"……6할 5푼까진 어떻게 해 볼 수 있을 것 같사옵니다."

"정말 그렇게 나올 거요?"

"신도 더는 물러설 데가 없사옵니다."

"휴우, 좋소. 내가 물러서지. 6할! 이게 내 마지막 제안이오."

"조건이 있사옵니다."

제시한 수준보다 조금 낮은 6할까지 맞춰 주겠다는데 조건을 걸겠단다.

해도 해도 너무하단 생각이 들긴 하지만, 어쩌겠는가.

지금으로선 협상의 주도권은 이시방이 쥐고 있는 것을.

"좋소. 어떤 조건인지 한번 말해 보시오."

"조정의 관리가 파견 나가 광산을 감독하는 것이옵니다."

"설마 과인이 세금을 떼어먹을 거 같아 그러는 거요?"

"이렇게 해야 조정이 받아들일 것이옵니다."

난 심사숙고하는 척하다가 고개를 끄덕였다.

"좋소. 6할에 감독관 파견까지 받아들이지!"

"그럼 신도 그렇게 알고 추진하겠사옵니다."

결론부터 말하자면 이시방의 말이 맞았다.

이득의 6할에 감독관 카드로 조정 중신의 수용을 받아 냈다.

며칠 후, 난 서유럽회사 회장 자격으로 선정전에 나아가 조선의 호조판서 이시방 대감과 현대로 치면 MOU를 작성해 교환했다.

정식 계약은 자원 사업부가 출범하면 하기로 했고.

계약 내용에 불만은 없다. 처음부터 6할이 내 마지노선이다. 감독관 카드만 예상 못 했을 뿐이고.

근데 감독관이 있든, 말든 별 상관없잖아.

어차피 광산 개발은 돈 벌려고 하는 사업도 아닌데.

나라 곳간을 축내는 쥐새끼들을 쫓아내기 위해 하는 거니까.

현재는 서류상으로만 존재하는 서유럽회사 자원 사업부 명의로 계약한 탓에 최대한 빨리 자원 사업부를 출범시켜야 한다.

앞뒤가 바뀐 거 같지만, 순서가 중요한가.

사기가 아니란 점이 중요하지.

다행히 자원 사업부를 이끌어 나갈 주축이 곧 도착했다.

바로 대유동 광산에서 일하던 대장장이와 광부들이다.

원래 진짜 부자는 자원을 소유한 자들이라고 하던가.

좀 있으면 내가 곧 그렇게 되겠네.

다음 날.

나이대가 다양한 사내 10여 명이 관우정으로 들어섰다.

임금이 부른다고 하니 다들 겁을 먹은 모양이다.

앞을 제대로 쳐다보며 걷는 이가 없다.

난 그들을 데려온 용호군에게 손짓했다.

"고생 많았다. 이제 너흰 나가 일 봐라."

"예, 전하."

용호군이 나가고 나서 벤치 프레스에 걸터앉아 손짓했다.

"오느라고 고생했다. 다들 자리에 앉아라."

"예, 전하!"

다들 공손히 대답하고 벤치프레스 앞에 옹기종기 모여 앉았다.

난 사내들을 쭉 훑었다. 다들 옷과 얼굴에 땀이 흥건하다.

"쌍둥아, 이들에게 물 좀 가져다줘라."

"알겠사옵니다."

곧 쌍둥이가 돌아다니며 사내들에게 물을 나눠 주었다.

다들 목이 많이 마른 모양이다.

모두 물을 남기지 않고 깨끗이 비웠다.

하긴 나라도 목이 타겠지.

이들이 알고 그랬든, 모르고 그랬든 상관없다.

역모 주동자를 위해 일한 사실은 변함없으니까.

내가 그들에게 어떤 처분을 내리느냐에 따라 생사가 바뀌진 않더라도 상당히 곤욕을 치를 가능성은 여전히 남아 있다.

물론, 난 그럴 생각이 전혀 없지만.

난 부드러운 어조로 입을 열었다.

"다들 긴장할 거 없어. 너흴 이 먼 도성까지 부른 이유가 고작 벌을 주기 위해서일 거 같아? 내가 이래 봬도 이 나라 임금이야. 그런 사소한 일까지 챙기다간 제 명에 못 산다고."

그 말을 듣고서야 다들 조금씩 활기를 되찾는다.

"과인이 너흴 대궐로 부른 이유는 하나야. 바로 너흴 중히 쓸데가 있기 때문이지. 혹시 너희 중에 대유동 광산에서 일하던 광부나 대장장이를 대표해 나설 만한 인물이 있을까?"

그 말에 사내들이 바로 두 사람을 보았다.

한 명은 상투를 틀 머리카락조차 없는 초췌한 대머리 영감이고, 다른 하난 딱 봐도 힘 좋게 생긴 수염 난 중년 사내다.

"각자 일어나서 자기소갤 해 봐."

중년 사내가 벌떡 일어나서 우렁우렁한 목소리로 대답했다.

"소인은 광부 곽무진이라 하옵니다."

이어 대머리 영감이 슬그머니 일어나 조용히 자신을 소개했다.

"소인은 대장장이 홍달호이옵니다."

난 두 사람을 가리키며 물었다.

"과인이 개인적으로 차린 회사에 자원 사업부를 만들려고 하는 중이야. 자원 사업부냐가 뭐냐고? 그냥 쉽게 말해 금, 은, 구리, 쇠와 같은 광석을 채굴해서 상품으로 만드는 부서야."

"……."

"해서 하는 말인데, 너희만 좋다면 광산에서 일하던 기존 인원을 그대로 승계해 다시 고용할 생각이야. 너희 생각은 어때?"

곽무진은 1초도 주저하지 않고 바로 대답했다.

"소인은 전하의 뜻에 따르겠사옵니다."

"동료들의 의견을 묻지 않아도 괜찮아?"

"다들 소인의 결정을 따라 줄 것이옵니다."

그러면서 곽무진이 주변 사내들을 쓱 훑었다.

사내들은 시선이 마주칠 때마다 주저 없이 고개를 끄덕였다.

곽무진의 말이 맞단 표현이다.

그가 무섭거나, 두려워 동의하는 모습은 아니다.

오히려 곽무진을 깊이 신뢰해 믿고 맡기는 모습이다.

홍달호는 조금 달랐다. 그는 곽무진이 바로 승낙하는 걸 보고도 전혀 동요하지 않았다.

도리어 내게 정중하게 질문부터 던졌다.

"소인이 동료들과 따로 상의할 시간을 주실 수 있겠사옵니까?"

"시간은 얼마든지 줄 테니까 의견이 다 모일 때까지 상의해 봐."

홍달호가 주변 대장장이들과 몇 분 동안 속삭이고 나서 물었다.

"아뢰옵기 송구하오나 저흰 어떤 처우를 받게 되는 것이옵니까?"

"노비처럼 회사에 강제로 붙잡아 두거나 하는 일은 없을 거야. 녹봉은 서유럽회사 고용 계약서대로 받을 거고. 아마 조선 천지에 우리 회사 정도로 녹봉을 넉넉히 주는 덴 없을걸."

홍달호는 다시 동료와 상의하고 나서 대답했다.

"동료들이 전하의 제안을 받아들이겠다고 하옵니다."

"잘됐네. 몇 명이나 글을 읽고 쓸 줄 알아?"

들어 보니 글을 아는 이는 홍달호와 곽무진 둘뿐이다.

그리고 그것이 그들이 대표를 맡은 이유기도 하고.

다시 한번 기초 교육의 필요성을 실감하는 순간이다. 후기
에 가면 무과에 급제하고도 글을 모르는 이가 태반이니까.

아무튼. 바로 쌍둥이를 시켜 고용 계약서를 나눠 주었다.

글을 모르는 이들을 위해 왕두석, 홍귀남도 발 벗고 나섰다.

난 그사이 곽무진과 홍달호를 안쪽 방에서 따로 만났다.

"이건 광산업에 관한 책이고 이건 분광과 제련에 관한 책
이야."

두 사람은 나눠 준 책을 받고 얼떨떨한 표정을 지었다.

책은 왜 주는지 궁금한 모양이다.

"난 너흴 지독하게 부려 먹던 놈들과 달리 인성이 괜찮거든."

"⋯⋯."

"우선 곽무진이부터 잘 들어."

"예, 전하."

"그 책에는 광맥을 찾는 방법부터 해서 갱도를 뚫는 법, 광
석을 채굴하는 법 등이 자세히 나와 있어. 거기다 일하면서
몸에 해로운 먼지를 마시지 말라고 코와 입을 가리는 방진 장
비를 손쉽게 만드는 방법까지 나와 있지. 책에 나온 대로만

해도 안전사고가 전보다 훨씬 줄어들 거란 얘기야."

"정, 정말이옵니까?"

"과인이 손목이 부러지기 직전까지 용을 써 가며 쓴 책인데 당연히 진짜지. 그러니까 제대로 배워서 동료에게 가르쳐 줘."

"알겠사옵니다."

"이제부턴 홍달호가 들으라고."

"예, 전하."

"그 책엔 분광, 제련, 제강에 관한 기술이 들어 있어. 연은 분리법 따윈 애들 장난처럼 보이는 고급 기술이지. 기술 중 반은 바로 적용이 가능할 거고 남은 반은 연구부터 해야 할 거야. 배우고 연구해서 조선 최고의 대장장이가 돼 보라고."

책을 잡은 손이 파르르 떨린다. 대장장이보단 학자 쪽에 좀 더 가까운 인상의 홍달호는 책의 가치를 바로 감지한 것이다.

"성, 성은이 망극하옵니다."

"좋아. 나가면 너흴 선포전으로 데려다줄 사람이 있을 거야. 내가 다시 부르기 전까지 선포전에서 숙식하며 어떻게든 책 내용을 완벽히 익혀. 그래야 자원 사업부를 출범시키니까."

두 사람은 영문을 모르겠단 얼굴로 날 보았다.

선포전이 대체 뭐란 말인가?

여기서 또 두 사람의 행동이 갈렸다. 곽무진은 별 의심 없이 명을 따르기 위해 나가려 했지만, 홍달호는 아니었다.

"전하, 송구하오나 한 가지 청이 있사옵니다."

"뭔데?"

"동료들을 데리고 선포전에 들어가도 되겠사옵니까?"

"다른 이들은 글을 모른다며?"

"소인이 말로 설명해 줘도 다 알아들을 만한 친구들이옵니다."

"좋아. 그럼 그렇게 해. 광부 쪽은?"

곽무진도 잠시 고민하다가 머리를 조아렸다.

"저희도 같이 들어가겠사옵니다."

"음, 요강을 많이 갖다 놔야겠네. 아니, 항아리가 더 나으려나?"

당황해 쳐다보는 둘을 내보내고 나서 왕두석을 불러 물었다.

"신포전으로 안내하는 일은 누가 맡기로 했어?"

"쌍둥이가 이미 사람들을 데리고 출발했사옵니다."

"니가 가기로 한 거 아니었어?"

"헤헤, 소관은 전하를 옆에서 모셔야지요."

"너 요즘에 군기가 빠지다 못해 아예 가출해 버린 거 아니야?"

홍귀남이 들어오며 대꾸했다.

"가출한 지 오래일 것이옵니다."

"귀남이 너도 그렇게 생각하나?"

"예, 전하. 요즘 입만 열었다 하면 신씨 처자 얘길…… 읍읍."

왕두석이 홍귀남의 입을 막는 바람에 다 듣지는 못했지만 분명 농업 사업부 신정화 부장 얘길 하는 모양이다.

"직장 생활과는 다르게 연애 사업은 열심히 하나 보네."

"하하, 뭐 그렇지요. 귀남이, 넌 좀 뒤에 보자."

"또 때리시려고요?"

"내가 언제 때렸다고 그래, 인마. 좀 갈군 거뿐이지……."

"조용!"

내 호통에 둘이 바로 합죽이가 되었다.

"난 지금부터 관우정 안에서 개인적으로 중요한 일을 할 예정이다. 두 사람은 문을 지키면서 아무도 들어오지 못하게 막아. 안에서 어떤 소리가 들려와도 방해하지 말고."

"알겠사옵니다!"

"왕두석이 너 삼국지 좋아한댔지?"

"그걸 다 기억하고 계셨사옵니까?"

"제갈량이 오장원에서 수명 연장하려다가 어떻게 됐어?"

"위, 위연이 들어와서 방해하는 바람에 죽었……."

왕두석은 말을 끝맺지 못했다.

내 물음에 담긴 저의가 무엇인지를 깨달았을 테니까.

"방해하면 오장원에서 지는 별은 제갈량도 아니고, 나도 아니고, 옆에 있는 홍귀남이도 아니고 바로 네가 될 거야. 알았어?"

"백 퍼센트 이해했사옵니다!"

"백 퍼센트? 그건 또 언제 주워들어서 쓰는 거야?"

"소관이야 항상 전하의 말씀에 귀를 쫑긋 세워 듣다 보니……."

"시끄러워. 그리고 오장원 얘기가 나와 하는 말인데, 문을 지키다가 북두칠성이 보이면 정화수를 떠 놓고 빌어. 반드시 좋은 게 뜨게 해 달라고 말이야. 홍귀남이 너도 같이해."

"예, 전하!"

난 단단히 주의 주고 관우정으로 들어갔다.

마침내 카지노를 열 시간이 다가왔다.

91장. 으하하하하하하!

"후후, 시작해 볼까?"

손바닥을 비비고 눈앞에 룰렛을 띄웠다.

룰렛 밑에 적힌 '추첨권 12장'이 여고괴담 귀신처럼 다가온다.

처음엔 10pt 같던 문구가 마지막엔 대문짝만하다.

룰렛의 신이 있다면 부탁드립니다! EX는 두 개도 안 바랍니다.

제발, 제발 하나만 더 뜨게 해 주십시오!

그리고 나머진 스킬 레벨 포인트로만 나와 주면 더 좋고요!

잠시 후.

"으아아악, 이런 개 씨발!"

결과는 참담했다.

수명 365×6

스탯 포인트×1

스킬 레벨 포인트×3

꽝×2

이게 말이 돼? 이게 말이나 되냐고!

어떻게 12장을 깠는데 EX 하나가 안 뜨냐? 거기다 수명이 여섯 장이나 나온다고? 이런 운빨 좆망 게임 같으니라고!

좆까라, EHS! 룰렛의 신, 너도 조까라 마이신이다!

화가 머리끝까지 나는 바람에 닥치는 대로 발길질했다.

그래도 화가 안 풀려 집기까지 마구 던졌다.

한바탕 난리 치고 나서야 흥분이 좀 가라앉는다.

바닥에 털퍼덕 주저앉아 머리카락을 쥐어뜯었다.

아니지, 아니지, 이럴 때일수록 긍정적인 면을 봐야지.

그래, 스킬 레벨 포인트가 세 개나 나온 게 어디냐?

거기다 스탯 포인트도 하나 나왔잖아.

5레벨은 바로 찍겠네.

이왕 이렇게 된 거 마르지 않는 샘 레벨 올리고 저번에 복창군 죽여서 얻은 특전 EX로 뻉튀기해 수명 좀 확 늘려 놓자.

요즘 너무 쓰기만 해서 간당간당하던데.

막 액티브 스킬 창을 열어 마르지 않는 샘을 불러오려는데.

따당!

서브 퀘스트 33
스트레스는 만병의 지름길!
-이 세상에 스트레스가 없는 사람은 존재하지 않습니다.
물론, 해소하는 방식은 각자 다를 테지만요. 스트레스를 해소
하는 방법 중에 유저는 두 가지를 반드시 피해야 합니다. 하
나는 타인을 괴롭혀 스트레스를 푸는 방식이고 다른 하나는
바로 본인 자신을 학대해 푸는 방식입니다. 그나마 물건을 통
해 푸는 방식은 위 두 가지보단 나을 수 있겠지요. 다만, 그
뒷감당은 유저 본인이 할 수밖에 없습니다.
클리어 유무: 클리어
보상: 룰렛 1회 추첨권

하, 이건 뭐냐? 화가 나서 물건 좀 부쉈다고 퀘스트 클리어?
약 주고 병 주고야?
아니지, 이건 약 주고 약 올리는 거네. 더 기분 나쁘라고.
개새끼들!
룰렛 추첨!
룰렛이 빙글빙글 돌아가면서 사람의 애간장을 졸였다가
풀기를 반복했다.
EX에 걸릴 것처럼 움직이다가 갑자기 꽝으로 넘어가기도
하고 꽝에 걸릴 것 같아 체념하고 있으면 갑자기 꽝을 지나

EX로 돌진하기도 했다.

난 속으로 룰렛 바늘이 지나갈 때마다 소리를 질렀다.

꽝, 스탯, 레벨, 스탯, 수명, 꽝?

또 꽝이야?

젠장, 오늘은 운수가 사납네……가 아니네!

꽝을 지난 룰렛 바늘이 갑자기 EX로 넘어갔다.

그래, 거기야, 거기! 이젠 멈춰! 제발! EX!

홀리 쉿! 좀 전에 개새끼들이라고 한 건 당장 취소하겠습니다.

각 잡고 열두 장을 까도 안 나오던 게 이런 식으로 뜨다니!

후우후우. 심호흡으로 흥분을 가라앉히고 EX부터 돌려 보자.

전에도 말했다시피 EX는 룰렛이 아니라, 슬롯머신이다.

뭐 카지노를 안 가 본 사람에겐 다 같은 걸 테지만.

머신 화면에선 2, 4, 6, 8, 10 숫자가 돌아가는 중이다.

처음엔 눈이 빠져라 보면 숫자를 고를 수 있을 줄 알았다.

근데 꼼꼼한 놈들답게 숫자가 랜덤으로 돌았다.

뭐 당연한 건가? 에라 모르겠다. 스톱!

돌아가는 속도가 점점 느려지며 이젠 숫자가 확실히 보인다.

8, 2, 6, 4, 좀 더, 좀만 더, 그래, 10, 거기서 멈춰!

젠장, 안 멈추고 한 칸 더 지나 멈췄다.

4네……. 그래도 2가 아닌 게 어디냐.

한 번 더 돌려 이참에 다 끝내 버리자!

난 바로 두 번째 EX를 슬롯머신으로 돌렸다.

EX 하나는 방금 뽑은 따끈따끈한 놈이고.

다른 하나는 조현민을 죽이고 나서 클리어한 히든 퀘스트가 준 지정 추첨권으로 미리 뽑아 둔 놈이다.

슬롯머신 숫자가 다시 빠른 속도로 회전했다. 스톱!

10, 8, 6, 4? 숫자가 계속 2씩 줄어드네.

설마 이다음이 2는 아니겠지?

2만큼은 제발 나오지 마라, 제발, 제바알!

오, 2를 넘어간다. 그렇제, 아, 6이네.

그럼 EX 두 장에서 4, 6이 나온 건가.

이거 오늘 제대로 수명 좀 불리겠는데?

오늘은 먼저 4를 쓰고 다음 레벨업 때 6을 쓰면 되겠네.

다시 마르지 않는 샘을 불러오려는데.

뭔가 번득하고 머릿속을 스쳐 지나가는 생각이 있었다.

황당하다고 느끼면서도 왠지 가능성이 있어 보였다.

우선 그 전에 EX부터 다시 연구해 보자.

EX!

스킬, 버프, 옵션 등의 효과를 증폭시킵니다.

지속 시간, 범위 등은 탄력적으로 주어집니다.

1회 사용하면 자동 소멸됩니다.

보유 기간에 제한은 없습니다.

결과: 4배, 6배

결과는 4배, 6배로 정확히 떴고.

내가 보려는 건 첫 번째 문장과 두 번째 문장이다.

첫 번째 문장은. 스킬, 버프, 옵션 등의 효과를 증폭시킵니다.

스킬은 액티브, 패시브 스킬이고 버프는 그 버프다.

다만, 옵션만큼은 아직 뭔지 모르겠다. 사실 여기까진 중요하지 않다. 지금은 옵션 뒤에 붙은 단어가 중요하다.

바로 '등'이다.

보통은 기타 등등할 때 등을 많이 쓴다. 그렇다면 스킬, 버프, 옵션 외에도 통하는 데가 있단 뜻이겠지?

그게 만일 EX라면? 즉, EX로 EX를 불리는 거다.

4배와 6배짜리니까 이걸 곱하면 무려 24배가 된다!

정말 된다면 게임 체인저가 아니라, 게임 핵이다.

그리고 두 번째 문장은.

지속 시간, 범위 등은 탄력적으로 주어집니다.

여기서 또 '등'이 등장한다.

거기다 친절하게 탄력적이란 말까지 붙어 있다.

게임에서 이런 단어는 보통 유저가 시스템의 꼼수를 찾아내도 운영진은 제재하지 않는단 뜻으로 쓰인다.

계획의 성공 가능성을 높여 주는 아주 고마운 문장이다.

물론, 용기가 필요하다. 아니, 엄청난 배짱이 필요하다.

잘못 조합했다가 둘 다 날아가면?

수명을 4배, 6배로 늘릴 엄청난 찬스를 말아먹는 거다.

어떻게 하지? 해? 말아?

난 주변을 둘러보았다. 혹시 점을 칠 만한 게 있을까?

어렸을 땐 아카시아 잎으로 점을 쳤던 것 같은데.

아니, 아니, 점을 치진 말자. 이건 운에 기댈 일이 아니야.

확실한 분석을 바탕으로 진행할 일이지.

그리고 내 분석에 따르면 이건 무조건 된다.

난 눈을 부릅뜨고 나서 EX로 EX를 조합했다.

그 순간.

눈앞에 있던 EX 창이 변하며 맨 마지막 숫자가 바뀌었다.

결과: 24배

"으하하하하하하하!"

난 눈물이 나올 정도로 배를 잡고 미친 듯이 웃었다.

"씨발, 내가 세상의 왕이다! 빌어먹을 새끼들아!"

배가 찢어지도록 웃고 나서 마르지 않는 샘을 불렀다.

마르지 않는 샘(SSS)

유저는 특정한 수련을 통해 수명을 무한대까지 늘릴 수 있다.

※이 액티브 스킬은 발견할 확률이 제로에 가깝습니다.

호흡 레벨: 3

동작 레벨: 3

수명 레벨: 3

밤마다 잠을 줄여 가며⋯⋯, 아니 요즘은 좀 수련을 뜸하게 하긴 했지만 어쨌든 잠을 줄여 가며 노력해도 요지부동이다.

하긴 이해가 가지 않는 건 아니다.

몇 달 수련한다고 이런 스킬의 레벨이 금방금방 오른다?

그건 게임 밸런스가 엉망이란 뜻이니까.

이제 스킬 레벨 포인트 두 개로 마르지 않는 샘을 4레벨로 맞추면서 뻥튀기한 24배짜리 EX로 한 번 더 뻥튀기하면?

이연 (+581,973)

레벨: 4

무력: 58(↑1) 지력: 67(↑4) 체력: 49 매력: 60(↑2) 행운: 68(↑10)

손이 떨린다. 아니, 몸 전체가 사시나무처럼 떨린다!

581,973? 숫자가 커서 한 번에 읽지도 못한다.

대, 대략 58만인가? 햇수론 몇 년이지?

맙소사, 1594년?

수명을 소비 안 하면 30세기에도 난 살아 있는 거다.

기원후로 따지면 더 실감 난다.

무려 AD 1년부터 임진왜란이 약간 소강상태이던 해까지 죽지 않고 살 수 있다.

그동안 수명 걱정에 구매를 망설인 적이 한두 번이 아니다.

근데 이제부터 그런 걱정은 남 얘기가 된다.

수명이 너무 많아 수명이 수명을 버는 단계까지 왔다.

쇼핑으로 웬만큼 질러도 티가 안 날 테고.

여운이 가라앉는 데까지 아주 긴 시간이 걸렸다.

후, 이제 EX 뽑는다고 미룬 레벨도 올려놓자.

그럼 이제 5레벨인가?

룰렛으로 뽑는 스탯 포인트는 한 개가 5포인트다.

레벨업하기에 충분하다.

가장 지지부진한 체력에 5포인트 몰빵하고 기다렸다.

인효대왕의 치! (SS)

고려 문종은 한반도 역사상 유례없는 황금기를 이끌었다.

패시브 스킬을 장착하면 개인 스탯이 국가 스탯과 연동한다.

※ 5레벨 달성 특전으로 이제부턴 패시브 스킬이 한반도 전체 왕조를 포괄한다.

지력+매력: 정치 보너스 3

무력+체력: 국방 보너스 2

지력+행운: 경제 보너스 4

오, 처음 보는 스타일이네.

개인 스탯을 올리면 국가 스탯도 올라간단 말인가?

개꿀인데.

거기다 5레벨부터는 조선 왕조의 왕만 나오는 게 아니었네.

고려 문종이면 대단한 임금이지.

그 시기가 워낙 태평성대라 사람들이 잘 모를 뿐.

가만, 한반도 전 왕조면? 광개토대왕이나 근초고왕, 진흥왕, 발해 선왕도 나온단 얘긴가?

하긴 조선 시대에선 나올 만한 왕은 다 나왔다고 봐야지.

태조, 태종, 세종, 성종이 나왔으니.

영, 정조야 현종 이후라 안 나올 것 같고.

남은 스킬 레벨 포인트 한 개는 쓸데가 많은 감식안 가치 레벨을 올리면 될 거 같고. 그럼 이제 얼추 다 정비한 건가?

아, 이번에도 그걸 빼먹을 뻔했네.

난 바로 패시브 스킬 창을 불러냈다.

패시브 스킬

1. 세종대왕을 경배하라!

2. 문무겸전!

3. 감식안!

레벨업하고 나서 스탯 보너스가 있는 패시브 스킬을 제거하면 레벨이 떨어지는지 확인해 봐야겠단 생각을 계속해 왔다.

다만, 급하지는 않아 잊고 있었는데 마침 생각난 거다.

먼저 문무겸전을 확인했다.

태종의 패시브 스킬로 보너스가 아주 두둑하다.

문무겸전! (S)

조선 3대 국왕 태종은 17세 나이에 고려 과거에서 급제할 만큼 수재였다. 또한, 조선 건국, 왕자의 난 등에서 활약해 아들 세종이 조선의 전성기를 열 수 있는 환경을 조성했다.

무예 레벨: 2

학문 레벨: 2

무력, 지력 보너스: 10

무력, 지력 보너스 10이니까 제거하면 무력은 48로, 지력은 57로 떨어져 레벨이 5에서 4로 떨어지는 게 이치상 맞다.

난 바로 문무겸전을 빼 보았다.

이연 (+581,973)

레벨: 5

무력: 48(↓10) 지력: 57(↓10) 체력: 54(↑5) 매력: 60 행운: 68

휴, 다행이다.

무력이 48로 떨어졌음에도 레벨은 떨어지지 않는다.

즉, 레벨업에 필요한 스탯이 모자랄 때마다 스킬을 써서 강제로 높이는 꼼수가 가능하단 뜻이라, 새 지평을 연 셈이다.

문무겸전을 뺀 자리에는 인효대왕의 치를 넣고 끝냈다.

세종대왕은 절대 뺄 수 없는 패시브 스킬이다.

언제 또 마르지 않는 샘과 같은 대박 스킬을 찾게 해 줄지 모르는데 특별한 일이 아니면 절대 제거하면 안 된다.

감식안도 여러모로 쓸데가 많을 거 같아 남겨 둬야 하고.

이렇게 해서 오랫동안 묵힌 추첨권으로 연 카지노가 끝났다.

결과는? 당연히 초대박 중의 초대박이지.

난 문으로 걸어가며 생각했다. 설마 왕두석이가 정한수 떠 놓고 빌어서 대박이 터진 건가?

그렇담 칭찬해 줘야겠는데.

겸사겸사 어질러진 것도 좀 치우라 해야겠고.

문고리를 잡고 여는데.

문 바로 앞에 서 있던 왕두석이 내 얼굴을 보더니 귀신을 본 사람처럼 입에 거품까지 물고 뒤로 넘어갔다.

"이건 또 무슨 황당한 시츄에이션이냐?"

몇십 분 전. 홍귀남이 왕두석의 옆구리를 슬쩍 찔렀다.

"빨리 정한수 떠 놓고 빌어야 하는 거 아닙니까?"

왕두석은 코를 파면서 심드렁하게 대꾸했다.

"농담하신 걸 거야."

"눈빛이 농담하실 때와는 달랐습니다. 뭔가 비장해 보이기까지 하던데, 이러다 실패하면 그 분노가 어디로 쏟아질지……."

"왜 날 봐?"

"지금은 왕 선배님이 책임자 아닙니까?"

왕두석은 코에서 파낸 코딱지를 손가락으로 튕기며 되물었다.

"그래서?"

"분명 이 사실을 아시면 선배님을 가만 안 놔둘 텐데……."

그 순간, 관우정 안에서 욕설과 함께 뭔가 박살 나는 소리가 들려왔다.

딸꾹! 하도 놀라서 딸꾹질이 생긴 왕두석의 얼굴이 하얗게 질렸다.

"쌍, 쌍둥아, 딸꾹!"

"예, 선전관님!"

"어, 어서 정, 정한수를 떠 와라, 딸꾹!"

"그럴 줄 알고 저희가 미리 떠 왔습니다."

"아, 살았다, 살았어, 딸꾹! 이 은혜는 평생 안 잊으마, 딸꾹!"

"전하께서 불호령 내리시기 전에 어서 기도부터!"

"동생인지, 형인지 좀 헷갈린다만, 아무튼 네 말이 옳다, 딸꾹!"

왕두석은 정한수 앞에서 절까지 하며 필사적으로 기도했다.

기도발이 통했을까? 얼마 후에는 갑자기 안에서 커다란 웃음소리가 터져 나왔다.

화가 나거나, 어이가 없어 나오는 웃음이 아니다.

분명, 기쁨을 주체 못 해 나오는 웃음이다.

긴장이 풀린 덕인지 왕두석의 딸꾹질도 같이 멎었다.

그 순간, 선전관 한 명이 다가와 서찰을 쓱 내밀었다.

서찰을 받은 왕두석이 다시 딸꾹질을 시작했다.

"아, 안 돼, 딸꾹!"

홍귀남이 다가와 서찰을 살펴보았다. 촛농으로 봉한 서찰 위에 빨간 글씨로 '긴급'이라 적혀 있었다.

"이건 뭡니까?"

"도, 도착하면 바로 전하께 드려야 하는 비, 비밀 서찰, 딸꾹!"

"바로 전하지 않으면요?"

왕두석이 다 죽어 가는 얼굴로 자기 목을 치는 시늉을 하였다.

이젠 홍귀남도 걱정하기 시작했다.

"그럼 정말 큰일이군요. 방해하면 방해한다고 그러실 거고 서찰을 바로 안 전하면 안 전했다고 또 뭐라 하실 것 같은데."

뭔가 골똘히 생각하던 왕두석이 웃으면서 입을 열었다.

"귀, 귀남이 네가 전하는 건 어때, 딸꾹?"

눈치가 귀신같은 홍귀남은 이미 멀찍이 떨어져 있었다.

하는 수 없이 왕두석이 뒤로 돌아서며.

"쌍, 쌍둥아, 너넨 아직 안 혼나 봤지? 이참에 경험을……, 딸꾹!"

역시 눈치 빠른 쌍둥이도 홍귀남 뒤에 가 있었다.

"흑흑, 전우애라곤 요만큼도 없는 새끼들, 딸꾹."

하는 수 없이 왕두석이 발발 떨며 문 앞에 가서 섰다.

그래도 선뜻 문을 두드릴 용기가 나지 않아 머뭇거리는데.

문이 안쪽에서 열리며 임금님이 얼굴을 쓱 내밀었다.

왕두석은 기겁한 나머지 입에 거품까지 물고 넘어갔다.

게거품을 물고 쓰러진 왕두석을 보고 한 소리 하려다가.

"손에 쥔 서찰은 뭐냐?"

홍귀남이 왕두석의 손에서 서찰을 냉큼 뺏어 두 손으로 바쳤다.

"방금 온 긴급 서찰이옵니다."

"이리 줘!"

"여기 있사옵니다."

서찰을 받고 돌아서다가 손을 저었다.

"저놈 얼굴은 당분간 보고 싶지 않으니까 얼른 치워라."

"예, 전하."

쌍둥이가 달려와 기절한 왕두석을 질질 끌고 어딘가로 향했다.

문을 닫고 돌아와 서찰을 읽었다.

서유럽회사 무역 사업 본부 명의로 온 서찰이다.

서찰은 총 여섯 장이었는데 김석주, 일양, 최립, 고연내, 조온잠, 피터슨 여섯 명이 그동안의 일을 적은 보고서다.

여기선 장계쯤이 될 테지.

직급이 제일 높은 김석주가 대표로 보내도 된다.

다만, 그의 성향을 보면 선뜻 그러라고 하기 쉽지 않다.

자기에게 불리한 내용은 쏙 빼놓고 쓸 놈이니까.

그래서 한 사람도 빠짐없이 보고서를 제출하라 명했다.

그래야 크로스체크가 가능하니까.

정보는 언제나 크로스체크가 기본이다.

그래도 틀리면 하늘이 날 버린 거고.

세종대왕의 읽기 스킬 덕분에 새끼손톱보다 작은 글씨로 빽빽하게 적힌 서찰 여섯 장을 다 읽는 데 10분이면 충분하다.

다 읽고 난 감상평? 갑자기 담배가 피고 싶어지네.

한 7, 8년 피다가 여기 오기 직전에 금연했다.

그 바람에 게임에 전보다 더 빠진 거고.

지금까진 담배 생각이 별로 없었다.

근데 서찰을 읽고 나니 미친 듯이 땡겼다.

문을 열고 대기 중이던 홍귀남을 손짓해 불렀다.

"가서 얼른 담바고 좀 구해 와라."

"알겠사옵니다."

잠시 후, 홍귀남이 급히 구해 온 곰방대와 담뱃잎으로 담배를 피웠다.

독한 담배 연기에 기침부터 나왔지만, 곧 적응되었다.

끊은 담배 생각이 간절해질 만큼 보고서는 충격이다.

대마도주를 지들 마음대로 갈아치운 건 별일 아니다.

내가 신경 쓴 부분은 왜국에 있는 다른 플레이어다.

정확히 말하면 플레이어'들'이다.

지금까지 추측해 낸 왜국 플레이어는 세 명이다.

가장 확률이 높은 건 역시 쇼군으로 전이된 자다.

이건 따로 확인해 보지 않아도 된다.

나처럼 왜국에도 쇼군으로 전이한 자가 있을 테니까.

막부 쇼군이 아마 도쿠가와 이에쓰나였지?

나이는 나랑 동갑이고.

두 번째 후보는 오와리 번의 영주라는 도쿠가와 미쓰토모다.

솔직히 내가 역사를 좋아하긴 해도 도쿠가와 히데타다 이후부터 쿠로후네 전까지는 에도 막부의 역사에 대해 잘 모른다.

다만, 대규모 반란이 일어난 적은 없음이 확실하다.

그런 점에서 불온한 움직임을 보인다는 도쿠가와 미쓰토모는 확실히 내가 아는 역사와 맞지 않는 인물이다.

왜국에선 미쓰토모란 놈이 복창군 롤인 모양이다.

여기까진 나도 어느 정도 예상할 수 있는 그림이다.

하지만 조선에 둘인데 왜국에 둘만 있을 리 없다.

면적, 인구 둘 다 왜국 쪽이 더 크고 많으니까.

내가 전혀 예상하지 못한 부분은 도쿠가와가 아닌 일반 번에도 유저로 짐작되는 세 번째 플레이어가 있단 점이다.

난 애초에 세 번째 플레이어가 있다면 천황이지 않을까 의심했다. 메이지 유신 후에는 천황도 꿔다 놓은 보릿자루가 아니었으니까.

즉, 빼도 박도 못하는 식민 지배와 2차 대전 전범이란 소리다.

나중에 맥아더가 어른의 사정으로 살려 주긴 했지만.

여하튼 현대 일본 놈이 천황으로 전이됐으면 막부를 무너트리고 직접 권력을 손에 쥐려 수를 쓸 공산이 크다고 봤다.

근데 예상이 빗나갔다.

에도 막부랑 상관없는, 오히려 껄끄러운 쪽에 가까운 조슈번의 영주 모리 쓰나히로가 세 번째 플레이어로 짐작된다.

놈의 중신이 조센징을 들먹였단 점이 증거다.

옛날엔 그냥 조선인을 조센징이라 불렀다.

나라 이름이 조선이었으니까.

그런 조센징을 멸칭으로 쓰는 건 현대 일본 놈뿐이다.

칸코쿠진이란 단어가 있음에도 조센징으로 부르니까.

북한, 민단, 조총련까지 갈 필요도 없다.

이건 빼박 혐한 새끼다. 그 새끼가 입에 조센징을 달고 사니 부하들도 배운 걸 테고.

강과 폭포에서 뭔가 수작을 부린단 것 또한 증거다.

미친놈이 수력으로 전기를 만들려고 발악하는 게 틀림없다.

현대에 있을 때 혹시 전기 관련 엔지니어였나?

아무튼 멍청한 새끼다.

그 새끼가 전기공학으로 노벨물리학상을 받았어도 상관없다.

현대 공학을 17세기에 실현할 수 있단 생각이 글러 먹었다.

지식이 있다고 수백 년 걸린 발전이 한순간에 이뤄지진 않는다. 그를 이용해 경험을 축적해야 가능한 일이다. 내가 HK416이 아니라 보라매부터 만드는 이유도 그 때문이고.

그렇다면 왜국 플레이어는 이 셋이 전부일까?

아니, 확신할 수 없다.

조슈 번에 플레이어가 있는데 사쓰마 번엔 없을까?

사쓰마와 조슈가 연합한 삿초 동맹이 메이지 유신의 근간이다. 놈들은 메이지 유신을 성공시켜 일본 정부의 권력을 손에 쥐고 나서 한반도를 포함한 동아시아 여러 나라를 침략해 식민지로 삼고 미국 진주만을 기습해 태평양 전쟁을 일으켰다.

그래, 왜국은 사쓰마 번까지 최소 네 명이라 보는 게 타당해.

최소 1 대 4인가?

전이라면 모르지만, 지금은 전혀 두렵지 않다.

잭팟이 터진 바람에 자신감이 충천하다 못해 하늘을 뚫는다.

그럼에도 방심은 금물.

왜국 놈들은 뒤통수를 잘 쳐서 대비는 빠를수록 좋다.

아니, 앞통수도 잘 치니까 더더욱 대비해야 한다.

방어책을 궁리하고 나서 다른 주제로 넘어갔다.

바로 구황작물이다.

김석주가 용케 감자, 고구마 등의 종자를 대거 들여왔다.

같이 온 쌀을 포함한 다양한 품종도 덤치고는 꽤 쏠쏠하고.

쌀은 일단 논외로 치고 구황작물 처리가 시급하다.

다행히 김석주가 올린 장계에 따르면 왜국에서 동래까지 항해하는 동안, 가져온 종자 중에 썩은 것은 3할 미만이다.

아마 날이 본격적으로 더워지기 전이어서겠지.

난 미리 조운선 세 척에 버프를 걸어 동래에 대기시켜 두었다.

문익점의 목화씨! (S)

생물이 상하지 않고 여행할 수 있게 해 줍니다.

버프 기준: 반경 500미터

광역 범위: 반경 5킬로미터

지속 시간: 500일

이 버프 덕분에 동래에서 옮겨 실은 종자는 여전히 싱싱한 상태로 포항을 지나 강릉 주문진항으로 올라오는 중이다.

문익점 아저씨 고맙습니다!

뭐 목화씨 밀수에 관해 설이 많긴 하지만 어쨌든 덕분에 살았으니까.

마침 구황작물 파종 시기가 아직 지나지 않아 더 다행이고.

왜국에서 들어온 정보가 준 충격에 그날 밤을 꼬박 새웠다.

그래도 피곤하거나, 괴롭단 생각은 안 든다.

오히려 뿌듯한 충만감에 힘든 줄 몰랐다.

관우정에서 며칠을 먹고 자고 싸며 앞으로의 일을 준비했다.

심지어 대조전에도 발길을 끊었다.

그래도 발길을 너무 안 한 탓일까?

이번엔 오히려 중전이 날 걱정한다.

중전은 가끔 제조상궁을 보내 내 의사를 슬쩍 떠보았다.

오늘 밤엔 침전으로 행차할 거냐고.

물론, 간다고 하진 않았다. 아니, 못했다.

지금은 조선이 탈피해야 하는 중요한 시점이다.

다행히 중전은 일이 많아 못 간단 말에 넘어가 주었다.

내가 잠까지 줄여 가며 준비하는 동안. 왕두석, 홍귀남, 쌍둥이도 쉬지 못하고 계속 뛰어다녔다. 마지막 날에는 다크서클이 턱까지 내려와 완전 좀비 모드다.

준비를 끝낸 다음 날 아침.

가장 먼저 화기 사업부 수뇌부가 들어왔다.

화기 사업부도 이제 사람이 늘어 간부만 열 명이 넘는다.

부장인 박영준에게 먼저 물었다.

"보라매는 몇 정이나 쌓아 놨어?"

"3,400정이옵니다."

"화기 사업부 인원을 두 배로 충당하든, 세 배로 충당하든 상관없어. 지금부터 하루에 반드시 시험 발사까지 마친 완성품 100정을 만든단 생각으로 움직여. 필요한 재정은 재무과에서, 필요한 인원은 인사과에서 되는대로 보내 줄 거야."

카시니는 바로 얼굴을 뭉크의 절규처럼 구겼고.

당황한 박영준은 급히 숨을 삼키다가 사례가 들렸다.

"그건 너무……."

"조국은 너희가 반드시 목표를 달성하리라 믿는다."

그 말에 박영준도 입을 다물었다.

임금도 아니고 조국이 믿는다는데 어쩌겠나.

밤을 새워서라도 테란처럼 물량을 뽑아내는 수밖에.

난 이어 다른 이들을 향해 물었다.

"화약 담당은 누구야?"

곧 안면이 없는 사내 세 명이 단체로 손을 들었다.

"소인들이옵니다."

"무슨 짓을 해서라도 화약 생산량을 늘리도록."

사내들은 우울한 얼굴로 대답했다.

"알겠사옵니다."

난 이어 박영준에게 물었다.

"참매는 어느 정도나 개발했어?"

"마무리 단계이옵니다."

"계획은 보라매, 참매, 송골매로 가기로 했지?"

"그렇사옵니다."

"현재 참매 기술로 송골매를 제조할 수 있나?"

"다른 부품은 가능하나 뇌홍과 캡이 걸림돌일 것이옵니다."

"기초 연구는 꽤 돼 있잖아?"

"그렇긴 합니다만……."

"내가 뇌홍과 캡 개발을 도와줄게. 넌 참매부터 퍼커션 캡을 일찍 도입하는 쪽으로 연구해. 그럼 송골매는 그보다 더 진보한 형태로 가야겠지. 금속 탄피를 쓰는 형태로 말이야."

"전하께서 연구까지 하시겠단 말이옵니까?"

"급하면 나도 선수로 뛰어야지, 별수 있나."

"알, 알겠사옵니다."

"박 부장은 당분간 보라매 생산과 참매 개발을 혼자 진행해."

박영준이 카시니를 힐끔 보고 물었다.

"그럼 카시니 과장은?"

"카시니는 할 일이 따로 있어."

난 카시니에게 책 두 권을 던졌다.

어젯밤에 완성한 책이다.

「화포」

「유탄」

책 표지엔 달랑 제목 두 글자만 적혀 있다.

얼떨결에 책을 받아 든 카시니가 고개를 들었다.

"무, 무슨 책입니까?"

"화포와 유탄에 관한 기술서야. 카시니는 오늘부터 따로 부서를 하나 꾸려서 그 두 책에 나온 화포와 유탄을 현재 기술로 실현 가능성이 있는 단계부터 연구 개발하는 데 집중해."

카시니가 뭐라 중얼거리기 전에 난 벌떡 일어났다.

임금이 일어나면 그 주변의 모든 이가 일어나야 한다.

그게 왕실의 예법이다.

"제군들, 심판의 시간이 곧 도래한다. 우리가 심판받을지,

아니면 우리가 다른 이들을 심판하게 될지는 오롯이 그대들의 손에 달렸다. 과인도 최선을 다해 도울 테니까 불가능이란 말에 현혹되지 말고 우리 손으로 역사를 만들어 보자.”

"……."

"해산!"

화기 사업부가 쫓겨나고 나서 순구가 들어왔다.

마침 본사에 일이 있어 와 있다가 내 부름을 받고 들어왔다.

난 인사를 받기도 전에 질문부터 던졌다.

"범선은 얼마나 완성했어?"

"곧 진수해서 시험 운행에 나설 계획이옵니다."

"지금 건조 중인 범선이 이순신급이지?"

"그렇사옵니다. 배수량이 제일 큰 범선이지요."

"지금부터 조선 사업부가 가진 역량을 총동원해 이순신급과 장보고급을 추가 건조해. 인력과 재원 쪽은 걱정하지 말고!"

"예에?"

"해산!"

"……."

"해산!"

"예, 전하."

조선 사업부가 나가고 나서 농업 사업부가 들어왔다.

신정화와 과장 두 명인데 과장 둘은 인상이 전혀 딴판이다.

한 명은 크고 말랐고 다른 한 명은 작고 뚱뚱하다.

신정화가 개그 콤비 같은 두 과장을 소개했다.

"이쪽은 과장 최헌이고 그 옆은 남태령이옵니다."

"멀대가 최헌, 뚱뚱이가 남태령, 기억했어."

"예, 전하……."

"둘 중에 누가 농사를 더 잘 지어?"

그 말에 멀대와 뚱뚱이가 바로 경쟁심을 드러냈다.

뭐야, 둘이 농업 사업부의 라이벌이야?

한참을 고민하던 신정화가 속삭이듯 대답했다.

"최 과장이 좀 더 낫단 소문을……."

"좋아, 멀대는 바로 원행 떠날 준비하고 신 부장하고 뚱뚱이는 육종학과 슈퍼 벼 연구에 지금보다 더 매진해. 곧 강남 농업 연구소로 왜국에서 들여온 작물 종자가 도착할 거야. 일단, 그걸 가지고 우리 농작물 종자랑 육종을 시도해 봐."

"갑자기 서두르시는 이유가 있사옵니까?"

"부서 전체가 너무 느긋한 거 같아 그래. 이제 나가 봐."

"예, 전하."

농업 사업부가 물러가고 나서 마지막으로 본사 사장 장현이 들어왔다.

"본사에서 교육받는 항왜 후손이 몇이지?"

"고연내 등이 빠져나가면서 37명이옵니다."

"성적이 뛰어난 애들로 열 명쯤 추려 봐."

"교육 사업부 일은 하멜 부장이 맡아……."

"하멜이 아니라, 자넬 불러 이런 말을 하는 이유가 뭐 같아?"

"무슨 뜻인지 알겠사옵니다."

"원행에서 돌아오는 대로 바로 볼 수 있게 해 둬."

"바로 조치하겠사옵니다."

장현까지 만나고 나서야 일이 끝났다.

저녁에는 대조전에 가서 식사하고 중전과 잠자리에 들었다.

당분간 볼 수 없단 생각 때문인지 새벽까지 불타올랐다.

아침에 일어나서 중전에게 넌지시 권했다.

"중전도 승마를 배워 보는 게 어떻소?"

"승, 승마 말입니까?"

"왜 당황하시오?"

"아니, 그, 저……."

"과인을 타라는 게 아니라, 진짜 말을 타 보라는 거요."

"아아, 그렇군요. 한데 왜 갑자기 승마를?"

"가마 타고 신혼여행 가면 무슨 재미가 있겠소? 가마에서 보는 풍경이야 조그만 창문으로 보는 게 단데. 그럴 바에야 승마를 배워 같이 말을 타며 구경하는 편이 좋지 않겠소?"

"신, 신첩이 그러면 조정에서 뭐라……."

"조정 모르게 몰래 배우면 될 거요. 마침 금군 대장이 초보자를 아주 잘 가르치니까 후원 안에서 승마를 배워 두시오. 나도 원행에서 돌아오는 대로 시간을 내어 가르쳐 주겠소."

"원행을 가십니까?"

"강원도에 급한 일이 생겼소."

"강원도에 난리가 난 것입니까?"

"엄밀히 따지면 아직까진 아니오."

"하지만 급한 일이군요."

"바로 그렇소."

"알겠습니다."

중전과 아침 먹고 나서 삼정승을 불러 통보했다.

물론, 비밀리에.

삼정승의 생각은 대체로 부정적이었으나 고집을 꺾지 못
했다.

결국, 삼정승만 아는 상태에서 몰래 강원도로 떠났다.

삼정승은 전처럼 내가 심한 고뿔에 걸렸다고 조정을 속였다.

그사이, 난 말을 타고 서둘러 이동했다.

조운선이 도착하기 전에 준비할 일이 많다.

승마는 확실히 많이 타면 는다.

처음엔 긴장의 연속이다. 주변을 돌아볼 여유 따윈 죽어도 없다. 내가 경주마가 된 거처럼 그저 앞만 보며 달릴 뿐이다.

근데 지금은 주변 경치가 슬슬 보인다.

이상립 장군이 보면 좋아하겠는데.

제자가 나처럼 일취월장하면 스승도 기분 좋겠지.

중전도 아마 이 장군에게 승마를 배우면 금방 늘 거야.

이번 강원도 원행은 제물포 때와 차이가 크다.

표면적인 위협이 사라진 후라, 행렬이 간소해졌다.

금군에 내 일행을 합쳐도 20명이 넘지 않는다.

금군 지휘는 다시 김준익이 맡았다.

어느새 그의 스타일이 편해져 다른 이는 불편했다.

말을 몰면서 주변 풍경을 관찰했다.

역시 도성에서 멀어질수록 형편이 안 좋아지네.

도성에서 제물포 방향, 그러니까 서쪽은 길이 제법 괜찮았다.

근데 강원도 쪽은 수레는커녕, 말이 달리기도 힘들다.

더 최악은 따로 있다.

나빠진 게 도로 사정만은 아니란 거다.

백성의 삶 역시 강원도로 들어갈수록 더 궁핍해진다.

사는 집만 봐도 알 수 있다.

그나마 큰 고을에나 가야 기와집을 구경한다.

그 외 대부분은 초가고 그보다 못한 집도 많다.

거적을 엮어 만든 움집도 있고.

아예 흙으로 엉성하게 지은 토굴마저 눈에 띈다.

악다문 이에 절로 힘이 들어간다.

가난은 임금님도 구제 못 한다고? 개소리 말아!

내가 그렇지 않다는 걸 똑똑히 보여 주지.

비밀리에 떠난 원행이라 큰 고을은 일부러 피했다.

주로 작은 고을을 찾아 객주 같은 데서 잤는데.

가끔 객주가 없으면 헛간 같은 곳을 빌려 노숙했다.

물론, 모시는 이들이야 송구스러워했으나 상관없다.

내가 이렇게 가기로 한 장본인이다.

불편하다고 짜증 내면 나만 우스운 놈이 된다.

웃기는 놈은 되어도 우스운 놈은 되면 안 되지.

이게 내 철칙 중 하나다.

물론, 철칙이 너무 많아서 나도 헷갈리긴 하지만.

오늘도 다 쓰러져 가는 헛간에서 밤을 보내기로 했다.

알이 배긴 허벅지를 마사지한다고 잠시 앉아 있었을 뿐인데 그새 다들 자기 일거리를 찾아 바쁘게 움직인다.

금군은 솥에 말 먹이를 쏟는다고 정신없고. 왕두석 패거리는 뭔 바람이 불었는지 갑자기 사냥하러 나갔다.

외진 곳에 혼자 달랑 있으려니 기분이 좀 묘하네.

이참에 불멍이나 해 볼까.

앞에 있는 모닥불로 몇 번 시도하다가 고개를 저었다.

머릿속을 비우기가 말처럼 쉬운 게 아니구나.

지금 나에겐 가려운 곳이 두 군데 있다. 불행히도 둘 다 남이 긁어 줄 수 없는 거라 더 미치겠는 중이고.

하나는 이 세계에 나를 제외한 다른 플레이어가 확실하게 존재한다는 사실을 몸으로 체감하고 나서 생긴 불안감이다.

이 불안감을 설명하려면 우선 '운'에 대한 고찰이 필요하다.

어쩌면 복창군 말이 맞을지도 모른다. 아니, 정정한다.

복창군의 독설이 백 퍼센트 맞다.

난 시작부터 운이 너무 좋았다. 처음 얻은 스킬이 SSS급인 세종대왕을 경배하라니 말 다 했지.

그 스킬 덕에 세상의 모든 문자를 이해하게 됐다.

운이 좋은 걸 넘어 엄청난 특전을 가지고 시작한 거다.

그 수단이 얼마나 강력한진 바로 드러났다.

그 스킬로 SSS급인 마르지 않는 샘을 찾았으니까.

사실 거기서부터 게임 밸런스가 무너지기 시작한 거지.

다른 플레이어들이 거적이나 다름없는 낡은 갑옷을 걸치고 손에는 허접한 몽둥이 하나 들고 필드를 뛰어다니는 동안.

난 가입 특전으로 받은 SSS급 전설급 방어구와 게임 GM이나 갖고 있을 법한 SSS급 무기를 들고 당당히 활보했다.

내가 갑옷과 무기에 자신감을 가지는 이유?

복창군이 가진 최상위 스킬이 뭔지 알았기 때문이다.

감식안, 아르키메데스의 청동 거울?

둘 다 좋은 스킬임은 분명하다.

하지만, 내 세종대왕, 마르지 않은 샘에 비하면 확실히 떨어진다.

여기서 바로 운이란 예상할 수 없는 존재가 중요해지는 거고.

우선 내가 운이 제법 좋은 편이라 가정해 보자고.

반대로 복창군은 더럽게 나쁜 편이고.

과연 나 혼자만 이 세계에서 운이 좋은 플레이어일까? 나와 버금가는 혹은 더 뛰어난 플레이어가 있진 않을까? 운빨이 터져 수명을 한 2000년쯤 쟁여 놓은 놈이 있진 않을까?

이게 바로 날 괴롭히는 첫 번째 불안감의 원인이다.

다행히 이건 오늘 오면서 어느 정도 매듭지었다.

그동안 거듭, 거듭, 그리고 거듭해 생각해 본 결과.

기우, 즉 쓸데없는 걱정으로 결론 내렸다.

그렇게 생각한 이유는 하나다.

EX는 물론 엄청난 효과를 지녔다.

스킬, 버프, 옵션 등의 효과를 몇 배로 불려 주니까.

머리가 좀 있는 플레이어라면 나처럼 EX를 두 장 혹은 세 장까지 모아서 더블, 트리플 뻥튀기를 시도해 봤을 수도 있다.

여기까진 상관없다. 문제는 바로 시드 머니다.

수명을 EX로 뻥튀기하려면 수명이란 시드 머니가 꼭 필요하다. 0에는 아무리 큰 숫자를 곱해도 0이니까.

난 이 시드 머니를 마르지 않는 샘으로 얻었다.

그것도 4레벨 때 무려 24,000을 주는 시드 머니다.

아마 플레이어 중에 나처럼 운이 좋은 자가 있으면 패시브나 액티브 스킬로 수명을 어느 정도 얻을 수는 있을 거다.

다만, 앞서 말했듯이 마르지 않는 샘 수준은 절대 아닐 거다.

그렇다면 거기다 EX로 뻥튀기해도 나 정도 성과를 얻긴 힘들다. 퀘스트 클리어나 룰렛을 돌려 나오는 수명이야 바로 개인 스탯 수명에 귀속되니까 애초에 불리는 일이 불가능하고.

그래서 결론이 뭐냐고? 음하하하, 내 운빨을 따라올 놈이 결코 없을 거라는 얘기지.

첫 번째 문제를 해결하니 두 번째 문제가 달려든다.

두 번째 문제는 바로 오버 테크다.

수력 발전을 시도하는 모리 쓰나히로를 비웃은 기억이 있다.

근데 내가 지금 하는 짓이 그 모리 쓰나히로랑 똑같다.

일견 외견상으론 그렇단 얘기다.

매치락 머스킷에서 휠락 머스킷까지는 어찌어찌해서 개발에 성공했다 쳐도 플린트락을 건너뛰는 건 확실히 무리수다.

이런 기술 공학적인 부분은 차근차근 테크트리를 밟아야 한다. 그 과정에서 장인과 기술자가 노하우를 쌓을 시간을 줘야 한다. 근데 내가 그 시간을 빼앗아 버린 거다.

화포와 유탄도 매한가지다.

깡통으로 쏘는 함포를 제조하던 카시니에게 주퇴복좌기가 있는 야포를 만들라고 하는 건 다시 생각해도 심한 처사다.

유탄도 비슷하고.

비격진천뢰를 수류탄으로 개조하란 얘기니까.

그런 무리수는 또 있다.

이제 육종학이 뭔지 개념만 잡은 농업 사업부에 슈퍼 벼에 관해 연구하란 소리는 화기 사업부에 한 짓보다 더한 처사다.

물론, 나도 변명거린 있다.

우선 왜국에 혐한 성향이 있는 플레이어 하나를 포함해 최소 셋에서 넷 혹은 다섯 명의 플레이어가 있다는 가정하에 차근차근 테크트리를 밟다간 내가 먼저 밟힐 가능성이 크다.

슈퍼 벼도 이유가 있다.

지금으로부터 몇 년 후엔 경신대기근, 다시 그로부터 몇십 년 후엔 을병대기근이 조선을 강타해 수백만을 아사시킨다.

구황작물로 커버하기엔 한계가 있단 뜻이다.

또, 구황작물에 지나치게 의존하다가 감자 역병이라도 도는 날엔 소빙하기가 아니라 감자가 흉년이어서 대기근이 생긴다. 그럴 바에야 아예 지금부터 슈퍼 벼를 연구하는 편이 낫다.

당장 가용한 전 자원을 슈퍼 벼 혹은 슈퍼 작물 연구에 투자해 경신대기근이 닥치기 전에 뚜렷한 결과물을 내놓는 거다. 그러면 지금처럼 발바닥에 땀나게 뛰어다닐 일도 없을 테지.

무엇보다 난 맨땅에 헤딩하라고는 하지 않았다.

지금 시대의 사람이 읽어도 충분히 이해할 수 있는 단어와 논리로 만든 일종의 레퍼런스를 제공해 연구를 돕고 있다.

그런데도 불안감은 가시지 않는다. 내가 정말 지금 시대엔 불가능한 오버 테크를 시도하는 걸까?

이게 바로 날 괴롭히는 두 번째 문제의 핵심이다.

한참 그런 생각에 빠져 고민하는데.

"핫핫핫, 전하, 이것 좀 보십시오!"

눈치 없는 왕두석이 떠들며 들어와 죽은 사슴을 내려놓았다.

새끼라고 하기엔 크고 성체라 보기엔 좀 작은 놈이다.

사냥에 성공한 바이킹처럼 우쭐대던 왕두석이 물었다.

"소관이 화살 한 방으로 대가리 가운데를 쏴서 잡은 놈인데, 오늘은 별미로 이놈을 요리해 드시겠사옵니까?"

"그렇게 해라."

"앉아 계시면 곧 맛깔나게 구워 드리겠사옵니다."

곧 왕두석 패거리가 사슴을 요리한다고 요란법석을 떨었다.

쌍둥이가 죽은 사슴을 기둥에 거꾸로 매달아 피를 빼는 동안.

연쇄 살인마처럼 번득이는 눈으로 사냥칼을 쓱쓱 갈아 손에 쥔 홍귀남은 거꾸로 매단 사슴을 전체적으로 살펴보았다.

무슨 성형외과 의사가 얼굴 견적 내는 거 같네.

오, 견적이 나온 모양이군.

홍귀남은 곧 유려한 솜씨로 사슴 가죽을 단숨에 벗겼다.

칼질을 최소화해 가죽을 벗기는 모습이 거의 해체 쇼다.

옆에서 참견하던 왕두석도 결국 탄성을 터트렸다.

"이야, 역시 착호군 갑사라 그런지 다르긴 다르네."

쌍둥이 하나가 놀라 다가왔다.

"홍 선전관이 착호군 갑사였습니까?"

"아, 너흰 몰랐나? 홍귀남이가 선전관 된 이야기가 참 파란만장하지. 아마 그 썰 다 풀려면 하루론 택도 없을 거다."

"에이, 그만 재고 얼른 말해 주십쇼."

다른 쌍둥이도 옆에 달라붙어 졸라 댔다.

"왕 선전관님이 그러니까 괜히 더 궁금해지잖습니까."

팔짱을 낀 왕두석이 낄낄거렸다.

"나중에 술 산다고 약속하면 가르쳐 주지."

"한 잔이 문젭니까? 두 잔, 석 잔이라도 사죠."

"이거 홍귀남이 덕분에 공짜 술을 다 마시게 생겼네."

세 놈이 떠드는 동안에도 홍귀남은 열심히 작업했다.

곧 튼실한 살덩이가 떨어져 나와 쟁반에 차곡차곡 쌓였다.

쌍둥이 이명수는 요리에 일가견이 있는 모양이다.

육즙이 흐르는 사슴 허벅지 살에 소금을 툭툭 뿌리더니 언제 구해 왔는지 매운 향이 나는 풀까지 즙을 내 치덕치덕 발랐다.

밑간을 마치면 쌍둥이 이승수가 소매를 걷어붙이고 나섰다. 밑간한 고기를 꼬챙이에 척 꿰어 약한 불로 서서히 익혀 갔다.

잠시 후, 이승수가 다 구운 사슴 고기를 건네며 머리를 긁적였다.

"입맛에 맞으실지 모르겠사옵니다."

난 고기를 받아 한입 먹어 보았다.

"맛있네. 노린내도 안 나고 살도 부드러워."

"황, 황송하옵니다."

"쌍둥이는 밖에서 요리해 본 경험이 많아?"

"먹을 양식이 없을 땐 밖에 나가 작은 짐승이라도 잡아 배를 채웠지요. 그러다 보니 자연히 질기고 냄새나는 고기를 어떻게 하면 맛있게 먹을 수 있을지 궁리하게 되었사옵니다. 오늘 드린 고기는 그때 배운 방법으로 요리한 것이지요."

어느새 입에 사슴 고기를 왕창 밀어 넣은 왕두석도 감탄했다.

"이야, 쌍둥이 너넨 선전관 할 게 아니라, 객주 같은 거나 차려서 손님에게 고기 구워 주며 돈을 벌어야 하는 거 아니냐?"

홍귀남도 칭찬을 아끼지 않았다.

"동감이야. 착호군에서도 이런 고긴 먹어 본 적이 별로 없어."

"헤헤헤."

거듭된 칭찬에 쌍둥이의 입이 헤벌쭉 벌어졌다.

난 다 먹고 남은 뼈를 모닥불에 던지며 물었다.

"맛있네. 좀 더 있나?"

바로 이명수가 접시에 담아 둔 고기를 공손히 내밀었다.

"그러실 줄 알고 전하의 고기는 따로 빼놨사옵니다."

"그래, 고맙다."

난 두 번째 고기를 뜯으면서 생각했다.

다들 재주가 한 가지는 있네.

왕두석이는 저래 보여도 언어에 대한 재주가 뛰어나지.

내가 지나가며 한 말을 기억해 써먹는 걸 보면 분명해.

더욱이 대부분 영어나 현대 용어인데도.

홍귀남은 저번에 보니 서예에 대한 조예가 제법 있었다.

화포와 유탄 책을 쓸 때 팔이 너무 아파 대필시켰다.

근데 왕두석과 쌍둥이는 개발새발 써서 사람을 빡치게 만든 반면에 홍귀남은 한석봉에 빙의한 사람처럼 정자체로 써 냈다.

그리고 오늘은 쌍둥이의 요리 솜씨에 감탄했다.

다들 본업 외에도 특별한 재주 하나씩은 있는 거다.

그래, 우리가 다른 건 몰라도 재주 하난 뛰어나지.

21세기에 남부럽지 않게 살게 된 것도 그 덕이고.

그래서 결론이 뭐냐고? 뭐 뻔한 거 아니겠어.

우리가 가진 저력을 한 번 더 믿어 보자는 얘기지.

좀 더 정확하게 말하면 우리가 가진 재주를 믿어 보잔 거다.

거기에 스킬이 있는 내가 도와주면 뭔가 나오지 않겠어?

이거 돌아가는 대로 오랜만에 각 잡고 공부 좀 해야겠는데.

94장. 각자 사정이 있었겠지.

강원도에 입성해 가장 먼저 만난 인물은 강대산이다.

그는 전에 받은 지시에 따라 물밑에서 바쁘게 움직였다.

내가 말에서 편하게 내리게 손을 잡아 준 강대산이 물었다.

"오는 데 고생은 안 하셨사옵니까?"

난 땅을 딛고 나서 허벅지 쪽을 가리키며 윙크했다.

"오랜만에 말 탄다고 허벅지 양쪽이 다 아작났지."

"참아 보시옵소서. 그러다 보면 언젠가는 허벅지에 굳은살
이 박여 편해질 것이옵니다."

그러면서 강대산이 두툼한 허벅지 근육을 자랑하듯 내보
였다. 왠지 심통이 나서 바로 화제를 돌렸다.

"농지는 얼마나 확보했어?"

강대산도 눈치가 9단이라 더 말 않고 지도부터 꺼냈다.

"여기와 여기, 그리고 여기 밭을 사들였사옵니다."

"흠, 좀 적은데."

강대산의 눈빛이 번득였다.

"그럼 소장의 계획대로 하시겠사옵니까?"

"강원도 지주를 조져서 그들이 가진 땅을 빼앗자고?"

"그렇사옵니다."

"여기서 지주를 조지면 그 소문이 금방 삼남에 돌 거야."

"상관없지 않사옵니까?"

"아니, 지금은 국내에 적을 더 만들면 안 되는 시기야."

"흠, 알겠사옵니다."

"일단, 확보한 농지부터 둘러보자고."

"이쪽으로."

강대산은 우리를 꽤 넓은 농지로 데려갔다.

"저기 밤나무 밑에서부터 이쪽 개울 앞까지이옵니다."

난 바로 감식안을 발동했다. 오면서 확인한 대로 감식안은
땅의 가치도 측정한다. 이런 농지의 가치는 역시 옥토인가,
아닌가로 판가름 나겠지.

결과는? 꽝이다.

원래 땅 자체가 안 좋은 건지, 아니면 지력을 너무 많이 소
비해 그런 건진 알 수 없다.

다만, 확실한 건 작물을 키우기엔 적합하지 않단 거다.

함께 온 멀대 과장도 같은 의견이다.

옆에 주저앉아 흙을 만져 보더니 고개를 절레절레 젓는다.

"흐음, 이런 토질은 작물보단 과수를 키우기에 적당하옵니다."

"그렇군. 다른 데로 가지."

그렇게 며칠 동안, 농지 대여섯 군데를 도는 강행군을 펼쳤다.

그리고 결과는 다 꽝이다.

여기서 꽝은 감자를 아예 못 키울 정도로 나쁘단 뜻은 아니다.

내가 원하는 수준의 비옥함이 아니라는 거지.

김석주가 가져온 구황작물의 양이 엄청 많진 않다.

내년에 심을 종자를 만드는 덴 충분할지 몰라도 올해 식량으로 보급하기에는 부족하다. EX로 뻥튀기하듯 수확량을 폭발시킬 농지가 필요하단 얘기다.

말 그대로 젖과 꿀이 뚝뚝 흐르는 땅이.

둘러보는 족족 이러니 답답해 미칠 노릇이다.

거기다 감식안을 유지하느라 눈도 점점 시렸고.

그렇게 별 소득 없이 강릉으로 가는 중에.

"어, 저긴 뭐야?"

강대산이 바로 부하를 불러 물었다.

"전하께서 지목하신 데를 아느냐?"

부하가 지도를 확인하고 대답했다.

"아마 화전일 겁니다. 이 근처에 화전민이 꽤 많이 사니까요."

강대산이 고개를 돌려 날 보았다.

"그렇다는군요."

"가 보자."

"예."

말의 방향을 돌려 해발 500미터쯤 되는 산속으로 들어갔다.

경사와 평지, 경사와 평지가 반복되는 이상한 산이다.

화전민이 그 평지에 있던 나무를 다 태우고 밭을 일궈 놓았다.

길에서 망을 보던 아이들이 우릴 보고 쥐 떼처럼 달아난다.

낯선 사내 수십 명이 말을 타고 달려와 놀란 모양이다.

아마 집에 가서 부모나 조부모에게 알리겠지.

그럼 그들은 간단한 짐만 챙겨 더 깊은 산으로 도망칠 테고.

난 개의치 않고 감식안을 더 집중했다.

감식안 가치 레벨을 5로 올려 둔 덕에 아주 선명하게 보였다.

감식안 스킬은 가치가 높으면 흰색에 가까워진다.

근데 이곳은 흰색을 넘어 아예 별처럼 빛났다.

"이 근방에 화전이 많다고 했지?"

"예, 고개를 넘을 때마다 화전이 보일 정도지요."

"해가 지기 전에 다 둘러보자면 바쁘겠어."

"둘러보는 건 저희에게 맡기시고 전하께선 좀 쉬시지요."

"아니야, 내가 직접 봐야 알아."

"저 멀대 과장이 경험 면에선 더 낫지 않겠사옵니까?"

"날 생각해 주는 건 고마운데 지금은 퍼질러져 쉴 때가 아니야."

우린 홍천의 감물악, 금물산 두 지역을 열심히 돌았다.

이름에서 알 수 있듯 둘 다 산이 대부분이다. 화전민이 아니고선 농사지을 엄두가 안 날 만큼 지형이 험하다.

다 둘러본 결과는? 777 잭팟이다.

20여 군데를 빠르게 돌아본 결과, 10곳 이상이 1등급 옥토다.

멀대 과장도 내 의견에 백만 번쯤 동의했다.

여기가 이렇게 된 이유를 대충 추측해 볼 순 있다.

화전은 풀과 나무를 태운 재를 비료로 쓰는 농법이다.

지형이 험한 곳에선 물과 비료를 대지 못해 생겨난 방법이지.

문제는 이렇게 하면 처음 몇 년은 농작물이 잘 자라지만 지력을 다 끌어다 쓰는 순간, 쓸모없는 땅이 된다는 데 있다.

화전민이 유랑하는 이유기도 하고.

다만, 이곳은 그런 범주에서 벗어난 특이점에 가깝다.

아무리 풀과 나무의 재가 좋은 비료라지만 여긴 좀 다르다.

마치 농사 신의 버프를 중첩해서 받은 지역 같다.

뭔가 고생대에 이 지역에 큰일이 있었지 않을까 싶은데 이건 내 추측이고 진짜 무슨 일이 있었는진 하늘만이 아실 테지.

아무튼. 구황작물을 심는 데 이보다 좋은 땅은 없다.

원래 구황작물은 생육 환경이 나빠도 잘 자란단 장점만 보고 심는 건데 거기에 이런 옥토를 끼얹으면 뭐 금상첨화겠지.

그럼 바로 심으면 되냐고? 그건 또 아니다.

상가 권리금처럼 화전민에게도 나름의 권리가 있다.

아무리 그들이 국법을 몇 가지 어겼다 해도 개간한 공을 무시하고 내몰아 생목숨 수천을 굶겨 죽일 순 없는 노릇이다.

"용호군을 동원해서 화전 마을의 촌장을 전부 데려와."

"바로 대령하겠사옵니다."

"데려오라고 했지, 잡아 오라고는 하지 않았어."

"소장도 그 정도 분별은 있사옵니다."

"어쭈, 반항하는 거야?"

"허허허."

"뭐야, 인정하는 거야?"

"소, 소장은 또 농담하시는 줄 알고……."

"맞아, 농담이야."

"아, 예."

"방금 속으로 그럴 줄 알았어, 인마라고 했지?"

"……."

"좋아, 내일 해 저물기 전까진 그들을 만나야겠어."

"대령하겠사옵니다."

다음 날. 용호군이 그 일대를 샅샅이 뒤져 촌장 여덟 명을
데려왔다.

정처 없이 떠도는 유랑민이라도 나름의 질서는 있는 법.

화전민도 그들이 존경하고 따르는 촌장이 있다.

용호군이 데려온 노인네들이 바로 그런 이들이고.

난 겁을 잔뜩 먹은 그들을 살살 달랬다.

"내가 누군지 들었을 테지?"

"……."

촌장들은 대역죄인이라도 된 양 머리를 조아렸다.

"아마 깜짝 놀랐을 거야. 그 점은 미안하게 생각해. 하지만

이렇게 안 하면 너희를 일일이 찾아가서 만나야 하는데 그러다가는 시기를 놓쳐서 산통이 깨진다고. 우선 이거 하난 약속하지. 과인은 너희를 절대 해코지하려고 부른 게 아니야."

그 말을 듣고 나서야 촌장들의 얼굴에서 긴장이 약간 가신다.

물론, 다 가시려면 아직 멀었고.

"좋아. 다들 어느 정도 이해한 거 같으니 본론으로 넘어가지. 너희를 급하게 부른 이유는 이 일대 화전민을 우리 서유럽회사 농업 사업부에서 임시 직원으로 고용하고 싶어서야."

"……."

"아, 그렇다고 오해는 하지 마. 녹봉은 간신히 먹고살 정도로만 줄 거니까."

이 일대 화전민 수만 해도 수천 명이 넘을 텐데 그들을 다 먹여 살리려면 본사 건물을 몇 개 팔아도 모자랄 거다.

"대신, 작물 종자를 우리가 대고 수확량의 1할을 너희에게 무상으로 나눠 줄 거야. 나머지 9할은 우리 농업 사업부에서 수거해 갈 거고. 1할이면 너무 적은 거처럼 보이지? 아마 가을이 되면 그 1할이 어마어마하단 걸 깨닫게 될 거야."

"……."

"여기까지 이해했어?"

"예, 전하."

"원래대로라면 너흴 쫓아내고 너네가 일군 화전을 우리가 강제로 차지해도 상관없어. 한데 과인이 이렇게까지 하는 건 너희가 원해서 산으로 들어간 게 아니란 걸 알기 때문이지."

평안을 등지고 자처해서 화전민이 되려는 이는 없다.

현대의 자연인들도 어떠한 계기로 속세를 떠났듯이 이들 또한 각자의 사정이 있을 터.

"너희 과거는 신경 쓰지 않겠다. 그리고 사람을 죽인 것만 아니면 지난 죄도 다 용서해 주지."

그 말에 촌장 몇이 아이처럼 울음을 터트렸다.

"바보같이 행동해서 이번 기회를 놓치는 실수를 범하지만 마. 이번 가을에 수확량이 내 예상대로 나와 어느 정도 수익이 생기면 그땐 회사가 너흴 정식 직원으로 채용할 거야. 그럼 형편이 좀 펴서 더는 유랑하며 고생할 필요도 없겠지."

이번엔 울지 않고 있던 다른 촌장들도 울음을 터트렸다.

난 그 모습을 씁쓸하게 바라보다가 손짓했다.

곧 용호군이 촌장들을 데리고 나갔다.

일을 마무리 짓고 나서 강릉으로 서둘러 떠났다.

마침 일이 되려고 그랬는지 조운선 세 척이 막 입항을 마쳤다.

가장 먼저 내린 방귀웅이 보고부터 하였다.

"오는 동안, 물건은 전혀 상하지 않았사옵니다."

"알고 있어."

"몇몇은 전하께서 도술을 부린 거로 생각하옵니다."

"도술? 그럼 내가 도사란 거야?"

"솔직히 말하면 소인도 그렇게 생각하옵니다."

"그냥 우리가 운이 엄청나게 좋은 거야. 그렇게만 알고 있어."

"예, 전하……."

난 하역 작업이 이루어지는 부두에 나가 물건을 확인했다.

감자, 고구마, 옥수수, 순무 등이 궤짝마다 그득하다.

이 정도 양이면 이번 식량 위기에 땜질 정도는 가능하겠군.

물론, 아사자가 나오는 걸 완전히 막을 순 없겠지만.

물건을 확인하고 옆 공터로 이동했다.

그곳에는 수레와 지게가 가득하다.

여기서부터 밭이 있는 홍천까지는 먼 길이다.

더구나 강원도도 이젠 꽤 덥다.

조운선에 버프를 건 거처럼 여기도 버프가 필요하다.

바로 문익점의 목화씨 버프를 발동했다.

지금부턴 배가 아니라 수레와 지게가 천연 냉장고다.

하역을 다 마치고 나선 용호군이 고용한 인부가 물건을 옮겼다. 길이 좋지 않아 수레가 갈 수 있는 데까진 수레로 어떻게든 이동하고 가지 못하는 데는 지게에 옮겨 실어 이동했다.

그럼 수레는 버리고 가냐고?

길이 좋아지면 또 써야 하는데 그럴 순 없지.

수레를 분해해 지게에 싣고 이동한 다음 다시 조립해 사용했다. 웬 개고생이냐 싶겠지만 이게 현실인 걸 어떡하겠어.

목마른 놈이 우물을 파야지.

워낙 고된 일이라, 금군도 일을 도왔다. 중반쯤에는 선전관 네 명도 투입되었고.

목적지까지 하루 남았을 무렵. 모두 지친 기색이 역력할 때.

난 자청해서 지게 하나를 짊어졌다.

다들 기함해서 달려와 날 극구 말렸다.

물론, 난 고집 센 놈이라 들어먹지 않았고.

일부러 바벨과 덤벨까지 만들어 헬스하는데 이거야 우습지.

안 우스웠다. 지게 줄이 어깨 살점을 파고들 때마다 옛 생각이 떠올랐다. 바로 군에서 처음 행군해 볼 때였다.

그땐 구형 군장의 무게보다 줄이 어깨를 파고들어 고생했다.

그래도 헬스와 조깅을 꾸준히 한 덕은 보았다.

아, 마르지 않는 샘 효과도 빼먹으면 섭하지.

누구보다 많은 짐을 누구보다 빨리 목적지까지 옮겼다.

아무튼 내가 직접 지게까지 지니 사기가 치솟았다.

아마 조선 역사에 나 같은 미친 임금은 없었을 테지.

앞으로도 없을 테고.

치솟은 사기 덕에 물건은 무사히 목적지에 도착했다.

이젠 멀대 과장과 그의 직원들이 나설 차례다.

농사 쪽의 초고수인 그들은 역시 달랐다. 내가 준 각종 작물의 재배 방법을 읽어 보고 바로 감을 잡았다.

그사이 난 종자를 한곳에 모아 놓고 버프를 걸었다.

동명성모의 낟알! (SSS)

종자에 버프를 걸어 심으면 척박한 험지에서도 풍년을 기대하게 해 줍니다.

※SSS급 특성에 따라 종자를 심는 순간 자동으로 버프 발동

버프 기준: 반경 1미터

광역 범위: 반경 10미터

지속 시간: 150일

동명성모는 유화 부인으로 알려졌는데 바로 주몽의 어머니다.

주몽이 부여에서 쫓겨날 때 곡식의 종자를 몰래 보내 준 일로 지금도 북방 지역에서는 농사의 신으로 숭배된다고 한다.

SSS급답게 150일짜리 버프에 수명이 1,000일이 소요되지만, 수명 로또가 터진 이후라서 그렇게 큰 부담은 되지 않는다.

종자의 양이 워낙 많아 동명성모의 낟알 버프를 다섯 번 펼쳐 김석주가 왜국에서 가져온 종자에 버프를 걸어 두었다.

그래도 아직 모자라긴 하지만 광역 범위가 10미터라서 어지간한 종자는 전부 동명성모의 낟알 버프를 받을 수 있다.

재배 방법을 읽고 바로 감을 잡은 멀대 과장과 그의 직원들이 화전민을 지휘해 내가 지목한 화전에 종자를 심었다.

그리고 근처 고을에서 지게로 실어 온 거름도 골고루 뿌렸다.

마침 하늘이 도와주려고 했는지 비까지 내렸다.

여기까지만 해도 올해 대풍은 틀림없다.

물론, 난 그 이상을 바라서 버프까지 쓰는 거고.

들인 품을 생각하면 대풍 정도론 만족 못 한다.

대대대풍 정돈 들어야 가성비가 맞다.

종자들아, 부탁한다!

멀대 과장과 그의 직원들을 화전에 남겨 두고 환궁을 서둘렀다.

올 땐 원더를 찾아볼 생각으로 금강산과 설악산 일대를 유람할 계획이었는데 시일이 생각보다 늦어져 다른 도리가 없다.

고생해서 도성으로 돌아오니 이미 소문이 파다하다.

내가 몰래 궐을 나가 강원도에 갔었단 소문이다.

그 바람에 여독을 풀기도 전에 무서운 손님의 방문을 받았다.

"마마, 좌참찬 송시열 대감이 급히 뵙길 청하옵니다."

"들여보내시오."

곧 송시열이 담담한 표정으로 들어와 인사하고 자리에 앉았다.

하, 간만에 독대하려니까 저번에 처맞은 명치가 또 아파지는군.

오늘은 또 어딜 때리려고 행차하셨나.

명치는 또 맞으면 좀 그러니까 다른 데를 때려 줬으면 좋겠는데.

청나라 강남 복건성에 도착해 닷새가 지났을 무렵.

김석주 일행은 경계무와 약속을 잡는 데 성공했다.

뇌물로 시계 두 개와 보라매 한 자루를 바쳐 잡은 약속이다.

뇌물이 없었으면 아마 코빼기도 보기 힘들었을 테지.

김석주는 약속일에 조온잠, 일양과 정남왕의 왕부를 찾았다.

왕부는 벽면을 금은으로 도배한 덕에 눈이 다 시릴 정도다.

곧 환관이 나와 그들을 경계무가 있는 거대한 전각으로 안

내했다.

경계무의 인적 사항은 당연히 미리 파악해 두었다.

경계무는 경중명의 아들이다. 그럼 경중명은 누구냐고?

원래는 요동 최전선에서 복무하던 명나라 장수다.

조선에서는 강도질로 유명한 개차반 모문룡의 부하였고.

그러던 중에 모문룡이 죽자 불만을 품고 청나라에 항복했다.

청은 당시 명 출신 항장을 박대하지 않고 중히 썼다.

그 덕에 경중명도 대 남명 전선에서 크게 활약했고.

결국에는 청 황제에게 정남왕 작위까지 받았다.

경중명이 광주를 점령하러 가던 중에 사망하며 그 아들인 경계무가 작위를 세습 받고 복건으로 옮겨 와 왕부를 열었다.

즉, 경계무가 바로 현 정남왕인 거다.

직접 만나 본 경계무는 실망스러웠다.

살이 엄청나게 쪄 옥좌와 혼연일체가 된 지 오래다.

거기다 욕심은 어찌나 많은지 하는 말마다 밉상이다.

"과인이 너희 같은 상인을 직접 만난 대가는 그리 싸지 않다."

김석주가 비굴한 표정으로 열심히 비위를 맞추었다.

"헤헤, 그건 소인도 잘 알고 있습니다."

"그래서 뭘 줄 수 있는고?"

"시계를 더 진상하는 방안은 어떻습니까?"

경계무의 늘어진 볼살이 파도처럼 출렁였다.

"생긴 거와는 다르게 예의를 좀 아는 놈이구나."

"소인이 생긴 게 좀 고약하긴 하지요. 어렸을 땐 더 고약해 부모님이 서로 당신 닮았다고 싸우기까지 했지요."

"하하, 그럴 만도 하지."

"그래서 드리는 말씀인데 복건의 양식을 좀 사 갈 수 있겠……."

"어허, 과인은 그런 자질구레한 일엔 관심 없다."

김석주가 입속의 혀처럼 굴며 갖은 아양을 떨어도 무소용이다. 시계 하나와 보라매 하나만 더 빼앗겼을 따름이다.

그 대가로 별 의미도 없는 검토해 본단 대답만 들었고.

실망한 일행이 왕부를 나와 복건 번화가를 터벅터벅 걷는데.

일양이 왕부 쪽을 힐끗 보고 불호를 외웠다.

"정남왕이 저리 나오니 여긴 틀린 것 같소."

"정남왕은 상관없어, 육시랄."

김석주의 퉁명스러운 대답에 놀란 조온잠이 물었다.

"그럼 복건은 애초에 계획에 들어 있지 않았단 겁니까?"

"복건은 계획에 들어 있지. 다만……."

일양이 재촉했다.

"다만 뭐요?"

"우리가 찾아가기도 전에 저쪽에서 먼저 우릴 찾았군."

그 말이 끝나기도 전이다.

훤칠한 한족 청년 하나가 그들 쪽으로 곧장 걸어왔다.

혼자는 아니다.

범상치 않은 사내 10여 명이 청년을 그림자처럼 따른다.

청년은 말과 행동에서 여유가 넘쳤다. 옥 부채를 접어 허리춤에 꽂고 나서 한족 예를 취하며 물었다.

"왕부에서 오는 길이오?"

김석주는 오히려 경계무를 만날 때보다 더 정중하게 인사했다.

"정남왕부의 세자저하시지요?"

"이런! 놀라게 해 주려고 했는데 보기 좋게 실패했네."

"타지에 장사하러 온 놈이 현지를 다스리는 귀한 분의 얼굴을 알아보지 못하면 그건 상인 될 자격이 없는 놈일 테지요."

"하하, 말솜씨도 눈썰미만큼이나 매섭구나. 오랜만에 흥미가 가는 이를 만난 기념으로 내 별장에 초대하려는데 어떤가?"

"초대해 주신다면 바짓가랑이를 붙잡아서라도 가야지요."

일행은 복건 바다가 보이는 별장에 초대되었다.

물론, 흔히 생각하는 그런 별장은 아니다.

규모가 워낙 커 왕의 행궁에 가깝다.

행궁의 건축 양식과 정원, 치장에 쓴 장식 다 처음 보는 거다.

덕분에 구경하는 맛이 쏠쏠했다.

식사도 당연히 뛰어났다. 복건 이인자가 먹는 밥상인데 평범할 리 없다. 생전 처음 보는 재료로 만든 진귀한 음식이 끝없이 나온다.

식사의 대미는 차가 장식했다.

예전부터 복건은 차 재배가 성행한 지방이다.

일행은 백차, 녹차, 황차, 홍차를 다양하게 맛보며 음미했다.

김석주 등이 연신 차 맛에 감탄하니 세자도 흥이 돈 모양이다.

"손님들께 내가 아끼는 차를 대접해 드려라."

곧 사내의 눈을 번쩍 뜨이게 만드는 강남 미녀들이 줄줄이 들어와 새 찻잔에 시커먼 물을 따라 주었다.

세자가 웃으면서 권했다.

"마셔 보고 맛이 어떤지 감상을 말해 주게."

일양과 조온잠은 검은 차를 마시고 멈칫했다.

차가 생각보다 너무 썼다.

그들이 가진 상식에선 이건 차가 아니다.

쓰기만 한 구정물에 가깝다.

다만, 세자 앞에서는 그런 티를 낼 순 없다.

세자가 직접 자기가 아끼는 차라고 하지 않던가.

세자의 기분을 생각해 나오지 않는 미소를 억지로 짜냈다.

근데 김석주는 달랐다.

한 모금 마시고 나서 고개를 저었다.

"이건 이대로 마시기가 힘든 차군요."

세자가 상체를 당겼다.

"역시 그댄 거침이 없군. 맞네. 이건 커피란 서역의 차인데 익숙해지기 전까지는 단 거를 넣어 마셔야 좀 마실 만해지지."

이어 세자가 손가락을 까닥거리니.

미녀들이 다시 들어와 설탕이 든 종지를 놓고 나갔다.

"대만의 사탕수수로 만든 설탕이네. 넣어서 다시 마셔 보게."

과연 시킨 대로 하니 맛이 달라진다.

커피 특유의 진한 향이 코와 입을 매섭게 자극한다.

김석주가 감탄하며 잔을 내려놓았다.

"정말 훌륭합니다. 실례가 안 된다면 약간이라도 얻어 갈 수 있겠습니까? 소인의 주인께도 이 맛을 알려 드리고 싶어서요."

"작년에 대만에서 달아난 홍모귀 놈들이 버리고 간 커피를 꽤 많이 입수했지. 돌아갈 때, 대여섯 자루쯤 챙겨 주겠네."

"정말 감사합니다."

"이제 일 얘기를 해 볼까 하는데 어떤가?"

"그 전에 소인의 주인이 세자 저하께 보낸 서찰이 한 통 있는데 읽어 보시겠습니까? 꼭 본인에게 전하란 명을 받았습니다."

"오, 그쪽 주인이 내게 서찰을? 줘 보게."

김석주는 품속 깊은 곳에서 서찰을 꺼내 건넸고. 세자는 경정충이란 이름이 적힌 겉봉을 찢고 서찰을 읽었다.

김석주는 담담한 표정으로 경정충의 표정을 살폈다.

근데 표정에 별 변화가 없어 심기를 살피기 어려웠다.

그 순간, 김석주는 경정충이 만만치 않은 자임을 직감했다.

초조하게 10여 분을 기다렸을 즈음.

경정충은 서찰을 옆에 있는 등잔불에 태워 없앴다.

"어쩌면 그대의 주인이란 자와 좋은 친구가 될 수 있을 거 같군. 그 친구도 나처럼 제법 큰 그림을 볼 줄 아는 것 같으니까. 물론, 각자가 그린 그림에 약간 차이는 있겠지마는."

"그렇습니까?"

"선단을 불러오게. 복건은 요 몇 년 풍년이 지속되어 그대의 상단에 필요한 양식 정돈 충분히 내어 줄 수 있을 것이야."

"대금은 어떻게 받으시겠습니까?"

"은으로 주게."

김석주는 속으로 만세를 외치고 나서 급히 물었다.

"더 필요한 건 없으십니까?"

"음, 그 보라매란 총은 재고가 얼마나 있나?"

"필요하신 양만큼 있을 겁니다."

"역시 말을 재미있게 하는군. 좋아, 내가 다 사지. 대금은 초석으로 하고. 어떤가? 그쪽은 초석이 무척 필요할 것 같은데."

"그렇게 해 주시면 더 바랄 나위가 없지요."

"그 전에 한 가지 제안할 것이 있네."

"소인의 주인에게 말입니까?"

"아니, 자네에게."

"예?"

"내 밑에서 일할 생각 없나? 녹봉은 상단에 있을 때보다 두 배, 아니 세 배로 쳐주겠네. 미녀를 원한다면 중원 최고의 미녀를 구해다 줄 용의도 있고. 어떤가? 구미가 좀 당기는가?"

그 말에 조온잠과 일양이 흠칫했다.

다만, 김석주는 그저 묘한 표정만 지을 뿐이다.

"제안은 감사하나 소인은 상단에서 몸을 빼지 못하는 사정이 있어 부득불 사양해야겠습니다. 너그러이 용서해 주시지요."

"하하, 내 그럴 줄 알았지."

그 순간. 경정충이 갑자기 살벌한 눈으로 경고했다.

"돌아가서 그쪽 주인에게 내 뜻을 분명히 전하게."

"경청하겠습니다."

"이번 거래는 내 쪽에서 그쪽의 사정을 많이 봐준 거니까 일을 그르쳐 우리 사이가 나빠지게 만들지 말라고 말이야. 서로 물어뜯기에는 주위에 승냥이가 너무 많다고도 전하고."

"반드시 전하겠습니다."

짝 소리 나게 손뼉 친 경정충이 일어나 방긋 웃었다.

"그럼 본격적으로 연회를 즐겨 볼까?"

정남왕의 세자인 경정충이 직접 연 연회는 죽여줬다.

일양의 금욕계가 깨지기 직전까지 갔으니 말 다 했지.

다음 날 아침. 김석주가 전복을 넣은 죽으로 해장하며 칭찬을 아끼지 않았다.

"저하의 숙수들은 솜씨가 아주 훌륭하군요."

"그쪽 주인도 요리를 좋아하는가?"

"예, 무척 좋아하시지요."

"그럼 숙수 몇 명을 보내 주지."

"그럼 정말 큰 선물이 될 겁니다."

"선단이 도착하는 대로 보내 주지. 생사여탈도 그쪽 주인에게 맡길 테니까 마음에 안 들거든 베어 버리라고 하게, 하하."

"예, 저하."

아지트로 돌아온 김석주가 하는 얘기에 다들 환호를 터트렸다. 냉정하던 최립마저 흥분을 감추지 못했다.

"초반부터 일이 이렇게 잘 풀리는 걸 보면 이번엔 걱정 없겠소."

다들 같은 생각인지 입가에 미소가 떠나지 않았다.

얼마 후. 제물포에 대기하던 대규모 선단이 복건에 도착했다.

경정충은 자기가 한 약속을 철두철미하게 지켰다.

약속대로 은을 받고 양식을 넘겼을 뿐만 아니라, 임금이 특별히 부탁한 물건까지 꼼꼼히 챙겨 보내 주는 성의를 보였다.

물론, 지속해서 거래하잔 약속 또한 잊지 않았고.

이 모두 정남왕부의 실권이 경정충에게 있어 가능한 일이다.

다들 기뻐했지만, 오히려 김석주는 더 조심했다.

정남왕 경계무가 실권을 잃은 과정을 알아냈기 때문이다.

경계무도 몇 년 전까지는 의욕을 가지고 일을 처리했다.

근데 경정충이 화려한 궁전을 지어 바치면서 갑자기 변했다.

궁전의 화려함에 심취하여 점점 향락에 빠지기 시작한 거다.

경정충은 거기서 멈추지 않았다. 미녀와 술, 온갖 산해진미로 아버지를 아예 폐인으로 만들었다.

심보가 독한 데다, 수단마저 교활하고 악랄했다.

어쨌든 임무를 마친 김석주는 일행을 데리고 대만으로 떠났다. 복건과 대만은 양안이란 말이 있을 정도로 가깝다.

거기다 경정충의 소개장까지 있어 든든했다.

그들 앞엔 장밋빛 미래만이 있었다.

◆ ◇ ◆

나는 입을 굳게 다물고.

송시열도 좀처럼 입을 열 기미가 없다.

그런 상황에서 할 수 있는 일은 하나다.

바로 사내끼리의 진검승부!

눈싸움이다. 쫄리면 먼저 돼지시든지.

잠시 후. 아, 역시 눈싸움은 내 전공이 아니야.

"그래서 좌참찬이 과인을 급히 찾은 이유가?"

"아시지 않사옵니까?"

이런, 잘못한 일이 너무 많아 헷갈리는데.

그보다 이건 뭐 엄마가 아들 혼내는 느낌이네.

"과인이 몰래 원행을 떠난 일로 기분이 나쁜 거요?"

"말하자면 그렇지요."

계속 고자세로 나온다 이거지? 그럼 나도 방법이 다 있다고.

난 반대로 저자세로 나가는 거다.

"과인이 잘못했소. 그리고 반성하고 있소."

"어떻게 잘못하셨고 어떤 식으로 반성하고 계시옵니까?"

하, 이것도 안 통하네. 그럼 뭐 전가의 보도를 쓰는 수밖에.

납작 엎드려 싹싹 비는 거다.

"대궐을 지켜야 하는 과인이 사적인 업무로 원행을 나간
건 내 실책이오. 조정 중신을 속이려 한 일 또한 잘못한 일이
고. 앞으로는 이런 일이 일어나지 않게 좀 더 주의하겠소."

"잘못 알고 계시옵니다."

"과인이 잘못 알고 있다고?"

"그렇사옵니다."

"좌참찬의 고견을 들어 보겠소."

"전하께선 두 가지 잘못을 저지르셨사옵니다. 하난 얼마
전에 세상을 경동케 한 역모가 있었음에도 어찌 금군 몇 명만
데리고 원행을 나가신 것이옵니까? 혹 역적의 잔당이 숨어

있다가 어가 행렬을 기습했으면 전하께서 과연 무사하셨겠습니까? 이는 전하의 옥체를 위험에 처하게 했을 뿐만 아니라, 이 나라 종묘사직의 기반을 위태롭게 하는 짓이옵니다."

뭐지? 지금 송시열이 날 걱정해 주는 건가?

"흠, 그렇군. 그럼 두 번째는 뭐요?"

"전하께선 마땅히 체통을 지키셔야 할 줄 아옵니다."

"체통?"

"전하께서 싫증 내시는 유학의 예법에 대해 말씀드리고자 하는 게 아닙니다. 전하께선 거추장스러울지 몰라도 전하의 체통은 국가의 체면, 즉 국체와 한 몸이나 같사옵니다. 한데 전하께서 본인의 체통을 거름통에 내팽개치신다면 우리 조선의 국체 또한 그와 다를 바가 없지 않겠사옵니까?"

"도대체 무슨 말을 하고 싶은 거요?"

"시정을 살피기 위해 변복하고 도성을 돌아보는 일을 가지고 조정의 누가 뭐라 하겠사옵니까. 다만, 이번 원행처럼 장기간 외유를 떠나면서 어찌 주변 관아엔 알리지 않고 몰래 움직이신 것이옵니까? 이는 일국을 다스리는 군왕이 할 법한 행동이 아니라, 산적이나 도적 떼가 하는 짓과 같습니다."

이게 왜 문제가 되는 거지? 난 이해가 가지 않아 물었다.

"과인은 그저 불편을 끼치기 싫어 그러한 것인데 그게 어찌 산적이나 도적 떼의 행동과 같다고 비난받아야 하는 거요?"

"전하께서 어디에 계신지 조정에 아는 이가 아무도 없어 생기는 혼란과 불안에 대해 고려해 보신 적이 전혀 없으십니까?"

아, 몰래 원행을 떠나서가 아니었네.

내가 어디에 있다고 알려 주지 않은 게 실수란 소리야.

몰래 다니면 오히려 암살 위협에서 안전할 거로 믿었는데 그 바람에 내 위치를 파악 못 한 조정에 혼란이 생긴 거로군.

변명할 말도 없는 완벽한 내 실책이다.

뭐 이번에도 내 깨끗한 패배로 끝나겠네.

그래도 송시열처럼 따끔하게 한 소리 하는 사람도 필요하지.

명치를 너무 받아 그로기 상태이긴 하지만.

"좌참찬의 고언이 모두 맞소. 경이 말해 주기 전까지는 과인도 미처 고려하지 못한 일이오. 앞으론 좀 더 조심하겠소."

훈계를 마친 송시열이 일어났다.

"알아들으셨다니 신은 이제 가 보겠사옵니다. 원행에 옥체가 많이 지치셨을 겁니다. 이만 대조전으로 건너가 쉬시지요."

"잠깐!"

"따로 분부할 일이 있으시옵니까?"

분부라기보단 거래에 가깝겠지만 어쨌든 송시열을 이대로 보내긴 뭔가 아쉬운 마음이 들어 불쑥 물었다.

"과인과 내기를 하나 하지 않겠소?"

그 말에 송시열이 날 미친놈처럼 쳐다보았다.

난 진짜 미친놈이니까 부끄럽진 않다.

경계심 많은 물고기를 낚기 위해선 루어 선택이 중요하지.

어떤 루어가 좋을까? 그래, 이번엔 그 루어를 써 보자.

"경은 과인이 원행을 떠난 이유가 궁금하지 않소?"

"서유럽회사 일로 가셨겠지요."

"표면적으론……, 그렇소."

"그럼 진실은 다르단 의미이옵니까?"

역시 호기심 루어는 효과가 좋다.

천하의 송시열도 여지없이 달려든다.

하긴 인간에게 호기심은 가장 강력한 본능이니까.

"늘 그렇듯 표면 아래에 진실이 묻혀 있소."

"그 진실이 별 볼 일 없는 경우도 많지요."

아직은 경계의 날이 바짝 서 있군.

어쨌든 계속 루어를 흔들어 유혹해 보자고.

"과인의 이번 원행은 사익을 위해서가 아니었소."

"……."

"뭐 톡 까놓고 말하면 전혀 없다곤 못하겠지. 하지만 하늘에 맹세컨대 그게 다는 아니오. 오히려 조정을 돕고 백성을 구하기 위한 원행이었소. 그게 숨겨져 있는 진실이오."

"전하께선 신이 그 진실을 알아주길 원하시옵니까?"

루어는 충분히 흔들었다. 이제 슬슬 릴을 감자.

"경은 올해 농사의 작황을 어찌 예상하오?"

"신은 농부가 아니옵니다."

"아, 여기서 그걸 모르는 사람이 누가 있다고 그러시오. 재미없게 그만 빼고 과인의 말에 장단 좀 맞춰 주시오."

"며칠 전이었을 겁니다. 삼남에서 논에 대는 물이 예년보다 차가워 파종이 늦어진단 말을 들었사옵니다. 그 말이 사실이라면 안타깝지만, 올해는 풍년을 기대하기 힘들 테지요."

"과인이 하려는 말을 경이 정확히 대신해 주는군."

"그렇사옵니까?"

"벼농사는 날씨가 한해 작황을 결정짓소. 한데 볍씨를 뿌려야 할 시기에 물이 차가워 파종을 미룬단 말은 올해 한파가 닥칠 가능성이 크단 증거 아니겠소?"

"전하께서는 올해 한파가 일찍 닥칠 걸로 예상하시나 보옵니다."

"예상이 아니오. 이젠 거의 확신하오. 더구나 보통 한파가 아닐 거요. 아마 이 한반도 전체에 기근이 들 수준일 테지."

"그렇게까지 확신하시는 연유를 여쭈어봐도 되겠사옵니까?"

옳거니. 슬슬 입질이 오는구만.

"몇 해 전에 동해가 얼어붙은 적이 있었소."

"바다가 얼다니 기이한 일이군요……."

"놀란 건 바다가 얼어서가 아니오. 만주 위쪽으로 가면 육지와 가까운 항구 쪽의 바다가 어는 일이 그리 이상한 현상은 아니니까."

"하오시면?"

"과인이 놀란 이유는 봄에 바다가 얼었기 때문이었소."

"흐음."

"더 큰 문제는 이런 괴현상이 출현하는 빈도가 시간이 지날수록 점점 는다는 데 있소."

"그럼 강원도에 가신 연유도 그 때문이십니까?"

"기근이 들면 가난한 백성은 보릿고개까지 초목으로 버틴다고 들었소. 과인은 그런 참극을 되풀이하기 싫어 봄에 들여온 구황작물을 강원도에 심었소. 그게 바로 내가 원행을 가서 한 일이오."

"올해 들여온 구황작물을 땅에 심어 당장 올가을에 닥칠지 모르는 기근을 해결하려 하신단 말씀이옵니까?"

"그게 바로 과인이 내기를 걸고 싶어 하는 부분이오."

"어떤 내기이옵니까?"

물었다! 이제 물고기의 힘을 빼서 신중하게 낚아 올리자.

"과인은 강원도에 심은 구황작물이 이번 기근에 큰 보탬이 되리라 믿고 있소. 경은 과인의 생각에 동의 못 하는 듯하지만. 아니, 동의 안 하는 건가?"

"내기라면 판돈이 있어야겠지요. 전하께선 무얼 거시겠습니까?"

"호포제와 서유럽회사 중에 하나를 걸겠소."

"호포제를 철회하고 서유럽회사를 조정에 편입하겠단 뜻이옵니까?"

"분명히 말했잖소. 둘 중 하나만 걸겠다고."

"그럼 반대편에선 내기에 어떤 판돈을 걸었으면 하시는 겁니까?"

정말로 거의 다 왔다. 이제 뜰채로 걷어 올리기만 하면 된다.

"공신전, 서원, 향교의 면세 조항을 철회하는 방안은 어떻소?"

"전하께선 땅이 있는 곳에 세금도 있길 원하십니까?"

"바로 그렇소."

"……."

"과인과 내기하겠소?"

"조정의 녹을 먹는 신하가 되어 어찌 나라의 길흉화복을 이용해 내기할 수 있겠사옵니까? 이는 불경한 행동이옵니다."

이건 뭐야? 뜰채에 반쯤 들어왔다가 나가 버린 거야?

거기다 이러면 나만 나쁜 놈이 되고 끝나는 거잖아.

"흠, 알겠소. 내긴 없던 걸로 하지. 기억에서 지워 주시오."

"서원과 향교는 몰라도 공신전은 가능할지 모르옵니다."

"무슨 뜻이오?"

"정말 큰 기근이 닥친다면 고통받는 백성을 구휼한단 구실로 공신전의 면세 조항을 철회할 기회가 있을 거란 뜻이지요."

뭐지? 설마 나에게 정치적인 조언을 해 주는 건가?

아니면 내 뒤통수를 치기 위한 빌드업?

"기회가 오면 서인이 과인과 뜻을 같이하겠단 의미로 받아들여도 되겠소?"

"서인은 한 사람의 것이 아니옵니다."

"그래도 우암 대감이 적극적으로 나서 준다면 모르는 일이지."

"이런 일은 신 혼자 나선다고 해서 될 일이 아니라 보옵니다."

"그럼?"

"모두 전하의 실력에 달린 일일 테지요."

"흠, 과인의 실력이라……. 오늘 경 덕분에 많은 걸 배우는군."

"그럼 신은 이만 물러갈 터이니 몸조리 잘하시옵소서."

송시열이 떠나고 나서 관우정으로 이동했다.

거기서 바벨로 중량을 치며 복잡한 머릿속을 정리했다.

그래서 나온 결론이 뭐냐고?

송시열의 조언대로 우선 내 실력을 끌어올려야 한단 거다.

방법이야 여러 가지다. 우선 스킬과 버프를 미친 듯이 남발해 조정을 장악하는 방법이 있다.

흠, 이건 좀 그렇군. 수명도 무한은 아니니까.

다음으론 학문의 깊이로 압도하는 방법이 떠오른다.

세종대왕과 정조의 특기였지.

흠, 이것도 좀 그렇네. 경연을 다시 열어 '육경과 주자대전의 주석이 어떻네, 해석이 어떻네' 강의하는 건 내 스타일이 아니다. 오히려 내 쪽에서 먼저 거절하고 싶은 방법이다.

그럼 남은 방법은 두 가진데.

군권 혹은 돈빨로 찍어 누르는 거지.

일단 군권은 제외.

그건 조커 카드로 마지막까지 아껴 놓자고.

공신전 혁파한다고 벌써 피를 볼 수야 없지.

결국 남은 건 돈빨인가?

그렇다면 계획대로 당분간 서유럽회사에 집중하는 수밖에 없겠네. 돈이 나올 구멍은 현재 거기밖에 없으니까.

그럼 이제부턴 관우정이 도서관 겸 헬스클럽이 되는 건가?

실제로 그렇게 되었다. 관우정에 틀어박혀 업무와 수면에 쓰는 시간을 제외한 모든 시간을 공부와 헬스에 쏟아부었다.

마침 운도 따라 주었다.

강원도 원행으로 퀘스트를 두 개 클리어했는데.

서브 퀘스트 34

-소가 있을 때 외양간을 고쳐라!

소 잃고 외양간을 고쳐 봐야 소용없습니다. 재난도 마찬가지입니다. 재난이 닥치기 전에 예방책을 미리 세우십시오. 그게 식량 위기라면 당연히 미리 식량을 더 확보해야겠죠.

클리어 유무: 클리어

보상: 룰렛 1회 추첨권

서브 퀘스트 35

-원수에게도 배울 건 있다!

세 사람이 길을 가면 그중에 반드시 내 스승이 있다고 하던 가요? 무언가 배울 점이 있으면 상대를 가리지 말고 가르침을 청하세요. 배워서 남 주더라도 이득입니다.

클리어 유무: 클리어

보상: 룰렛 1회 추첨권

처음 퀘스트는 구황작물 얘기고.

두 번째는 아마 송시열을 가리키는 걸 테지.

송시열을 스승으로 삼으라고? 썩 마음에 드는 방법은 아니군.

둘 다 원론적인 내용뿐이라, 특별히 주목할 만한 부분은 보이지 않는다. 단, 보상 쪽으로 넘어가면 얘기가 다르지.

킵 없이 룰렛을 바로 돌렸더니 글쎄.

둘 다 스킬 레벨 포인트가 떡하니 나와 버렸다.

난 주저하지 않고 세종대왕을 경배하라 독해 스킬에 투자했다.

세종대왕을 경배하라! (SSS)

한글을 만든 세종대왕의 피가 흐르는 조선 왕실만의 특성이다.

　※스킬 첫 개방 특전으로 모든 하부 스킬이 레벨 1로 시작함.

　읽기 레벨: 3

　독해 레벨: 5(↑2)

　쓰기 레벨: 2

　그동안은 마르지 않는 샘에 신경 쓰느라 이 스킬을 등한시했다. 나에겐 이제 알파이자 오메간데 말이야.

　그새 초심을 잃었나? 암튼 지금부터라도 좀 더 신경 쓰자.

　독해를 두 개나 올린 이유야 당연히 도서관에서 빌린 책을 더 잘 이해하기 위해서고.

　3레벨 때도 원작자를 뛰어넘는 이해 능력을 지닌 나다.

　근데 그런 스킬이 5레벨이라면?

　어쩌면 세상 만물의 본질을 꿰뚫어 볼지도 모르지.

　곧바로 도서관에서 책 10여 권을 빌렸다. 총기, 화약, 야포, 농법, 육종학, 슈퍼 벼 등을 자세히 설명한 진짜 전문가용 서적이다. 전에 빌린 책에 이번에 빌린 책을 합쳐 연구하면 어떤 식으로든 성과가 나올 확률이 높겠지?

　아니지, 아니야. 높은 정도가 아니라 반드시 나와야지.

　여기 쓴 수명이 얼만데 성과가 없으면 나만 존나 억울하지.

　그때부터 주경야독이란 말처럼 공부와 헬스로 하루를 채웠다. 주경야독의 선비가 낮에 삽과 곡괭이를 들었다면 난 바벨과 덤벨을 들었단 차이만 있을 뿐. 뭐 주헬야독쯤 되려나?

아무튼 성과가 나오면 서유럽회사를 찾아 실증에 들어갔다.

그렇다고 서유럽회사에 매일 출근 카드를 찍을 순 없는 노릇이다.

지금도 조정 중신은 호시탐탐 날 갈굴 기회만 엿보는데 서유럽회사에 주구장창 처박혀 있으면 다음 날 여지없이 올라오는 상소가 두 배로 는다.

나무에게 미안해서라도 그렇게 하면 안 되겠지.

그래서 아예 연구원을 관우정을 불러 강의했다.

그럼 연구원은 강의 내용을 바탕으로 연구와 실험에 나섰고.

가장 먼저 연구한 주제는 참매에 들어가는 뇌홍이다.

뇌홍은 질산에 수은을 녹이고 에탄올을 첨가해 만든다.

여기까진 쉽다. 초딩은 모르겠지만 중학생만 되도 만든다.

아, 요즘 초딩은 조숙해서 또 모르겠네.

문제는 뇌홍이 아주 민감하단 점이다.

본사 화기 사업부 실험실에서는 하루걸러 이런 말이 들린다.

"으아악, 모두 튀어!"

그러면 연구원과 직원들이 불빛에 놀란 쥐 떼처럼 흩어진다.

사고 대부분은 실험에 쓸 뇌홍을 분리하는 과정에서 발생했다.

순수한 뇌홍은 작은 충격에도 민감하게 반응한단 증거다.

그래서 첨가제를 넣어 어떻게든 민감도를 낮추는 게 과제다.

그렇다고 너무 낮추면 그건 또 그거대로 문제다.

뇌홍이 안 터져 불발이 나니까.

전투 중에 뇌홍으로 만든 캡이 사수 주머니에서 터져도 문제지만 적을 겨눈 상태에서 방아쇠를 당겼는데 뇌홍이 안 터져 불발이 난다면?

사수는 죽고 군대는 패하고 내 목은 어딘가에 효수되겠지.

즉, 보기보다 이게 엄청나게 중요하단 거다.

난 일전에 뇌홍의 민감도를 낮추는 규소, 납의 첨가 비율을 바꿔 가며 실험하라 지시했고, 화기 사업부는 수천 번의 실험으로 모은 데이터를 퀵서비스를 이용해 대궐로 보냈다.

난 다시 그 데이터를 분석해 최적의 비율을 찾는 데 집중했다.

데이터를 분석한 바에 따르면 오늘이 바로 D-Day다.

박영준이 떨리는 목소리로 물었다.

"오, 오늘은 성과가 있을까요?"

"이 천재가 직접 손수 분석한 데이터야. 잘못될 리가 없어. 잘못됐다면 그건 화기 연구소가 실험을 제대로 안 한 거겠지."

"그, 그렇지요."

실험 세팅을 마치고 나서 다들 방호벽 뒤로 피신했다.

난 주변을 둘러보았다.

다들 긴장과 흥분, 초조함이 뒤섞인 괴상한 얼굴을 하고 있다.

여기서 뜸 들이다간 누구 하나 쓰러질 분위기다.

난 박영준 쪽으로 고개를 돌렸다.

"스타트!"

"예, 전하!"

박영준은 도르래에 매단 쇳덩이로 뇌홍에 충격을 주었다.

처음엔 가벼운 쇳덩이로 시작해 무게를 점점 늘려 가는 식이다.

다행히 대여섯 번 실험했음에도 뇌홍은 터지지 않았다.

여기까진 전에도 몇 번 성공한 터라 빠르게 진행되었다.

박영준도 크게 긴장하지 않았고.

민감도가 많이 내려갔단 뜻이다.

박영준이 예정된 마지막 실험 전에 내 눈치를 살폈다.

난 씨익 웃으면서 물었다.

"여기까지 와서 내 실력을 못 믿는 거야?"

"당, 당연히 전하의 실력을 믿지요. 그럼 시작하겠사옵니다!"

박영준은 에라 모르겠단 심정으로 도르래의 줄을 놓았다.

그에게 말은 그렇게 했지만 내 심정도 태평하진 않다.

민감도가 내려가서 좋긴 한데 그게 내 예상보다 더 내려갔다면?

뇌홍은 머스킷 공이가 캡을 쳤을 때 반드시 폭발해야 한다. 근데 너무 둔감해진 나머지 망치로 쳐야 할 정도면?

당연히 이번 실험도 대실패다.

어쩌면 다른 첨가제를 찾아야 할지도 모른다.

그래도 여기까지 와서 지레 겁을 먹고 포기할 순 없다.

실패를 예상하는 것과 실패를 확인하는 건 분명 다른 차원의 문제니까.

곧 도르래 끝에 달린 쇳덩이가 뇌홍 위로 떨어졌다.

쇳덩이가 떨어지는 모습이 슬로우 모션처럼 보인다.

뭐 그동안 고생한 일이 주마등처럼 떠오르거나 하는 일은 없고. 그냥 어떻게든 빨리 결판이 났으면 좋겠단 생각만 든다.

평! 뇌홍이 작은 폭음을 내며 제대로 터졌다.

성공이군! 더구나 앞선 걱정이 무색할 정도의 대성공이다.

다들 얼싸안고 환호성을 질렀다.

이 자식들, 너무 좋아하는 거 아냐? 모르는 사람이 보면 무슨 나사에서 화성 착륙 유인 우주선이라도 쏘아 올린 줄 알겠네.

난 감격해 달려온 박영준과 악수를 하였다.

"고생했어."

"다 전하께서 도와주신 덕분이옵니다."

"뭐 그건 부정할 수 없는 사실이긴 하지, 하하하."

"하하하!"

"이젠 스프링 열 처리 공정을 개선해서 탄성을 더 끌어올리는 데 집중해. 그래야 공이가 제대로 날아가서 캡으로 만든 뇌홍을 때리니까. 그것만 하면 이제 8부 능선은 넘는 거다."

"기필코 성공시키겠사옵니다."

박영준은 이번 성공으로 한숨 돌렸을 테지만 난 아니다.

주헬야독의 고행은 끝이 없다. 하, 무슨 공시생도 아니고 힘들어 뒈지겠네. 정확히 말하면 헬창 공시생일 테지만 아무튼.

그래도 이번 작업이 조선을 퀀텀 점프하게 해 준다면 힘들어도 불만은 없다. 그렇게 안 될 때가 문제지.

빌어먹을, 원 페어로 올인한 것처럼 괜히 쫄리네.

박영준이 맡은 참매 개발은 약과다.

카시니가 맡은 신형 야포 개발은 아예 진척 자체가 없다.

신형 야포가 조선군의 핵심이란 점을 생각하면 그리 좋은 징조는 아니다. 우리가 포방부의 민족이긴 하지만 그래도 지금 전력으론 안 된다.

기존에 쓰던 천지현황 천자문 시리즈와 컬버린, 캐논 같은 서양 시리즈로는 적의 화포 전력을 상대로 압도하기 힘들다.

적이라고 해서 꼭 주변국만 신경 써야 하는 건 아니니까.

꿈이 크다면 처음부터 더 멀리 봐야 하는 법이고.

결국, 하나에서부터 열까지 전부 내가 신경 쓸 수밖에 없다.

난 며칠 혼자 끙끙거리고 나서 신형 야포 설계도를 완성했다.

신형 야포는 두 가지 특징을 지녔다.

하나는 주퇴복좌기고 다른 하나는 후장식이다.

이 두 개만 성공하면 다른 나라의 플레이어가 아무리 화포 전력에 올인한다고 해도 지지 않을 자신이 있다.

일단, 후장식은 그렇게 어렵지 않다. 가스가 새 나가지 않게 약실을 폐쇄하는 장비 개발이 좀 까다로울 뿐이지.

반면 주퇴복좌기 쪽은 정말 만만치 않다.

처음엔 기름과 스프링을 같이 쓰는 방식을 연구했다.

근데 하다 보니 이건 영 아니란 생각이 자꾸 든다.

머스킷에 쓰는 스프링은 크기가 작아서 괜찮지만, 주퇴복좌기 스프링은 다르다. 포탄을 발사한 포신을 원래 각도로 돌려놓을 정도로 강한 탄성과 복원력이 필수인 부품이다.

스프링을 어찌어찌 만들어 장착했다고 해도 문제가 사라지진 않는다. 스프링에 금방 금이 가 쓸모없게 된다.

아니면 마모가 심해 얼마 써 보지 못하고 교체 각이다.

화포가 아니라, 스프링 만들다가 날 샐 판이다

결국, 스프링은 포기하기로 했다.

대신 기름과 가스를 쓰는 유기압 방식으로 선회했다.

스프링보단 기름과 가스 쪽이 좀 더 진보한 기술이기도 하고.

덕분에 연구원과 직원만 죽을 맛이다.

처음엔 카시니만 다크서클이 턱까지 내려와 유령처럼 힘없이 걸어 다녔지만.

얼마 지나지 않아 화포 개발 파트 연구원 전원이 다크서클이 늘어진 눈으로 유령처럼 힘없이 걸어 다녔다.

다른 직원들은 고개를 절레절레 저으며 화포 개발 파트 사람만 보이면 역병 걸린 사람 보듯이 멀리 도망쳤다.

불쌍하다고 생각해 동정심을 보이는 순간 끝이다.

바로 화포 개발 파트로 불려 가 같은 꼴이 된다.

그래도 지성이면 감천이라고 했던가?

아니, 정확히 말하면 공돌이를 닥치는 대로 갈아 넣으면 하늘도 불쌍해서 봐준다고 하는 표현이 더 맞겠네.

어느새 실험실에 기초적이긴 하지만 어엿한 공작 기계도 생기고 가스 발생기와 가스를 저장하는 용기도 설치되었다.

뭐 다 내가 뭐 빠지게 뛰어다닌 결과긴 하지만. 어쨌든 조선에 현대 공학, 즉 엔지니어링이 탄생하는 순간임엔 틀림없다.

참매, 야포까진 그래도 제정신을 유지하며 일할 수 있었다. 근데 다음 프로젝트는 독해 5레벨로도 버겁다.

바로 쇳덩이가 아닌, 살아 있는 생물을 다루는 분야, 농업이다.

일단 다루는 재료 자체가 글러 먹었다.

총이나 대포야 뭐든 금방 뚝딱 된다.

제일 오래 걸리는 주물 작업도 며칠이면 끝난다.

반면 농업은 최소 몇 달은 지켜봐야 결과를 알 수 있다.

나처럼 성질 급한 새끼가 하기엔 최악의 직업이 농부일 거다.

거기다 총이나 대포는 인풋이 있으면 아웃풋을 예측할 수 있다. 인간이 거스르지 못하는 물리 법칙이 존재하니까.

근데 이 빌어먹을 농작물은 예측을 못 한다.

책에 써진 대로 했는데도 곧잘 이상한 놈이 튀어나온다.

그렇다고 유전자 분석을 하자니 장비가 없고.

아무튼 미칠 노릇이다.

가장 큰 문제는 따로 있다.

슈퍼 벼 같은 경우는 21세기에도 성공 못 한 분야란 거다.

맨땅에 헤딩이 아니라, 헤딩할 땅이 없는 수준이란 말이고.

코너에 몰렸을 땐 결국 시스템에 의존하는 수밖에 없다.

난 밤을 새워 가며 쓸 만한 스킬과 버프를 찾았다.

근데 먹고 죽으려고 해도 그런 건 없다.

버프와 스킬로 인간은 컨트롤 가능하지만, 자연법칙, 그러니까 홍수, 가뭄, 태풍과 같은 자연재해는 물론이고 생물의 유전자 변형이나 생육 속도와 같은 건 절대 건드릴 수 없게 설계되어 있다. 선단에 건 신문왕의 만파식적은 태풍과 같은 재난 속에서 선단을 안전하게 지켜 준다는 말이지, 태풍을 소멸시키거나 왔던 방향으로 되돌려보낸단 뜻이 아니다.

문익점의 목화씨도 마찬가지다.

생물을 오래 보관할 수 있단 말이지, 냉장고처럼 온도를 인위적으로 낮춰 주는 버프가 아니다.

동명성모의 낱알 또한 별반 다르지 않고.

결국, 농업 연구소는 연구원에게 맡겨 보기로 했다.

돈과 인력을 빵빵하게 투자해 주면 뭐라도 하나 건지겠지.

그렇다고 남의 집 불구경하듯 방관만 했단 뜻은 아니다.

연구원에게 그들이 달성해야 할 목표를 확실히 제시해 주었으니까.

1. 감자, 고구마, 옥수수와 같은 구황작물을 개량해 맛과 품질, 수확량을 개선한다.

2. 벼, 밀, 보리, 수수, 조와 같은 곡물의 수확량이 늘어나는 품종을 육종한다.

3. 2의 연구가 완료되면 병충해에 강한 품종을 개발한다.

4. 3의 연구가 완료되면 냉해, 한해, 수해, 풍해에 강한 품종을 개발한다.

5. 2, 3, 4가 완료되면 이들의 장점을 합친 품종을 개발한다.

신정화를 비롯한 연구진들의 벙찐 표정을 뒤로하고 일단 난 서유럽회사 일에서 당분간 손을 떼기로 했다.

여기 시간을 너무 쏟는 바람에 중신의 눈치가 장난 아니다.

물론, 그 전에 나 없이도 돌아갈 수 있게 임시 조치는 취해 놓았다.

장영실의 공학! (SS)

엔지니어의 실력이 늘어납니다.

버프 기준: 반경 700미터

광역 범위: 반경 7킬로미터

지속 시간: 700일

강희맹의 금양잡록! (S)
농부가 농법과 작물을 좀 더 잘 이해하게 됩니다.
버프 기준: 반경 300미터
광역 범위: 반경 3킬로미터
지속 시간: 300일

이장손의 비격진천뢰! (SS)
대장장이가 무기를 개발하는 능력이 비약적으로 높아집니다.
버프 기준: 반경 600미터
광역 범위: 반경 6킬로미터
지속 시간: 600일

버프를 아낌없이 퍼부은 덕에 확실히 진행 속도는 약간 빨라졌다.

이젠 투자 금액이 너무 늘어나 실패로 경험을 쌓느니 하는 개소리를 못 하게 된 게 좀 불안하긴 하지만 뭐 어쩌겠어.

원 페어론 안 되니까 이러는 거지. 블러핑을 아무리 잘해도 태생적인 한계가 있으니까.

이럴 때 카드를 바꿔서라도 급을 높이는 수밖에 없다.

원 페어가 불안하면 투 페어로 가야지.

상대 패를 몰라 투 페어가 왠지 꺼림칙하면 트리플로 가고.

트리플도 안 되겠다 싶으면 풀하우스, 포카드로 늘려 가면 된다. 그러다 보면 상대 패가 뭐든 난 반드시 이길 수밖에 없으니까.

그렇게 서유럽회사가 공돌이들이 맷돌에 차근차근 갈리는 동안. 난 두 가지 일을 처리했다.

먼저 선포전에서 열공하던 홍달호, 곽무진 등을 모아 말했다.

"원래는 너흴 데리고 대유동과 운산 쪽을 둘러볼 생각이었어."

"……."

"근데 사정이 생겨 같이 갈 수 없게 되었다. 우선 너희 먼저 대유동에 가서 자원 사업부를 만들고 선포전에서 배운 지식을 활용해 채굴하고 있어. 올해가 가기 전에 과인이 직접 올라가 살펴볼 테니까."

"예, 전하!"

왠지 다들 표정과 목소리가 눈에 띄게 밝다.

누가 보면 지옥에서 탈출하는 건지 알겠네.

흠, 선포전이 좀 그렇긴 한가.

암튼 광부와 대장장이가 대유동으로 출발하고 나서.

난 강대산을 은밀히 불러 몇 가지 지시를 내렸다.

며칠 후, 경복궁 북원으로 사내 수십 명과 여인 몇 명이 잡혀 왔다.

사내들은 대부분 음침해 보이는 더러운 인상이고.

여인들은 말과 행동에 교태가 줄줄 흘러 용호군 사내들의 코 평수를 잔뜩 늘려놓았다.

이 이상하리만치 기이한 조합에 다들 호기심을 보였다.

이번에는 대체 내가 무얼 하려고 그러는지 궁금한 모양이다.

내 의도는 간단하다.

이제는 전 유령, 현 유연 같은 인재를 스카우트할 때가 아니다. 그러기엔 필요한 인재의 수가 너무 많다.

다시 말해 스카우트 대신에 직접 양성할 시기가 온 거다.

이건 그걸 위한 준비 단계고.

우리도 리하르트 조르게를 만들어 세계 정계를 흔들어 보자고.

난 우선 음침한 사내들 쪽으로 걸어가 턱짓했다.

"도둑놈들, 손들어."

사내 몇 놈이 겁을 잔뜩 집어먹은 표정으로 용호군 눈치를 살폈다.

"이 새끼들이 왜 용호군 눈치는 보고 지랄이야. 네놈들이 눈치를 볼 대상은 용호군이 아니라, 나라고. 이 나라의 임금!"

그 말에 사내놈들이 전부 바닥에 바짝 엎드려 발발 떨었다.

하, 젠장, 겁을 너무 줬나 보네.

결혼도 했는데 나도 이제 성질 좀 죽여야지.

"과인이 벌을 주려고 했으면 너흰 예전에 이미 요단강을 건넜어, 새끼들아. 그러니까 좋은 말로 할 때, 도둑놈들 손들어!"

요단강을 건넌단 말이 정확히 무슨 뜻인지는 모르지만, 문맥을 보면 분명 좋은 뜻은 아니다.

도둑놈 몇이 마지못해 손을 들었다.

"소매치기, 손들어!"

이번엔 망설이지 않고 몇 놈이 손을 든다.

"좋아!"

그럼 지금까지 손 안 든 자들은 다 사기꾼이란 소리네.

어휴, 여기도 사기꾼 천지네, 시발.

아무튼. 난 여자 쪽으로 걸어가 물었다.

"여긴 다 각자 고을에서 난다 긴다 하는 기생들일 테지?"

"……"

"좋아, 인정한 걸로 해 두지. 자, 다들 모여 봐."

난 사내와 여인들을 한데 모아 놓고 설명했다.

"너흰 지금부터 조선을 열강의 압제에서 구하기 위해 특별히 설립된 용호군 정보 학교의 자랑스러운 교관으로 발령 났다!"

"……"

"왜 대답 안 해, 새끼들아!"

"예, 전하!"

"너희가 저잣거리에서 뭔 짓을 했든, 아, 사람 죽인 건 좀 그렇지. 암튼 사람 죽인 것만 빼고 지금까지 지은 죄를 다 사면해 주겠다. 영광스럽게도 과인의 이름으로 직접 말이다. 그러니까 지금까지 지은 죄에 반역죄까지 추가해 뒈지고 싶지 않은 놈들은 정보 학교 학생을 죽어라 가르쳐야 한다."

"예, 전하!"

"그럼 학생에게 뭘 가르쳐야 할지 궁금하겠지? 뭐 너희에게 천자문을 가르치라고는 하지 않을 테니까 긴장할 거 없다."

"예, 전하!"

"왜 끊고 지랄이야. 타이밍을 봐서 대답하라고, 새끼들아!"

"예, 전하!"

"됐다, 내가 너희에게 이 이상 바라는 건 사치겠지. 암튼 너희 지금부터 학생들에게 너희가 잘하는 도둑질, 소매치기, 사기 기술을 가르치는 거다. 기생들은 여학생들에게 사내를 안달 나게 하는 기술을 가르치면 되는 거고."

"……."

"지금은 대답해야지!"

"예, 전하!"

난 돌아서서 장현을 보았다.

"데려왔어?"

왠지 군기가 바짝 든 장현이 차렷 자세로 소리쳤다.

"예, 전하!"

"나 아직 20대야."

"예?"

"나 귀 안 먹었다고."

"아, 예."

"나이에 안 맞게 이상한 짓 하지 말고 가서 학생들이나 데려와."

"예, 전하."

곧 50명이 넘는 학생이 우르르 들어왔다. 처음엔 항왜 후손만 가르칠 생각이었다. 근데 정보 학교가 왜국 하나만 보고

가는 건 왠지 좀 아니란 생각이 들었다.

그래서 하는 김에 중국 노선을 맡을 첩보 요원도 양성할 생각으로 향화인 후손에다가 일반인 학생을 추가해 50명을 맞췄다.

난 손뼉을 치며 소리쳤다.

"얼른 교육 시작 안 하고 뭐 해!"

"예, 전하."

교관과 학생이 안가 겸 강의실로 들어가고 나서.

난 강대산과 유연, 홍장미를 불렀다.

"정보 학교장은 진짜 교장 구할 때까지 강대산이 임시로 맡고 수석 교관은 유연, 홍장미 두 요원이 맡으라고. 일단 왜국 쪽이 급하니까 항왜 후손부터 최대한 빨리 교육해서 실전에 투입할 수 있게 만들어 놔."

"예, 전하."

"이번 일에 나라의 명운이 걸려 있다는 걸 잊지 말고."

"명심하겠사옵니다."

은 주머니를 넉넉하게 풀고 창덕궁으로 돌아갔다.

바쁘게 지내다 보니 어느새 여름도 끝 무렵에 가깝다.

날씨는 예상한 대로다.

봄에는 늦게까지 꽃샘추위가 이어지더니 여름에는 추석이 지나기도 전에 벌써 서리가 내려 농작물이 큰 손해를 보았다.

이젠 정말 구황작물 프로젝트가 제대로 가동이 안 되면 좆되게 생겼다.

내가 신경 써야 하는 문제는 구황작물 프로젝트만이 아니다.

송시열에게 언급한 적 있는 공신전도 같이 신경 써야 한다.

톡 까놓고 말해 난 조선의 복잡한 세금 제도를 극혐한다.

더욱이 그게 우리가 만든 게 아니라 중국 세금 제도라 더 싫고. 하물며 그 중국은 일조편법이라 해서 부동산에 부과하는 세금과 인두세 두 개로 통합해 버린 지 오래다.

나중에는 그 두 개마저 통합해 지정은제가 등장하는 거고.

근데 조선은 아직도 당나라식 조용조를 고수 중이다.

전세, 군역+요역, 공납.

여기에 각종 잡다한 세금을 더하면 종류는 더 늘어난다.

물론, 변화가 없진 않다.

공납은 김육의 활약 덕에 대동법으로 점차 바뀌는 추세고.

군역은 내가 호포제를 도입해 개선하는 데 성공했다.

호포제야 뭐 내가 혼자 미친놈처럼 생쇼한 덕에 성공한 거라 봐야겠지.

암튼 다음 타석에선 전세를 슬쩍 건드려 볼 생각이다.

우선 전세를 개혁하려면 두 가지 철칙이 필요하다.

하나는 땅이 있는 곳에 세금이 있단 철칙이고. 다른 하나는 땅을 많이 가지면 세금도 더 내야 한단 철칙이다.

두 번째는 반발이 어마어마할 테니 당장 시도하긴 어렵다.

다만, 첫 번째는 가능성이 없지 않다.

바로 명분이 있기 때문이다.

난 내수사를 정리해 면세이던 왕실 토지와 농지를 처분했다. 처분한 돈을 서유럽회사 설립에 쏟아부었지만, 어쨌든 팩트는 팩트니까.

그렇다면 당연히 이 조선에 더는 면세지가 존재해선 안 된다.

왕이 이권을 포기했는데 왕도 아닌 주제에 계속 면세지를 갖고 있겠다고? 내 눈을 흙으로 덮어도, 아니 시멘트로 공구리를 친다고 해도 그건 절대 못 봐준다.

현재 남은 면세지는 세 종류다.

태조 때부터 공신에게 주던 공신전. 서원, 향교 등의 교육기관이 소유한 면세지. 군대와 관청이 소유한 둔전.

일단, 둔전은 빼고 시작하자.

둔전은 나라에 돈이 없는 관계로·니들이 알아서 먹고살라고 내준 토지다. 그걸 돌려받으려면 그에 합당한 비용을 지급해야 한다. 현재로선 당연히 불가능한 일이고.

그렇다면 공신전과 서원, 향교 면세지가 남는데. 서원, 향교가 지닌 면세지를 없앤다고 하면 중신뿐 아니라 지방 유생까지 광화문으로 쳐들어와 난리블루스를 출 게 뻔하다.

그래서 이것도 패스. 그럼 결국 공신전 하나만 남는다.

워낙 물갈이가 많이 돼서 공신전을 가진 조정 중신은 그렇게 많지 않다.

송시열 말대로 기회만 잘 캐치하면 가능성이 있단 얘기다.

어떻게 하면 기회를 잡을 수 있을까 고민하는데.

"전하께서 보시기엔 어떻습니까? 신첩이 말을 제대로 타는 것 같습니까?"

갑자기 들려온 소리에 놀라 고개를 들었다.

후원 옥류정 깊숙한 장소에 느닷없이 애마부인이 등장했다.

뭔 개소리냐고? 다 그럴 만한 사정이 있다.

나랏일도 중요하지만, 가족의 평화를 지켜 내는 일도 그만큼 중요하다.

그동안 중전이 자기 말 타는 모습을 봐 달라고 몇 번 졸랐는데 바빠서 못 들은 척하다가 어젯밤에 결국 한 소리 들었다.

잔소리만 들어도 다행인데 잠자리까지 파업을 선언했다.

하는 수 없이 오늘은 중전이 말을 타는 모습을 봐주는 중이다.

존심이 좀 상하는 얘기지만 운동 신경은 나보다 중전이 낫다.

이상림이 가르친 지 얼마 지나지 않아 진짜 승마 선수처럼 말을 능숙하게 타는 바람에 나도, 사부도 깜짝 놀랐다.

물론, 중전이 승마를 배운단 애기는 극비다.

전에 윗전이 따로 참배하기가 어려워 부처님 불상 미니어처 같은 걸 후원에 몰래 가져다 놓은 적이 있었다.

근데 그걸 알아낸 유생들이 지랄발광하는 바람에 불상을 급히 궐 밖으로 내보내야 했다.

그런 마당에 중전이 사내처럼 바지 입고 말을 탄다고?

게거품을 물거나, 꼭지가 제대로 돌거나 둘 중 하나다.

어쩌면 둘 다일 수도 있어 당분간 비밀로 하는 중이다.

극비라고 해서 소문이 안 날 린 없지만, 뭐 그때쯤이면 중전도 순조롭게 성장해 경마 기수가 되어 있을 테지.

아, 바지가 나와 하는 말인데 저것도 나름의 사연이 있는 물건이다. 중전이 치마 입고 말을 타기가 불편하다고 투정 부려서 상의원에 승마 선수가 입는 모자, 재킷, 쫄쫄이, 승마 부츠 세트를 만들라고 하였다.

덕분에 중전의 승마 실력은 나날이 일취월장했고.

난 눈 호강을 제대로 하고 있다.

치마, 저고리로 꽁꽁 감추고 있던 중전의 우월한 몸매가 제대로 드러나면서 남심을 불태우다 못해 아예 증발시켰다.

거기다 말이 달릴 때마다 저절로 바운스되는 묵직한 살덩이 두 개……, 흠, 이 애긴 부적절하니 여기까지만 언급하겠다.

물론, 중전이 증발시키는 남심은 내가 가진 남심만이다.

내관과 금군은 중전이 말을 탈 땐 반드시 궐 담을 보고 있어야 한다. 안 그러면 나에게 치도곤을 당한다.

　나만의 고다이바 부인이랄까. 아무튼 한 바퀴 돌고 돌아온 중전이 말에서 내리며 물었다.

　"이 정도면 괜찮게 타는 것입니까?"

　"괜찮은 정도가 아니라, 최고요."

　그러면서 양쪽 손의 엄지를 최대한 위로 치켜들었다.

　쌍따봉은 내가 할 수 있는 최고의 찬사다.

　그만큼 중전의 실력이 뛰어나기도 했고.

　꼭 잠자리 파업 때문에 그런 건 아니다.

　"그렇게 말씀해 주시니 노력한 보람이 있습니다."

　칭찬받은 중전이 볼을 붉히며 소녀처럼 기뻐했다.

　그런 중전의 모습을 보고 있자니 남심이 또 화산처럼 들끓는다. 거기다 타이트한 승마복이 주는 섹시함은 덤이고.

　난 땀을 닦는 중전에게 점잖게 제안했다.

　"말을 잘 타게 된 기념으로 오늘 밤엔 말 대신에 과인을 한번 타 보는 건 어떻소?"

　깜짝 놀란 중전이 주변을 살폈다.

　"어머, 민망해라. 누가 들으면 어쩌려고 그러십니까?"

　"듣는 사람도 없는데 뭘 그렇게 부끄러워하시오, 허허."

　"그래도……."

　난 내친김에 중전의 손목을 덥석 잡고 대조전으로 걸어갔다.

　"밤까지 기다릴 필요도 없지. 당장 가서 시험해 봅시다."

"예에?"

중전은 부끄러워하면서도 내 손을 놓진 않았다.

한창 므흣한 상상의 나래를 펴며 걸음을 서두르는데.

왕두석이가 헐레벌떡 뛰어와 내 앞을 막아섰다.

당연히 내 입에선 좋은 말이 나올 리 없다.

"야, 넌 왜 하필 이 타이밍에 나타나 가지고 안 먹어도 될 욕을 먹고 그러냐?"

"전하, 지사에서 온 급전이옵니다!"

그 말에 중전의 손을 놓고 바로 서찰을 뜯어 읽었다.

다 읽고 나서 하늘을 보며 미친 듯이 웃어젖혔다.

"으하하하! 김석주, 너 이 새끼! 난 니가 한 건 할 줄 알았다니까!"

다들 영문을 몰라 그런 날 이상하게 쳐다보았다.

김이 샌 중전만 입술을 뾰로퉁하게 내밀었을 뿐.

◆ ◇ ◆

중전에겐 미안하지만, 인간 말은 다음에 타야 할 거 같다.

지금은 서찰 내용이 우선이다.

관우정으로 달려가 문을 잠그고 다시 서찰을 읽었다.

그사이 내용이 바뀌었을 리 없다.

내용은 전과 똑같다.

김석주가 경정충을 구워삶아 양곡을 얻어 냈단 내용이다.

난 손으로 이마를 탁 치며 웃었다.

"이러면 클리셰가 제대로 박살 난 거 아냐?"

이게 소설, 드라마, 영화에 흔히 나오는 클리셰였다면?

아마 김석주의 서찰은 기근이 절정일 때, 그리고 나와 조선이 절체절명의 위기에 처했을 때 도착했을 테지.

근데 여름이 끝나기도 전에, 심지어 삼번과 대만을 둘러보기로 한 여정의 첫 번째 방문지인 복건에서 성과를 만들었다.

이게 내가 경정충에게 보낸 서찰 때문인지, 아니면 김석주가 정말 상대를 제대로 구워삶았기 때문인지는 아직 모른다.

어쨌든 성공했고 이젠 그 달콤한 열매를 즐길 때다.

중간에는 김석주가 본 경정충에 대한 솔직한 감상도 적혀있다. 대부분 경정충이 어떻게 아버지 경계무를 타락시켜 실권을 빼앗았는지에 관한 이야기다.

"얘도 플레이어가 확실하네."

아마 경계무에게 정신 공격 스킬을 썼겠지.

친아버지가 아닐 테니 별 거리낌도 없었을 테고.

김석주 말대로 조심해야 할 놈임에는 분명하다.

다만, 그가 나에게 전하란 말에서 힌트는 약간 얻었다.

주변에 승냥이가 많으니 우리끼린 물어뜯지 말자고 한 말.

그 말을 해석하면 간단하다.

주변의 승냥이를 다 잡아먹을 때까진 서로 돕자는 거다.

놈이 말한 승냥이가 누구인진 뻔하다.

나에겐 바다 건너의 왜놈들이 있고. 놈에겐 남은 삼번과 정경, 강희제, 그리고 오보이가 있을 테니까.

다 17세기 후반 중국 대륙을 뜨겁게 달군 문제의 인물들이다.

중국 땅이 우라지게 크니 플레이어도 최소 6, 7명은 될 거다.

많으면 10명 이상일 수도 있고.

그렇다면 나도 놈이 필요하지만, 놈도 내가 필요하다.

난 황해 건너 조선에 있어 놈에게 위협이 되지 않는다.

아직은.

거기다 청 조정이나 다른 삼번의 눈을 피해 보라매와 같은
질 좋은 무기를 공급해 줄 수 있는 유일한 창구다. 반대로 난
중국의 부를 빨아들이는 파이프로써 놈이 꼭 필요하고.

이렇게 서로 가려운 부분을 긁어 줄 수 있어 동맹이 가능한
거다.

주변의 승냥이가 다 사라지고 나선 어쩔 거냐?

뭘 당연할 걸 묻고 있어.

그땐 누가 진짜 동아시아의 호랑이인지 가리는 거지.

아마 놈은 지금 날 호구로 보고 있을 거다. 왜국 정도면 모르
지만, 조선에서는 클 수 있는 한계가 뻔하다고 예상할 테니까.

놈도 자기 예상이 틀렸다는 걸 언젠간 알게 될 테지만 최대
한 늦게 알게 해야 한다. 그게 나에게 유리하다.

좋은 소식은 그게 다가 아니다.

놈은 자기가 뒤통수를 처맞지 않을 정도로 영리하단 사실
을 알려 주려고 그랬는지 부탁도 하기 전에 초석을 보내왔다.

지금 내 진짜 골칫거리가 초석인 걸 놈이 아는 거다.

초석은 화약의 주재료다. 다른 재료가 유황과 목탄이란 점을 감안하면 사실상 초석 자체가 화약이라 봐도 무방하다.

문제는 초석 광산 대부분이 중국과 인도, 칠레에 몰려 있단 점이다.

한반도에는 당연히 석유처럼 1도 나지 않는다. 그 바람에 조선은 먼지와 흙, 똥오줌을 모아다가 염초라 부르는 질산칼륨을 참기름 짜듯이 쥐어짜 내는 방법을 쓸 수밖에 없었다.

물론, 그런 주먹구구 방식으로 생산한 화약이 충분할 리 없다. 그게 군대마저 화약이 아까워 훈련 때도 사용하지 않는 이유다.

더군다나 보라매, 참매, 신형 야포 등 화약이 필요한 무기만 잔뜩 만드는 상황에서 애를 먹는 실정.

이런 때에 경정충이 보라매와 초석을 서로 거래하는 윈윈 트레이드를 제안했다. 나야 무조건 환영이지.

경정충의 선물은 그게 끝이 아니었다.

중국에 있는 감자, 고구마, 옥수수만이 아니라 벼, 밀, 보리, 차 등 수십 종류가 넘는 농작물의 종자까지 바리바리 싸서 보내 준다고 한다. 이러면 농업 사업부 연구소가 오랜만에 제대로 불타오르겠군.

중국과 왜국의 종자에 우리 종자를 더해 육종하면 확실히 전보다 다양한 성질을 지닌 품종이 태어날 확률이 높다.

거기서 좋은 품종을 가려내 농가에 보급하면 그게 바로 지금의 현대인이 먹는 다양한 곡물과 채소, 과일이 되는 거다.

나도 서둘러야겠네.

서찰을 받기 전까진 공신전 면세 조항 철회를 어떻게 끌어낼지 감이 잘 오지 않았다.

근데 이젠 각이 나왔다.

우선 선공감에 도성과 제물포 인근에 있는 곡창, 즉 곡식 저장 창고를 더 증설하라 명령했다.

그리고 도성 근처 저장 창고엔 직접 방문해 일일이 문익점의 목화씨 버프를 걸어 두었다. 쌀의 보관 기간이 길긴 해도 미리미리 준비해 둬 나쁠 건 없다.

준비를 마치고 나선 조회에 참석했다. 조회에선 처음부터 갑자기 닥친 한파에 관한 보고가 이어졌다.

도승지 김수항이 각 도의 관찰사가 올린 장계를 큰 소리로 대독했다.

"신 경상관찰사 조복양이 급히 아뢰옵니다. 경상도 전역에 서리가 석 달 가까이 일찍 내려 거의 모든 작물이 냉해를 입었사옵니다. 엎드려 청하옵건데 부디 백성을 진휼할 방도를 시급히 마련해 주시옵소서. 그렇지 않으면 경상도는 올겨울에 백성의 시신을 수습할 관이 모자랄 지경에 이를……."

"전라관찰사 홍인용이 치계하옵니다. 봄부터 날씨가 괴이하더니 결국 추석도 지나기 전에 서리가 논과 밭을 뒤덮는 전례 없는 이변이 일어났사옵니다. 전라도 전역의 농가마다 곡소리가 끊일 날이 없으니 서둘러 대책을 마련하지 않으신다면……."

올라오는 장계마다 암울한 내용뿐이다.

정승이고 판서고 할 거 없이 다들 얼굴이 하얗게 질렸다.

정말 이대로 가다간 아사자가 골목마다 가득 찰 판이다.

조정 중신의 술렁거리는 소리가 점점 커지다가 급기야 고성으로 변했다.

난 옥좌의 팔걸이를 힘껏 내리쳤다.

"추태는 그만 보이시오!"

"……."

"서둘러 대책을 마련해도 모자랄 장본인들이 냉정해지긴커녕, 오히려 놀라 우왕좌왕하고 있다면 조정만 바라보며 도움을 애타게 기다리는 팔도의 백성은 누굴 보며 희망을 품겠소!"

"황공하옵니다, 전하!"

"전하의 말씀대로 부끄러워 백성을 볼 낯이 없사옵니다!"

"신들의 경망한 행동을 벌하여 주시옵소서!"

분위기가 잡혔으니 이제 시작해야겠네.

오늘부터 공신전은 더는 면세지가 아니게 된다.

왜냐고?

내가 지금부터 그렇게 만들 거기 때문이지.

저들을 요리하는 내 솜씨를 어디 한번 지켜보라고.

난 먼저 호조판서 이시방에게 큐 사인을 주었다.

"호조는 대책이 있소?"

"한파를 입은 고을의 세금을 면제하고 훈련도감이 비축해 둔 군량미를 전용해 진휼에 나서는 방안을 고려해야 하옵니다."

"훈련도감 군량미 외엔 전용할 양곡이 없는 거요?"

"황공하옵게도 그렇사옵니다. 올봄에 보릿고개를 넘느라 조정과 각 관아가 비축해 오던 구휼미를 전부 소진했사옵니다."

"그럼 훈련도감의 군량미를 전용하는 수밖에……."

즉각 병조판서 홍명하의 얼굴이 붉으락푸르락해졌다.

"흉년이라고 외적이 쳐들어오지 않는단 법이 있사옵니까?

오히려 이런 때일수록 국방의 방비를 더 엄중히 하셔야 하옵니다."

"그렇소?"

"우리의 허실을 탐지한 외적이 지금 같은 때를 노려 쳐들어왔다고 가정해 보시옵소서. 훈련도감에 군량미마저 없다면 전보다 더 손쓸 틈이 없지 않겠사옵니까?"

이조판서 송준길이 홍명하의 주장에 힘을 실어 주었다.

"병판 대감의 말이 이치에 합당하옵니다. 우리가 약해져 있기에 오히려 더 대비를 단단히 해야 하옵니다. 그런 점에서 보면 훈련도감의 군량미를 전용한단 제안은 가당치도 않사옵니다."

송준길이 나서기만 목이 빠지라 기다린 모양이다.

예상대로 양송 저격수 이조참판 허목이 바로 참전했다.

"병판, 이판 두 대감의 의견은 그야말로 논박이 전혀 필요 없는 정론이옵니다. 하나 정론은 언제나 현실에서 한 발자국 비껴 있는 법이지요. 외적의 침입을 경계해 훈련도감의 군량미를 전용하지 않으면 수만 혹은 수십만의 백성이 이번 겨울을 넘기지 못할 텐데 그에 대한 대책은 있는지 궁금할 따름이옵니다."

지목당한 홍명하의 눈에서 번갯불이 번쩍였다.

"그건 호조와 관련 관아가 협의해 해결할 문제 아니오? 왜 병판인 나에게 대책까지 세우라고 다그치는 거요?"

허목은 능구렁이 같은 미소를 지으며 다시 물었다.

"그럼 병판 대감은 대책도 없이 그저 반대를 위한 반대를 했다고 본인이 실토하시는 겁니까?"

"반대를 위한 반대라니! 그게 무슨 돼먹지 않은 소리요!"

얼마 전에 형조참판에 오른 윤선도는 이런 빅 이벤트를 지켜만 볼 위인이 절대 아니다.

바로 시원하게 포문을 열었다.

"반대를 위한 반대가 아니면 대체 무엇입니까? 호판 대감이 분명 조정과 관아에 구휼미가 없어 훈련도감 군량미를 전용하시라고 전하께 주청드렸는데 병판 대감은 거기에 반대만 했을 뿐, 대책을 내놓지 못하고 있지 않습니까? 반대만 할 거면 허수아비에다가 반대라고 적힌 옷을 입혀 병판 대감 자리에 앉혀 놓는 게 나을 겁니다. 허수아비는 최소한 밥값은 안 드니까요."

"으으."

홍명하가 지독한 모멸감에 몸을 떨 때.

대사간 김수홍이 눈에 핏발을 세워 가며 따졌다.

"그러는 형조참판은 대체 어떤 대책을 가지고 있소? 제대로 된 대책을 내놓지 못하면 참판이 저지른 무례는 용서받지 못할 것이오."

그 순간, 웬일로 조용하던 대제학 윤휴가 술 냄새를 풀풀 풍기며 나섰다.

"대사간이 뭔데 형조참판을 용서 못 한단 거요?"

"대제학 대감은 아직 술이 덜 깬 모양이니 끼어들지 마시오."

그러면서 김수홍이 대놓고 싫은 티를 내며 손을 내저었다.

물론, 그런 거에 주눅들 주정꾼이 아니다.

"술꾼도 가끔 쓸모 있는 말을 하는 법이다. 대사간 대감에게 정식으로 다시 묻겠소. 대사간이 상감마마라도 되시오?"

"그, 그 무슨 말도 안 되는 불충한 말을 지껄이는 거요!"

그러고 나서 김수홍이 갑자기 날 보더니.

"전하, 대제학 윤휴가 숙취로 정신이 오락가락하는 모양이옵니다! 이런 중차대한 일을 의논할 자격이 안 되니 집으로 쫓아 보내시지요!"

왜 보내? 한창 재밌는데.

조정에 윤휴 같은 똘아이도 한두 명 정돈 있어야지.

너무 많으면 그건 또 그것대로 곤란할 테지만.

"대제학은 계속해 보시오."

"성은이 망극하옵니다, 전하."

내게 읍을 한 윤휴가 급기야 김수홍을 향해 삿대질까지 하였다.

"영의정 대감부터 종9품 말단 문지기까지, 조정의 녹을 먹는 신하의 처우를 결정하실 수 있는 분은 이 조선에 오로지 상감마마 한 분뿐이오. 한데 대사간이 무슨 자격으로 용서한다, 안 한다, 지껄이는 거요? 그렇게 마음에 안 들면 대사헌과 짜고 양사 합계로 형조참판을 탄핵하시오. 쓴소리 좀 했다고 전하의 중신을 탄핵하면 아주 꼴이 좋아 보이겠소."

이름이 거론된 대사헌 이상진이 갑자기 화살을 허목 쪽으로 돌렸다.

"반대를 위한 반대란 말을 이조참판이 먼저 꺼내는 바람에 중요한 논의가 이루어져야 할 자리가 엉망진창이 되었소."

허목은 반만 인정했다.

"맞습니다. 그 말을 처음 꺼낸 건 제가 맞지요. 엉망이 되었다고 하신 말씀에는 동의하기 어렵습니다만."

"일단 인정했으니 이조참판에게 정식으로 묻겠소. 병판의 정론을 비판했을 땐 이조참판에게 이번 재난을 극복할 방안이 있기 때문일 거요. 이조참판이 생각한 방안은 무엇이오?"

"전에도 말했다시피 호판 대감의 의견에 전적으로 동의하는 바입니다."

너무나 간단한 대답에 잠시 선정전에 침묵이 감돌았다.

물론, 침묵 뒤에는 활화산 같은 분노가 따랐고. 대제학에서 형조판서로 보직을 변경한 유계가 1번 타자로 나섰다.

"병판 대감의 말처럼 우리가 약해진 틈을 타 오랑캐가 정묘, 병자년과 같은 난리를 일으키면 그땐 어떻게 막을 거요?"

"오랑캐가 정묘, 병자년에 난을 일으킨 이유는 명이 그땐 건재했기 때문이지요. 중원을 경략하길 원하는 오랑캐 처지에선 조선이 있는 이 후방을 단단히 굳혀 둘 필요가 있었던 겁니다. 지금은 다 아시다시피 그럴 필요가 없어졌지요. 근근이 존속되던 남명마저 그 명맥이 끊긴 지 꽤 시일이 지나지 않았습니까? 그런 마당에 굳이 오랑캐가 또다시 난을 일으킬 일은 없을 겁니다."

"변덕이 죽 끓듯이 하는 오랑캐를 어찌 믿고 국가의 가장 중요한 중대사를 결정하려는 거요? 놈들은 아직 야성이 남아 있어서 그런 간단한 이치도 깨닫지 못할 거외다!"

"오랑캐가 이성적이지 않기에 더 훈련도감 군량미를 구휼에 쓸 필요가 있는 겁니다."

"뭣이!"

"오랑캐가 그동안 조선을 못살 게 군 이유가 대체 무엇입니까? 바로 선대 때 군비를 강화했기 때문이 아닙니까? 한데 우리가 오히려 군량미를 구휼에 쓴다면 오랑캐는 더더욱 안심할 테지요."

공조판서 홍중보가 2번 타자로 타석에 들어섰다.

"왜놈들은 어찌할 거요?"

"왜국은 덕천씨가 장악하고 나서 풍신씨 때 틀어진 관계를 회복하기 위해 노력하고 있습니다. 그런 덕천씨가 갑자기 태도를 바꿔 조선을 다시 침략할 거란 생각은 들지 않는군요."

2번 타자까지 나서 봤지만 모두 삼구삼진을 당한 셈이다.

3번 타자는 역시 클린업이라서 그런가, 중량감 있는 타자 이조판서 송준길이 직접 나섰다.

"오랑캐와 왜놈이 쳐들어오지 않을 거란 판단에는 동의하오."

"그럼 훈련도감의 군량미를……."

"끝까지 들으시오. 견물생심이라 했소. 눈앞에 재물이 있으면 누구나 욕심이 생기는 법이오. 더구나 그게 하나의 나라라면 더하겠지. 지금은 욕심이 없을지 모르지만, 우리가 군량미를 전용해 백성을 진휼했단 소문이 저쪽의 귀에 들어가면 그때도 그들이 군자처럼 나올 거라고 보시오? 난 아니라고 보오. 틀림없이 큰 재물에 현혹되어 쳐들어올 것이오."

3번 타자는 역시 제법 잘 쳤다.

홈런은 아니어도 2루타 정돈 될 테지.

그다음부터 시합은 재미없게 흘러갔다.

서인은 군량미 사수를, 남인은 군량미 전용을 주장했다.

팽팽히 맞서다 보니 점수는 안 나고 범타, 플라이만 양산이다.

난 일단 심판이니 껴들 수 없다.

그렇다고 시합에 영향을 줄 방법이 전혀 없단 소린 아니지만.

애초에 이시방을 시켜 군량미 얘길 꺼낸 것도 나니까.

내가 슬쩍 큐 사인을 내보내니 야구장에 관중이 난입했다.

"신 공조참판 이현일이 한 말씀 올리겠사옵니다."

얼마 전에 공조참판으로 영전한 이현일의 등장에 다들 눈살을 찌푸렸다.

이현일은 성격이 과격한 데다, 영남 남인 출신이라 왕인 인사가 아니면 교류하는 이가 거의 없다.

"말해 보시오."

"군량미를 전용하지 않으면 수십만 백성이 아사할 것이옵니다. 그렇다고 정말 군량미를 전용하면 나라의 국방이 무너져 외적에게 발호할 기회를 줄 위험이 있사옵니다."

"공조참판은 무슨 말을 하고 싶은 거요?"

"둘 다 힘들다면 제3의 길을 찾아봐야지 않겠사옵니까?"

"오, 그런 길이 있소?"

"세상은 넓사옵니다. 잘 찾아보면 한파가 찾아와 농사를 망친 우리 조선과 달리 유례없는 풍작을 거둔 나라가 있을 것이옵니다. 그런 나라를 찾아 양곡을 필요한 만큼 사들이는 방법은 어떻사옵니까?"

"그게 가능하오?"

"신이 알아본 바에 따르면 가능하옵니다."

집현전 제학 허적이 갑자기 이현일 쪽으로 몸을 돌렸다.

"공조참관에게 세 가지를 묻겠습니다."

"얼마든지 물어보시오."

"우선 그 나라를 어떻게 찾을 겁니까? 그리고 찾았다면 어떤 방식으로 양곡을 우리 조선으로 실어 나를 겁니까? 그리고 그 양곡을 사는 비용은 어떻게 충당하실 생각입니까?"

"대답하겠소. 얼마 전에 친분이 있는 옛 역관 장현이란 자를 길 가다가 만났는데, 그가 세운 상단이 중국 복건성을 다스리는 정남왕의 아들과 우연한 기회에 친교를 맺었다고 하였소. 해서 그에게 정남왕과 다리를 놓아 줄 수 있느냐 물었더니 흔쾌히 그러다겠고 하더이다."

"복건성에 우리에게 팔 양곡이 있단 말씀이십니까?"

"장현에게 듣기론 중국 강남 지방은 요 몇 년 풍작이 지속되어 거지도 쌀밥을 먹을 정도라고 하오. 우리 조선에 필요한 양식 정도는 충분히 변통할 수 있을 거요."

"그럼 실어 오는 것도 장현이란 역관을 통해서 하겠다는 겁니까?"

"그렇소. 더구나 그의 선단은 이미 준비까지 모두 마친 상태요."

"정남왕이라 해도 청 조정의 신하 아닙니까? 청 조정의 허락을 받지 않고 마음대로 양곡을 국외로 반출해도 되는 겁니까?"

"청 조정은 삼번의 제후에게 폭넓은 재량권을 주었소. 그 정도는 정남왕의 선에서 충분히 처리할 수 있는 문제일 거요."

"가장 중요한 대답은 하지 않으셨습니다. 그들이 양곡을 빌려주진 않을 텐데 무엇으로 그 대금을 지급한다는 말입니까?"

"백성을 살리는 일인데 한계를 둘 일이 뭐가 있겠소."

"그래서 어떻게 하겠단 겁니까?"

"알다시피 호조엔 막대한 양곡값을 지급할 여유가 없소. 그렇다면 다른 곳에서 변통해야 한단 뜻인데, 내가 가장 먼저 떠올린 건 왕실의 내수사였소. 그러나 호포제를 도입할 때 내수사도 혁파했기 때문에 다른 곳을 찾아야 했소. 그렇게 해서 찾은 곳이 바로 서원의 면세 조항 철회요. 현재 전국에 수십 개의 대형 서원과 수백 개의 작은 서원이 있소. 면세 조항만 철회해도 양곡값을 충분히 치를 수 있을 것이오."

뭔가 해서 두 사람의 대화를 열심히 듣던 대신들이 기겁했다.

"서, 서원의 면세 조항을 철회하겠다니 당, 당신 미친 거 아니야!"

원색적인 비난이 나올 만큼 다들 엄청나게 흥분했다.

이현일은 낯빛 하나 바꾸지 않고 맞받아쳤다.

"서원을 없애겠단 말이 아닙니다. 서원이 가진 면세 조항만 철회하겠단 겁니다. 그 정도면 충분히 감수할 만하지 않습니까?"

"저자가 뚫린 입이라고 함부로 지껄이는구나. 서원이 가진 면세 조항을 철회하면 무슨 돈으로 무너진 부분을 보수한단 말인가? 그리고 성현께는 어떻게 제향을 올린다는 말인가?"

"그 성현께서 살아 계셨으면 아마 백성을 살리기 위해 몇 해쯤 제사를 걸러도 좋다고 하셨을 겁니다."

"여강서원, 도산서원, 병산서원, 임천서원의 면세 조항도 철회하겠단 거요?"

"당연하지 않습니까? 퇴계 대감, 학봉 대감, 서애 대감 세 분도 우국충정에서 나온 제자의 제안을 아신다면 면세지가 뭡니까? 아예 서원의 기둥뿌리를 떼 가라고 하실 분들이지요."

"허, 이자가 미쳐도 단단히 미쳤구만. 나라가 어려울수록 성현의 가르침을 본받아 몸과 정신을 수양하는 데 매진해야 하거늘, 감히 서원을 훼철하자고 주장하다니! 말세로다! 말세야!"

"훼철하잔 말이 아닙니다. 면세 조항을 철회하자는 것이지요."

"이거나, 그거나!"

"이참에 서원의 수를 줄일 필요가 있습니다. 성현은 한 분인데 모시는 서원은 왜 대여섯 개나 되어야 합니까? 더구나 조정에서 면세지를 주었을 뿐만 아니라 제향을 드릴 때마다 막대한 식읍까지 내리는데, 어째서 백성들의 골수를 쥐어짜 만든 돈으로 제향을 드리는 겁니까? 이것이 정말로 성현께서 원하던 일이었을 것 같습니까?"

그 말에 조용히 지켜보던 이들까지 전부 들고 일어섰다.

"전하, 망발을 일삼는 이현일을 당장 내쫓고 엄히 벌하시옵소서!"

상남자인 이현일은 끝까지 주장을 굽히지 않았다.

"신진사대부가 숭유억불을 조선의 국시로 주장한 이유가 무엇입니까? 바로 고려 왕실이 싸고도는 절에서 일어난 폐단 때문이 아니었습니까? 한데 서원이 난립한 지금이 그 고려 말과 무슨 차이가 있습니까? 오히려 더하면 더했지 못하진 않을 겁니다."

그 말에 몇몇은 경악한 나머지 아예 뒤통수를 잡고 넘어갔다.

가관이네, 아주 가관이야.

아무튼 불이 제대로 붙었으니 이제 소방수를 투입해야지.

100장. 뭐 꼭 상식적인 일만 일어나는 건 아니지만

엄청난 소동이라 조회를 지속하기 어려웠다.

그리고 다음 날부터 당연하다는 듯이 상소가 쏟아져 들어왔다.

대부분 이현일을 극형에 처하라거나, 유배를 보내란 내용이다.

난 관심 끄고 삼정승을 불러 논의를 이어 나갔다.

"이현일의 말이 과하긴 했소. 그래도 그가 내놓은 대책보다 좋은 대책이 없단 게 문제요. 삼정승은 어찌 보시오?"

원두표가 바로 수염을 올올이 곤추세우며 반대했다.

"서원의 면세 조항 철회라니, 당치도 않습니다!"

조경은 그런 원두표를 신경 쓰지 않고 조용히 아뢰었다.

"면세지가 꼭 서원만 있는 것은 아니옵니다."

"그럼 어디를?"

이경석이 기다렸다는 듯 대답했다.

"공신전도 면세지이옵니다."

"흠, 공신전이라."

"……."

"서원보단 확실히 반대하는 이가 적겠군. 알겠소. 내수사도 이미 혁파한 마당에 공신전이 있다는 건 도의상 말이 안 되지."

이경석이 조경, 원두표와 눈빛을 나누고 나서 대답했다.

"지당하신 말씀이옵니다, 전하."

"의정부는 집현전에 공신전을 혁파할 방안을 서둘러 마련해 과인의 윤허를 받으라고 하시오. 급하오. 당장 양곡을 실어 오지 않으면 하루에 수천 명이 굶어 죽을지도 모르오."

"예, 전하."

삼정승은 집현전 영전사 정태화와 상의해 공신전 혁파 계획의 밑그림을 그렸고.

허적을 비롯한 집현전 실무진은 바로 실행에 옮겼다.

물론, 다 짜고 치는 고스톱이다.

서유럽회사 선단은 이미 복건으로 떠난 지 오래다. 공신전이 혁파되든 말든 상관없이 이미 양곡 수입은 진행 중이다.

난 이번 계획에 두 가지 꼼수를 부렸다.

하나는 정치인이 잘하는 갈라치기다.

우선 서인과 남인이 싸우도록 조작했다.

어젯밤에 몰래 불러 와 밀명받고 돌아간 사돈어른 이시방은 훈련도감 군량미 전용이란 떡밥을 슬쩍 뿌렸고.

평소 호포제로 만든 재원이 군역 외의 다른 용도로 쓰이는 상황을 극혐하는 병조판서 홍명하는 예상대로 떡밥을 물었다.

괜히 군량미 얘길 꺼낸 게 아니란 거다.

서인 중추인 홍명하가 나섰으니 서인은 자동 참전이고. 남인은 그런 서인이 못마땅하니 평소처럼 바로 태클을 걸었다.

한참 설전을 주고받던 서인, 남인의 머릿속에 백성을 진휼하는 방안은 훈련도감 군량미를 전용하는 거 외에 다른 건 들어오지 않게 되었다.

그 바람에 서인, 남인 둘 다 보기 좋게 외통수에 걸려 버렸지.

서인은 계속 군량미 전용 불가론을 고수하자니 확실한 기근 대책이 없단 중대한 문제에 봉착했고.

남인은 군량미 전용을 외치다가 나라에 변고라도 생기는 날엔 그 책임을 떠안고 영남 남인처럼 아예 멸족할 위험이 있다.

임진왜란 이후에 류성룡과 김성일 등이 그랬던 것처럼.

이제 두 당에 필요한 건 외통수를 벗어날 출구 전략이다.

여기서 두 번째 꼼수가 등장한다.

출구 전략을 제시하는 척하면서 진짜 의도를 숨긴 거다.

주연 배우인 이현일은 성공적으로 어그로를 끌었고.

조정은 내가 서원 면세지 철회라는 강경 수단을 윤허하기 전에 삼정승이 제시한 유화책인 공신전 혁파라는 카드를 별 다른 저항 없이 수용했다.

그들 처지에선 서원 면세지 철회보단 공신전 혁파가 훨씬 나으니까.

이를테면 최악을 먼저 보여 주고 나서 슬며시 차악을 제시한 거다. 최악이 싫으면 차악이라도 받아들이라고.

그게 제대로 통한 덕에 숙원 하나를 풀었다.

다음 숙원은 아마 서원 훼철이 되겠지.

향교야 따로 플랜이 있고. 이렇게만 되면 마침내 땅이 있는 곳에 세금 있다는 내 국정 철학 하나를 완성하게 되는 거다.

이번 일의 공신을 뽑자면 단연코 이현일이다.

처음 이현일에게 어그로를 끌어 달란 위험한 제안을 했을 때. 그는 1초도 망설이지 않고 자기가 맡겠다고 나섰다.

이미 욕을 먹을 대로 먹은 몸이라 상관없다나, 뭐라나.

암튼 이번엔 이현일에게 톡톡히 신세 졌다.

언젠가 갚을 날이 있겠지.

◆ ◈ ◆

서유럽회사 선단이 일찍 떠났다곤 하지만 돌아오는 데는 적지 않은 시간이 걸린다.

그리고 이미 팔도 전역에서는 한파에 의한 피해가 속출하고 있었다.

한파가 이렇게 빨리 몰아닥칠 거라곤 나도 예상 못 했다. 그나마 다행은 구황작물 대부분이 추석 전에 수확 가능하단 거다.

원래는 멀대 과장의 보고만 받기로 했는데 상황이 예상보다 더 심각하다 보니 결국 두 번째 강원도 원행을 결정했다.

전에 송시열에게 따끔하게 혼난 적이 있던 터라 제대로 형식을 갖추기로 했다.

원행의 목적은 이번 한파의 실상을 직접 내 눈으로 보기 위해서라고 말했고.

그렇다고 해도 팔도에 곡소리가 끊이지 않는 마당에 원행에 돈을 무한정 처바를 수는 없는 법.

금군 30여 명에 내관, 궁녀를 합쳐 50명쯤 되는 미니 행차를 꾸렸다.

문무백관에게 전송받으며 떠난 원행은 도성을 나와 동쪽으로 길을 잡기 무섭게 속도가 빨라졌다.

중전이 가마에서 내려와 말을 타고 가기로 한 거다.

아, 참고로 이번엔 혼자 가진 않는다.

중전이 자꾸 그 신혼여행이란 건 대체 언제 가냐고 물어봐서 하는 수 없이 동행하기로 했다.

당연히 행차 인원들에겐 미리 입단속을 단단히 해 두었다.

입단속이 제대로 될지는 두고 봐야겠지만.

암튼 원행 자체는 전보다 훨씬 편했다.

거쳐 가는 관청 소재지에는 이미 다 통보가 가 있었다.

입구까지 마중 나온 수령과 아전의 인사를 받고 나서 저녁을 먹고 내아에서 하룻밤을 보냈다.

그리고 다시 다음 날 아침, 이번에는 아침을 먹고 나서 배웅받으며 다음 고을로 떠났다.

점심이야 중간에 잠시 쉬면서 대충 지어 먹으면 되는 일이고.

중전과 신혼여행 오면서 안 사실인데 그녀는 상당한 오지라퍼였다.

파트너의 성격을 알아보는 데는 여행이 최고라더니 그 말이 맞았던 셈이다.

임금인 내가 솥에 밥 짓는 데 필요한 물을 길어 오거나, 장작을 구하러 간다고 나서면 금군과 내관이 과연 좋아할까?

당연히 펄쩍 뛰며 기겁하겠지.

그건 도와주는 게 아니라, 일종의 업무 방해니까.

중전이 지금 딱 그렇다.

그냥 얌전히 앉아 수라상이나 기다릴 일이지, 괜히 밥 짓는 나인이나 요리 만드는 숙수 옆을 기웃대며 뭐 도와줄 거 없나 찾고 있다.

천성 자체가 부지런한 걸까?

"청이야, 내가 그릇 닦는 거 도와줄게."

"중, 중전마마가 여기서 그릇을 닦으시면 소녀가 나중에 꾸중을 크게 듣사옵니다."

"나도 부침개 잘 뒤집는데 내가 해 보면 안 되겠나?"

"아이고, 부침개 뒤집다가 중전마마께 기름이라도 튀면 소인이 치도곤을 당하옵니다. 어서, 어서 저쪽으로 물러나 계시옵소서."

"나 상궁, 밥은 얼추 다 되었는가?"

"이쪽으로 오시면 안 됩니다, 중전마마. 연기가 아주 맵사옵니다."

급기야 오지랖에 진저리가 난 제조상궁이 막사 안으로 들어와 상선에게 뭔가 소곤거렸고 상선은 나에게 와서 간청했다.

"상감마마께서 좀 도와주셔야 할 거 같사옵니다."

"뭐를 말이오?"

"수라를 차리는 동안, 두 분 마마께선 잠시 산보라도 하고 오시는 게 어떻겠사옵니까?"

"제조상궁이 와서 귀찮은 짐 덩이를 나보고 맡으라고 했구만."

"귀, 귀찮은 짐 덩이라니요. 큰일 날 말씀을 하시옵니다."

"아아, 됐어. 어차피 나도 움직일 생각이었거든. 저러면 아랫사람들이 불편해서 일을 못 하지. 아마 중전이 사회생활을 제대로 해 보지 못하고 결혼해서 그럴 거요."

사회생활이란 말에 상선이 고개를 45도로 비틀고 골똘히 생각에 잠겼다.

내가 영어나 현대 용어를 쓸 때마다 보이는 모습이다.

사실, 난 두 가지 언어, 아니 두 가지 어투를 가진 '이중 어투자'다.

어려운 사람들, 그러니까 윗전이나 나이 먹은 노신들에겐 깍듯하게 예법에 맞는 어투와 용어를 사용해 상대하고.

편한 사람들 앞에선 필터를 반만 걸치고 나오는 대로 지껄인다.

편한 자리에서까지 고루한 궁중 어투로 대화하다간 스트레스가 폭발해 자발적 묵언 수행을 해야 할지도 모른다.

그런 면에서 내가 쓰는 영어나, 현대 용어를 문맥 앞뒤를 살펴 귀신같이 캐치해 내는 건 왕두석이 으뜸이고.

그다음은 역시 날 오래 봐 온 상선이다.

상선은 욕조에서 튀어나와 유레카를 외친 아르키메데스처럼 '아, 그런 뜻이었군요!'를 외치며 내 뒤를 서둘러 쫓아왔다.

"마마, 사회생활을 못 해 봤단 뜻은 아직 세상 경험이 많지 않단 뜻이지요?"

"영감도 나이에 비해 센스가 좋은 편이라니까."

"센, 센스……."

상선이 또다시 로댕의 조각처럼 생각에 잠긴 사이.

난 가마솥 앞에서 부채로 아궁이에 바람을 부치는 중전의 팔을 잡고 일으켰다.

"우리 잠시 산보나 갑시다."

"조금만 더 기다리시면 수라상이 곧 올라올 텐데……."

"오지라퍼는 이래서 문제라니까."

"오지라퍼가 무엇입니까?"

"일단, 가기나 합시다."

난 고개를 절레 젓곤 중전과 한적한 시골길을 걸었다.

호위로는 선전관 넷과 김준익을 비롯한 금군 몇이 따라왔다.

처음에는 고즈넉한 시골 풍경에 마음이 푸근해졌다.

흙냄새, 바람 냄새, 풀벌레 소리, 둥둥 떠가는 구름까지, 냄새, 소리, 풍경, 모든 게 마음에 들었다.

아름답기야 창덕궁 후원이 훨씬 아름답지만, 시야는 탁 트여 있지 않아 아쉬운 점이 좀 있었다.

반대로 여기는 가슴이 뻥 뚫리는 시원함이 있어 좋았다.

중전도 풍경이 마음에 든 모양이다.

어린애처럼 풀과 곤충, 들꽃을 보며 쉴 새 없이 물었다.

"어머, 꽃잎이 파란 게 너무 이쁘다. 마마는 이 꽃의 이름을 아십니까?"

"잘 모르겠는데. 나도 이쪽엔 영 젬병이라."

그때, 전방을 경계하던 김준익이 이쪽을 슬쩍 보고 대답했다.

"용담입니다. 가을에 피는 들꽃이지요."

"오, 좌별장이 이런 쪽에 조예가 깊은 줄은 몰랐는데."

김준익은 여전히 냉정한 표정으로 대답했다.

"조예가 깊진 않사옵니다, 전하."

그 말을 끝으로 김준익은 매서운 눈길로 다시 사방을 경계했다.

아마 김준익은 우리 부부를 강철 관 같은 데 넣어서 옮기고 싶어 할 거다.

그럼 최소한 화살이나 총알에 맞아 죽는 일은 없을 테니까.

중전은 오지라퍼에서 호기심 많은 소녀로 변신했다.

"이 시커멓고 집게 같은 다리가 있는 벌레는 이름이 뭐지요?"

"아, 그건 나도 잘 알지. 투구벌레라는 놈이오. 어렸을 때, 몇 놈 잡아다 싸움을 붙여 놓고 누가 젤 센 놈인지 알아보곤 했었지."

"대궐에서 그런 장난을 하셨단 말입니까?"

"허허, 대궐도 사람 사는 덴데 크게 다를 게 있겠소?"

부부가 정답게 자연 학습을 하며 시골길을 따라 5, 6분을 걸었을 때.

난 산보 가자고 한 결정을 후회할 수밖에 없었다.

길옆으로 쭉 일궈 놓은 밭이 죽어서 썩어 가는 농작물 천지다.

낮에는 햇살이 강해 서리가 보이지 않지만 보지 않고도 올여름에 닥친 한파 때문임을 짐작할 수 있다.

물론, 여기까지 오면서 한파 피해를 본 농지를 수없이 지나쳤지만, 오늘 본 곳처럼 심한 곳은 없었다.

다들 심각한 표정이 되어 말수가 급격히 줄어들었다.

중전도 마찬가지고.

"아, 저기 오솔길이 있네. 저쪽으로 올라가 봅시다. 혹시 맛좋은 샘물이 나는 곳이 있으면 목이라도 축이고 돌아가게."

다들 군말 없이 내 말에 따라 주었다.

뭐 임금이 가자는데 별수 없겠지.

오솔길도 처음엔 좋았다. 바람이 솔솔 불고 솔향도 근사했다. 밟을 때마다 크래커처럼 부서지는 낙엽 소리도 마음에 들었고.

다만, 가을에도 짝짓기하는 녀석들이 이리 많을 줄은 몰랐다.

왠지 고개를 돌릴 때마다 이름 모를 새나 작은 짐승들이 번식에 한창인 모습이 망원렌즈로 확대한 것처럼 눈에 들어왔다.

이것들은 봄에 할 것이지, 왜 늦여름에 이래서 신혼부부의 염장을 지르는 거야.

다행히 나 외엔 다른 이들의 눈엔 안 보이는 모양이다.

이건 내가 색골이라 그런 거야?

아니면 그냥 눈이 다른 이들보다 좋아 그런 거야?

흠흠, 그냥 눈이 좋아서 그런 거라 해 두자고.

고개를 슬쩍 돌려 중전을 보니.

숨을 몰아쉬느라 살짝 벌린 입술이 오늘따라 너무 섹시했다.

마침 길옆에 누가 파 놓았는지 모를 돌우물이 있었고.

그 안에는 돌 틈에서 졸졸 흐르는 청량한 약수가 가득했다.

"저기로 가서 목 좀 축이고 돌아가지."

"예, 전하."

다들 우물물을 한 바가지씩 마셨을 때.

"중전이 손과 얼굴을 씻는다니까 다들 자리 좀 비켜 주게나."

"알겠사옵니다."

다른 일행이 사방으로 흩어져 경계하는 동안.

난 중전의 입술에 키스했다.

중전은 처음에 깜짝 놀라 눈이 화등잔만 해졌다.

어휴, 우리 마누라는 어떻게 된 게 놀란 모습도 예쁘네.

처음엔 밀어내려던 중전도 결국엔 눈을 꼭 감고 얌전히 있었다.

키스는 어떻게 했다고 해도 여기서 진도를 더 빼긴 어려워 일어서는데.

뒤쪽에서 금군의 목소리가 들렸다.

"너흰 누구지? 왜 아이들이 이런 산중을 돌아다니는 거냐?"

뭔가 싶어 가 보니. 열대여섯 살 먹은 소녀와 열 살쯤 먹은 소년이 겁에 질린 표정으로 덜덜 떨고 있다.

내가 막 나서려는데.

중전이 한발 빨랐다.

"아이들인데 너무 그러지 마시게!"

어느새 다가온 김준익이 고개를 저었다.

"수상한 아이들입니다. 저희가 조사를 마칠 때까진 우물로 돌아가 계시는 게 어떻습니까?"

"사내들이 계집아이의 몸을 어떻게 수색한단 말이오?"

"자객이 그런 점을 노리고 계집아이로 변장했을 수도 있습니다."

난 손을 저었다.

"금군은 물러가고 아이들은 데려오시오."

"하오나……."

"어서!"

"알겠사옵니다. 다들, 물러나라!"

곧 금군이 비켜 준 공간으로 남매로 보이는 소녀와 소년이 쭈뼛거리며 다가왔다.

행색이 몹시도 초라한 데다, 피죽도 못 먹었는지 팔과 다리가 앙상하다.

이 아이들이 자객이라면 몇 달에 걸쳐서 이런 몸을 만들었단 건데 상식적으로 말이 되지 않는다.

뭐 꼭 상식적인 일만 일어나는 건 아니지만.

어쨌든 중전의 자비심인지, 오지랖인지 모를 일로 인해 점심을 좀 더 미뤄야 할 거 같다.

〈5권에서 계속〉

잇츠
빌런스 코리아

초촌 현대판타지 장편소설

"국민을 기만하고
자기 잇속만 챙기는 놈들의 악당이,
악당의 악당이 되고 싶습니다."

부패한 정치권을 바꾸려는 전직 국회의원.
그런 그에게 손을 내미는 남자.

"그 악당. 저도 돼 보고 싶어졌거든요.
문호 씨의 그 꿈. 저에게 파세요."

천재와 거물이 만들어 내는
한 번도 경험해 보지 못한 새로운 대한민국!

IT'S VILLAIN'S KOREA.